楊永漢主編

孔聖堂詩詞集

庚子編

庚子年臘月
萬卷樓梨本

香港孔聖堂中學內，孔聖講堂一景

孔聖講堂內一景

簡孔昭先生（-1941）

家族經營廣東南洋兄弟煙草公司，以其先君朗山公之名捐獻銅鑼灣嘉路連山道十二萬平方尺之地興建孔聖堂，並承擔建堂費用，是孔聖堂重要奠基者。一九四一年於香港逝世。

曹善允律師（1868-1953）

孔聖堂首任會長，對香港發展公益事業，影響深遠。

許讓成先生（1896-1981）
二戰後孔聖堂發展，全賴許公承擔，籌建中學校舍，與政府周旋，貢獻甚大。

黃鼎康先生（1932-2003）
捐助巨額資金與孔聖堂發展儒學，時值股票約二千萬。

孔聖堂詩詞集總序

中庸曰：「惟天下至聖，爲能聰明睿知，足以有臨也；寬裕溫柔，足以有容也。」寬裕溫柔，所以興仁也。《詩》〈大序〉云：「詩者，志之所之也。在心爲志，發言爲詩，情動於中而形於言。言之不足，故嗟歎之；嗟歎之不足，故詠歌之；詠歌之不足，不知手之、舞之、足之、蹈之也。」詩之所以動人情者如此，乃文人學者所不能棄也。詩之興，肇基邃古，擊壤文王，亦風亦雅。言志緣情者，瀝思殫力，爲構佳辭；纏綿鴛鴦者，冰心霜雪，爲譜新聲，皆本乎人之性情。去歲余忝居孔聖堂中學校長之職，適值甲子之慶，上下欣然。故細翻陳典舊記，以追思前賢。忽睹梁校長隱盦先生遺稿，諷誦再三，感其情之眞切。諷喻時世，觸境留情，道意玄風，釋禪儒教，懷人傷物，可謂目不暇給。先生多病，辭每堙鬱，其志未遂乎？物換星移，人事倥偬，竟有隔代相知之感。後遍訪梁校長故舊，並徵得孔聖堂舊友新盟詩詞若干，如麥友雲先生、關應良先生等，集而成篇，以誌六十週年之盛。吾校奉儒家之精神，推行教育，子曰：「入其國，其教可知也。其爲人也，溫柔敦厚，詩教也」。詩學，乃德育性靈培養之本。詩者可以興情而節欲，對境生感，對物懷人，此亦仁之源也！

癸巳年小雪楊永漢序於加路連山麓孔聖堂

孔聖堂詩詞集庚子編序

《典論》〈論文〉曰：「蓋文章，經國之大業，不朽之盛事。年壽有時而盡，榮樂止乎其身，二者必至之常期，未若文章之無窮。是以古之作者，寄身於翰墨，見意於篇籍，不假良史之辭，不託飛馳之勢，而聲名自傳於後。」子桓之言善矣！直道文章之無窮盡也。人所必者逝，文所傳者時。自孔聖堂詩詞集付梓，匆匆又五載。期間關止善夫子已謝世，所遺後來者，蓋翰墨之情誼，書畫之遠趣也！文者所以動後世之情懷，歷千秋仍波動，其孟堅兩都、平子西京乎？誦之而繾綣難息，思憶長存，縈胸而不滅者，其詠懷、七哀、悼亡乎？孔聖堂刱建於香江已越八十五載，嘗廣邀碩學鴻儒到堂演講，以闡揚聖理。曾就孔聖堂者亦多文林高賢，如梁隱盦、麥友雲、關應良、林仁超諸先輩；近者則老瑞松、趙炯輝、廖志強、陳志揚、林小玲諸君亦雅好詩詞，常有唱酬之作。庚子編之成，編輯嘗徵求佳作，先後得林仁超、林小玲若干首置諸拾珠篇。另邀得趙炯輝、陳志揚、廖志強諸君擲來瑤琰，以增聲價。是年也，瘟癘遍全球。執筆之日，死者數十萬，染疾者數百萬。可謂世紀病毒。用是記寰宇痛哀之情！

庚子年閏四月初一日楊永漢序於孔聖堂

洪肇平教授贈詩序

海隅宣教化　當推孔聖堂　永憶隱盦丈　佛學亦擅長　儒釋一鑪冶　吟詩韻鏗鏘
吾友工書畫　其名關應良　與我酬唱久　仰其善詞章　老兵劉仰民　書法神飛揚
每逢杯酒會　暢論得逢場　光陰如轉輪　歷歷豈能忘　梁劉已物化　關叟病在床
有時通電話　懷舊話悲傷　孔道眞不朽　承繼仗楊郎　衣砵承餘菴　歌詠甚在行
主政到斯校　蒐輯篇什忙　校訂成卷冊　付剛傳無疆　其功堪可紀　潛德表幽光
燈下讀此書　仿佛聞餘香　題詩以張之　莫笑我詩狂

楊永漢教授贈孔聖堂詩詞集詩以酬之並乞
斧正

甲午年元宵洪肇平呈稿

孔聖堂詩詞集庚子編

目錄

總序……一
編序……三
贈詩序……五
隱盦詩集 梁隱盦……一
辛壬集……一九
嶼山唱和集……六一
著衣集……八三
無端集……一一五
樵山詞鈔 麥友雲……一三三
小詩一百首 麥友雲……一五五
雲外樓詩詞集 關應良……一七五
雲外樓詩……一八二
務本草堂詩稿……一九三
雲外樓詞……一九八
附錄……二一〇
松風歲月 老瑞松……二二五
甲部詩鈔……二二八
乙部雜錄……二六一
寢書樓詩詞集 楊永漢……二七七
寢書樓詩集……二八二
寢書樓詞集……三六九
新詩……三七三
附 對聯……三八四
夢山草堂詩稿 陳志揚……三八七
塹得於己室詩詞稿 趙炯渾……三九三
拾珠篇……四〇一
孔聖堂詩詞集庚子編附錄……四〇七

梁隱盦著

隱盦詩集

馮康侯署

作者簡介

梁隱盦先生（一九一一～一九八零），廣東順德人，著名教育家，精研佛家、儒家思想。曾與羅時憲、劉銳之諸先生創立「三輪佛學社」，一九六六年成立「明珠佛學社」，提倡佛學。一九六七年出任孔聖堂中學校長，即竭盡所能，籌劃發展建設校務，協助窮困學生升學。課餘即推廣儒學及中國文化，先後舉辦國學研習班、中英繙譯班，徵文比賽、詩詞、對聯比賽等活動。出版《孔道專刊》，邀請碩學名宿撰文，以發揚孔學。隱盦先生雖是佛學名家，惟其知世道人心之教化，實以儒學爲軸，故不遺餘力，推動儒家思想。其對孔學、佛學及中國文化之傳揚與繼承，實功不可沒。著作有《隱盦詩稿》、《佛學十八講》，及《佛學課本》等。

◀梁隱盦校長（1911-1980）

▼校友留校紀念留影

留校紀念

隱盦詩集序

屋廬燈暖林端流璧月之輝輪鞅人來袖底出松風之集謂中人哀樂同謝傅之中年過眼雲烟有蘇髯之往事將鳩前詠畧諗兒曹不無鴻爪之留即此牛腰之來觀其寶蕤千行金荃百帙出隱則

冰弦訴斷華年抽錦瑟之思悲涼則鐵馬夢回壯士下銅琶之淚付蒼通於春夢同此一場借藻鏡於秋聲別傳三昧雖工殊雪鏤而韻入霜鐘信手投林之鳥控地猶鳴旋渦之瀾赴谷如應夫夷險之地不一歌詠之境斯殊集菀枯而喑鳴異者

揆乎勢也順離合而悲懽別者猶乎情也隱盦鄉兄倚馬清才靈犀妙悟早參虎韔旋掇鳳毛中歲流離哀江南而草賦異鄉旅食奉堂北之萱幃幾困魚登遂甘燕瑱門栖濠鏡松山之風月可人峯繞香爐蓮海之波濤如接丁銅駝

荊棘之會素髩催愁梅金猴萍梗之年丹心猶熱往〻舒懷命筆即事成篇此流人之詩也既而考槃寤宿衡泌栖遲陶謝慕蓮社之遊嵇阮共竹林〻賞爾其林籟結響蘭若叩寂稍呼朋侶妙答山靈耽吟則山水方滋放浪則朋簪雅

盡昂平初日照康樂之芙蕖大與
餘霞散玄暉之綺練用以廣綧縈
積淨拭啼痕心貯雪而愈清去染
花而始妙此文人之詩也蓋闡非非
想處現彈指之華嚴悠悠劫中
見大千之世界漏因已盡涂悟無生
演法隨緣即談空色隱盦慧根

夙植來從兜率天宮華鬘高懸重入維摩文室則有名借祇洹事歸風雅知周十地神接萬靈妙語無煩錄心真言異乎鍱腹鏡花水月商略乎翡翠蘭苕墨雨臺烟搖曳於薔薇芍藥情深者以善出而能入玄解者得象外之環中七

寶天衣著而無任一時雪和併作有情（集中有一時四十首和精堂和尚韻）藉文字之維耶顯真俗之義諦此又禪人之詩也至若麻衣泣血重念含霜負雪之辰春草辭暉永謝愛日望雲之願心惸惸其在疚思惘惘其無端獨為鮮民銜索有枯魚之泣至寡兄

弟煮粥同司馬之誠篇癈蓼莪
集惟苦蘗理繭絲之年月亂緒
偏多賸鴻案之容顏相莊如舊
青氈長物收研閱於塵勞白學
餘閑歸紛華於平淡心燈原寂
火或扇其長明寶筏誕登舟乃轉
成不繫綜平生之百感對此茫茫覺

心物之交融抽惟乙乙蓋至是而不自知所由發興亦不鮮何以名詩也嗟夫駒光電謝鯷海波飛同此旅人翻逾廿稔晏嬰之宅近市曾比德鄰馬祖之喻磨磚頗饒雅詠（集中君有和予磚字韻詩）殆綢繆於講席以遂訖雲龍繼肴核於道腴兼資孔釋

尤喜尚平願了元季聯肩鼻祖耳孫世葆叔奐之孝友伯歌季舞共刊劉鶚之詩文元劉鶚惟實集為其子遂述兄弟及生所輯刊編目分乎甲乙丙丁跋尾具乎封胡羯末數辛壬之兩度松竹書年晉甲子之二齡桑榆非晚此後人稱四妙亭築三休夷猶於鬢絲

禪榻之間脫略於獅吼潮音之跡
異蛩吟之歲月斂退哀音如蚓竅
之為虛吐嗡天籟又一境也進乎道
矣屬承石友謙諉弁言牢落心期
低徊目論所願智珠在握度君以
慧業之慈航還期氣海常春遲
我作續編之糾導 壬子仲冬之月

順德蘇文擢篆書

自序

余甫十齡，出就外傅，從羊石梁藹桐先生遊。每課楚騷及六朝辭賦，輒加教誡。以爲亡國之音哀以思，不宜陶醉，心常識之。其後就讀洪凌合館。凌孟征先生長於史學，洪揚先生擅駢驪詞章。故治學之餘，雅耽吟詠。雖懍於藹師之訓，而對境抒情，往往莫能自已。十年遊學，十七年軍旅生涯，二十餘年，吟稿盈帙。可惜抗戰軍興，先則佗城焚掠，廬舍坵墟；繼則香江陷敵，逃竄北歸。曲江、龍南諸役，更身歷圍城，蕭然囊橐。復員三載，又再域外投荒，幾度有家都淪破毀，藏書存稿次第蕩然。此後隨陽哀雁，炊釜游鱗，境遇情懷異於曩昔。當年風華酬酢之辭，即使倖存回覽，亦徒增傷感已耳。雖盡散失，曾何足惜？歐陽子有云：「詩窮而愈工」。余固窮矣，而詩不工。然雖不工，當其偃蹇偪塞，憂感排奡，人所不解，己莫自喻之時。絲吐春蠶，縱橫紙上，亦未嘗不可，稍宣鬱積。聊以自娛，匪求工拙也。旅食廿二年，辛壬兩歲，僕僕鏡海爐峰間，所得句別爲辛壬集。與詩儕文友，徜徉大嶼昂平，暮雨朝暾，幾年酬唱，別爲嶼山唱和集。委吏乘田，負薪事畜。自癸巳至壬寅又九年，別爲著衣集。青氈苜蓿，作長群童，老母終堂，頓感虛寂。自癸卯至辛亥亦九年，別爲無端集。大都叚叚里程，絲絲意識。雖疏狂結習，點滴難除，而豪氣少年，銷沉殆盡；孤懷一往，故我依然。今夏病起，刪錄手抄，得七百餘首，集成一卷。哀樂中年，自擬瞑思回想，光景流連，曾不欲以示人。適兒輩見而喜之，欲存老人手澤，且擬於韻外詞中。稍得體會老人心境，請以影印，各手一冊，因笑而許之。大抵儒、釋之道，可以修身而無用於末世。拈韻永言，可以遣懷，而無益於功業。余讀儒、讀佛，既無用於時，又無益於世。剩欲修身，終覺扁舟孤海，剩欲遣懷，其如懷不可遣何！姑了兒輩願，於付印之日，並以爲序。

壬子夏六月狂風怒雨之晨順德梁隱盦於香港嘉路連山麓月華樓

辛壬集

賈訥夫署

辛壬集

自序

己丑中秋，羊石日移星換。遂奉母遷庽濠江，旅居三載。間復僕僕香爐峰下，離憂窮病，莫可告語。往往於無可奈何之際，抒抑結難已之情，托諸吟詠。辛壬兩歲，得律絕若干首，因搜錄之，名曰辛壬集。自愧乏經世術，無所用於時，澤畔行吟，洋場躑躅，取此餘生。歷歷迷離詭變之奇觀，唼唼冷暖酸鹹之滋味。固已雄心鷗鷺，壯志蒿萊，垂垂暮矣。存此一段里程，聊以自娛云爾。

癸巳立夏日隱盦拜識

西環

一
壚峰昔作客　歸夢繞西環　萬頃金波月　千重碧海山　濕雲籠倦網　細浪逐垂綸
燈火南灣路　臨風醒醉顏

二
孤雁隨陽去　經秋冬又來　居家仍作客　濟世本無才　薄海風雲急　胡營鼓角哀
青山應笑我　何似在蒿萊

三
朱樓臨大道　綠樹傍長堤　月滿潮聲壯　夜深人語低　不知蝦蟆鼓　時有鷓鴣啼

行腳依稀認　西環路更西

四

夜夜西環路　相思寄水湄　白鷗盟在否　青鳥訊來遲　野草驕顏色　微風拂鬢絲

小樓殘月下　依舊夢闌時

君錫先生周年祭

一

舊史重翻廿七篇　嚴師益友兩忘年　肯隨末世矜名節　悔擲餘生付計研

說項未酬知己願　依劉終負昔時賢　子皮去後難爲善　淚洒新碑夕照邊

二

閥閱當年有盛名　而今始信盜虛聲　依稀北里流離苦　不盡西河慟哭情

死獨無言心了了　責如可貸意縈縈　已聞海外啼雛鳳　稍慰重泉老向平

三

遂初小賦築東山　海角栖栖更不還　忍見沉淪先瞑目　不逢清算莫愁顏

愛遺異室情何補　夢結芳鄰意自閒　留得一坏乾淨土　半弓新月照荃灣

四

知我多於我自知　平生謹慎亦吾師　愧無一得猶千慮　未足多疑獨三思

客裡使君愁欲絕　途窮孺子悵何之　人間佛面今安在　午夜魂歸入夢遲

題畫

微聞海上波濤惡　好向磯頭一繫舟　賸有片帆風訊急　栖栖未許逐東流

題雙白鷳

換經往事記依稀　草徑淒涼舊侶非　料得珠江風雨夜　天涯應有夢魂歸

四十述懷

一　離合悲歡四十年　自慚形影尚依然　悔教不被聰明誤　我誤聰明卻可憐

二　一枕春婆夢已醒　落花時節杜鵑聲　隔牆粉蝶蹁躚舞　依舊相隨影與形

三　雁陣南飛急暮天　黃花零落晚風前　昨宵無那思鄉夢　珠海濤聲接枕邊

四　萬里乾坤一望收　百年身世幾時休　繁花不耐罡風急　忍看凋零逐水流

五　難從絮果悞蘭因　不問蒼生問鬼神　喚澈鷓鴣行不得　轆轤心事總塵塵

六　我向天涯覓放心　放心歸去自沉吟　業緣欲了渾難了　了卻緣時業卻深

感事

一　英雄成敗總難論　東顧倉皇恥獨存　已見鬩牆甯友敵　未應委地任封豚
秦強忍聽包胥哭　魯難猶聞慶父專　莫問延平興替跡　三山城闕近黃昏

二　拓土開邊氣象新　風流人物竟何人　豈能富國唯征賦　不願親仁獨善鄰
海角君臣難復漢　關中豪傑欲亡秦　風淒月暗星明滅　幾處霜寒鶴唳頻

三　海澨遺民澤畔吟　霓旌東望望雲深　蕭疏夜雨知秋意　斷續寒潮撼客心

歷劫滄桑成幻覺　等閒身世自浮沉　回巢燕子催歸去　泥落樑空何處尋

松山雜詠三十首

一　如珠宿露掛林梢　破曉登臨霧未消　一片微茫天水白　松濤隱約雜寒潮

二　松山唯有萬株松　綠草紅花細細風　砌路迴旋環四面　巧將人力勝天工

三　曙色雞聲曉思閒　焯公亭畔試憑欄　半山濃霧燈明滅　疑是螢飛草樹間

四　腳下風帆片片飛　昨宵鄉夢記依稀　紅棉欲放春將暖　陌上何當緩緩歸

五　高塔巍峨夜放光　南天燈火照重洋　百年曆書風波惡　肯與煙霞共短長

六　雨過青山分外嬌　欣欣生意總難描　春雷昨夜初驚蟄　虎嘯龍吟不寂寥

七　綿綿春雨細如絲　帶得東風料峭吹　池畔青蛙枝上鳥　幾聲撩亂故鄉思

八　日日陰霾不放晴　雨餘山路尚泥濘　亭前小立聞鳩喚　怕見平原柳色青

九　喜鵲迎人報曉春　欲隨松竹結芳鄰　不因冷暖嬌顏色　翠葉青柯態自新

十　日日山頭更水邊　煙波蕩漾醉心弦　從今了卻當年願　白浪青峰恣意憐

十一　血花洒遍紅棉樹　底事春歸帶血腥　千古風流人事改　浪花如舊湧孤城

十二　一片鴻蒙霧漫天　身心形意幾飄然　茫茫下視如雲海　我亦雲中世外仙

十三　人從山外看濃霧　我在山中霧裡看　霧自迷離人自幻　世情恰向此中觀

十四　陣陣東風帶霧飛　冰綃飄蕩是耶非　樓臺隱約鄰仙闕　路斷雲封未許歸

十五　今日東風欲放晴　煙銷霧斷曉山青　紫荊樹樹花紅淡　夢到臙脂淚已零

十六　匝旬細雨長新芽　夾道棠梨盡著花　幾樹黃鸝聲百囀　傳將好語報春華

十七　天末能留一線光　濕雲低壓霧微茫　群雞不耐陰霾苦　猶自啼聲喚旭陽

十八　一派紅霞萬道光　層波疊水湧朝陽　忽然幻作黃金鏡　捧向天孫理曉妝

十九　遠山如黛水漪漣　三兩漁舟逐曉煙　廿四番風寒食近　春陰已釀落花天

二十　昨夜風雷帶雨來　今朝零落杏花開　雙鴛負盡遊山約　曲徑幽深長綠苔

二一　胡營響澈戰笳聲　知是寅操卯點兵　多少昆侖奴校尉　百年斥緱漢邊城

二二　簾纖細雨曉山行　寂寂輕煙四野生　遠水千重波萬頃　愁心杳杳淚盈盈

二三　恰是清明上塚天　樵山西望淚　然　冬青幾樹崇封在　麥飯誰人祭墓前

二四　野棠花落又清明　老去春光蝶夢醒　點點殘紅新雨後　隨風著地了無聲

二五　松山不見杜鵑紅　但聽鵑啼怯曉風　三月江南春欲暮　一聲歸去斷腸中

二六　香車笑語逐輕塵　錦繡春光欲醉人　試向西環堤外望　山青水碧畫圖新

二七　西環景色最宜人　雨後青山洗更新　都市園林成雅趣　樹如華盖草如茵

二八　山南山北異陰晴　一種春光兩種情　日映濕雲風送雨　人間冷暖意難平

二九　島嶼如環傍鏡湖　百年南海夜光珠　九洲一望平於鏡　點點漁舟入畫圖

三十　朝朝漫步向松山　欲寄閑情山水間　水自狂流山自傲　閒情依舊獨閒閒

雜感三首　步韻和歐許仁二十首

一　野哭蒼生不忍聞　天涯涕淚老參軍　淒淒月色凝寒露　滾滾江流送落曛
水火斯民眞已熱　離憂心事總如焚　崖山望極蓬瀛遠　浪湧長空咽暮雲

二　誰是江南庾信哀　無端風雨逐人來　祇憐肉食乘軒客　已盡胸懷誤國才
東海旌旗猶在望　北門鎖鑰又重開　繁華事去笙歌歇　人散燈炧剩舞臺

三　草草浮生蝶夢殘　客中風物客中看　悔教繫結愁千縷　莫向臨流感百端
異國桃源春寂寞　瓊樓桂影月光寒　書生未解維摩笑　惆悵飛花怯倚欄

却寄二首

一　雙柑有約我來遲　海上春光繫我思　花似杜鵑紅似血　一聲一淚斷腸詩

二　歸心悄悄意遲遲　春滿濠江有夢思　想見屋梁明月落　低徊重讀杜陵詩

催歸

尺素傳來第幾封　春風何暖意何濃　祇憐顛頷京華客　夢繞羅浮百二峰

小苑

襲人花氣隔簾侵　撩亂三春寂寞心　百囀鶯聲聲入韻　重翻蝶夢夢難尋
落梅點點情幽獨　垂柳絲絲色淺深　堪羨一竿窗外竹　青雲意態未消沉

春曉

東風有意揭簾櫳　帶得悠揚遠寺鐘　已倦三桑憐逐客　不勤五穀愧勞農
夢回滄海空千里　人在春雲第幾重　雲格記得宵來窗外雨　鵑魂有淚灑樵峰

惜餘春二首

一
辭枝花事太倉皇　多謝蜂媒盡日忙　好夢記曾來故國　芳華依舊戀他鄉
棠梨院落連朝雨　煙水江南半夕陽　欹枕欲尋春去處　鐘聲敲破曉天霜

二
繁華往事去無痕　剩有青連劫後身　血淚千絲縈望帝　桃源幾樹杳遺民
誰知寸草榮枯意　未了飛花墜溷因　多少啼鶯聲漸老　好音空自惜餘春

暮春客思

敲窗風雨卸春陰　點滴人間破碎心　欲向寸心尋點滴　卻從點滴惹愁深

曠觀

綠波春水兩閒閒　我亦蒼涯舊往還　大道明於雲外月　人情混似霧中山

從斯境去心能見　點到頭來石不頑　催鬢未忘招隱約　青峰縹緲白雲間

鐙

金釵剔罷倍添愁　夜雨西窗冷冷秋　零落豈曾辜趙約　淒涼誰復上樊樓
待張寶鴨油應滿　寄語飛蛾焰未收　夕殿縈縈眠不得　餘光猶照玉搔頭

鏡

玲瓏仙子是前身　表裡通明掩素銀　漫理鬢鬟頻顧我　不須阿堵已傳神
幾分紅翠誰描寫　一例媸妍總效顰　怪氐難留眞面目　由來啼笑盡因人

香

綠窗靜對氣常薰　別有清幽隔座聞　品異龍涎留馥郁　煙隨鴨舌吐氤氳
降靈禮佛當天供　讀易研經掃地焚　一縷遊絲搖若定　未教神往已迷魂

雲

悠悠誰共石頭頑　去住無心出岫間　肯爲波光留倩影　托將月魄遇高山
從龍漫作扶搖態　伴鶴常來縹緲間　瑞氣郁芬成五色　青牛瑶段到咸關

却寄二首

一
驛路人生兩短長　華年銷歇幾星霜　風前楊柳搖疏影　雪裡梅花有暗香

辛壬集

世難沉沉才恐盡　心愁耿耿夜添涼　書生不用談遺事　策馬高崗望夕陽

二　錦字詩筒驛使頻　日歸猶是未歸人　臨風小草知春暖　向晚繁花又日新
愁裡埋愁愁病我　夢闌尋夢夢逢君　濠江香海通潮汐　潮去潮來望雁群

松山二首

一　林家處士舊名逋　解賦清寒入畫圖　梅鶴幾番幽夢遠　虬松萬樹客心孤
依依風月眞吾侶　去去煙波屬釣徒　便欲登臨問黃石　山靈不語笑胡盧

二　南疆地盡可逃逋　一幅流氓行樂圖　芳草淒迷雲樹邈　長松寂寞曉山孤
窮途痛哭非狂士　亂世癡頑亦酒徒　太惜蓮花染污濁　高樓幾處夜呼盧

百般　效轆轤體

百般心事懶吟詩　欲駕長風任所之　雙槳橫塘紅樹遠　春光如醉語如絲
春雨江南二月時　百般心事懶吟詩　捲簾恰見雙飛燕　惆悵當年杜牧之
向晚怕翻紅豆曲　何曾好夢斷還續　百般心事懶吟詩　悄看池塘春水綠
春寒料峭意迷離　盡日東風著意吹　一種閒情難入夢　百般心事懶吟詩

黃花節

四十年前烈士血　黃花崗上黨人魂　國民草命成陳跡　今日人民異國民

復活節二首

未須荒誕惑吾徒　自是宗風被智愚　佳話至今傳復活　二魚五餅活人無
網常名教已模糊　欲托精神信仰殊　佛太高深回太肅　最能平易是耶蘇

愚人節

今朝道是愚人節　恨我不爲柴也愚　小有聰明甯幸事　人生難得是糊塗

清明

擾擾浮生百劫餘　又來海角賦閒居　難禁孺慕三更淚　莫慰親心一紙書
歷亂雨聲愁歷亂　躊躇花影意躊躇　今朝又是清明節　逐客天涯夢倚閭

送春二首

恰遇春光九十天　鵑魂蝶夢去無邊　幾時再見花時節　待到重來又一年
隔牆舞伴尚依依　客路相隨願已違　本是天涯同作客　年年棄我不同歸

病中

病榻閒閒見本心　是何罣礙到而今　卅年舊事從頭數　第一難忘母愛深

辛卯端午

八年離亂復員逮茲怱怱六逢端午憶七年今日適有龍南之役提挈老幼流竄三南道中午日在天兵驚草木已分異鄉淪落無復歸時及奏凱言旋則又交舊盡疏田園已毀江山如故形影都非淒苦之情倍於曩日殆復三載營營　寸心擾擾虛名誤我好夢醒人採得百花難成香蜜憐諸小草欲報春暉有願徒勞重遭否亂遂又鏡湖避地兩度端陽矣嗟嗟天涯逐客感涕泗以無從海澨餘生撫頭顱而莫語罡風處處遍落繁花湛露零零易凋蒲柳豈蟲沙之欲變嗟禾黍其安歸問宋玉以何年大招作賦起賈生於異代謫宦興悲故國月明匆匆時序他鄉會節杳杳予懷漫賦四章並以感舊云爾

一

端陽回首七年前　扶老將雛粵贛邊　九曲河頭雲欲渡　三家村裡夜無眠
頻傳四野烽煙急　已分他鄉溝壑塡　躑躅鵝公墟畔路　亂鴉斜日晚風天

二

八年一別珠江水　此日歸來味更清　親故已疏如作客　孤芳依舊誤微名
窗前怕讀招魂賦　海上重聞競渡聲　莫道數鄉邱壑美　東風冷暖最無情

三

拚向臨流逐逝波　文雞舞鏡影婆娑　平生才氣輸唐景　千古傷心到汨羅
總是虛名增懊惱　自憐好夢易蹉跎　且將三載辛勤意　藥捥茶鐺仔細磨

四

欲隨潘岳賦閒居　兩見葛蒲劍葉舒　畫鼓已非當日韻　朱符猶是午時書
煙波洗滌難平恨　歲月銷磨未老予　幾樹石榴花照眼　茂陵消息近何如

松山二首

一

匝月多風雨　松山行腳稀　蟬聲催夏至　鶯老送春歸　逐浪鷗如醉　穿雲鳥欲飛
一竿煙水畔　魚釣共忘機

二

風雨傳初夏　輕寒似暮秋　不知星日換　空對水雲愁　信美非吾土　勞生拚濁流

山南更山北　往事數從頭

步韻和施憲夫感舊八首

一　猶見東阿賦洛神　歡場歷劫等閒身　如煙往事無痕夢　第一難禁是惱人

二　彷彿南樓醉別時　梅花開放最高枝　樽前歌罷鯤絃換　夢也無痕醒更癡

三　金鞍玉勒少年游　小字佳人喚莫愁　贏得清狂似小宋　桃根桃葉趁歸舟

四　不憐薄命獨憐卿　深悔當年一諾輕　我誤微名名誤我　最多情處總無情

五　長河杳杳一浮漚　情到眞時已盡頭　環佩未歸何遜老　一江春水悵東流

六　風光冉冉楚江天　滿座清歌感萬千　莫問年來白司馬　宦情如水恨如綿

七　銜杯重省舊情深　淺愛輕憐仔細尋　猩色屏風聞笑語　燈前微喚少年心

八　玉京消息近如何　白袷青衫棖觸多　終古團圓天上月　人間依舊影婆娑

却寄憲夫見懷和韻

一　秋萍聚散豈無因　我亦東西南北人　一字闐仙敲未得　憑君阿堵始傳神

二　雞聲風雨晦明時　一笑相逢問所之　無限青峰無限水　好將次第入新詩

三　歷劫人來苦惱天　絲絲苦惱繫三千　幾時夢覺三千界　卻恐當時更惘然

四　我生四十勝蜉蝣　莫問愁堆自惹愁　濁酒半壺歌一曲　清風明月大江流

再用前韻寄憲夫

一
欲從絮果悟蘭因　盡道聰明解誤人　衣角酒痕襟上淚　一思量處一傷神

二
正是腥風血雨時　牽牛堂下問何之　轔轔車乘蕭蕭馬　怕讀將軍出塞詩

三
罡風處處落花天　忍看凋零恨百千　海角鷗盟依舊在　一竿煙水雨茫然

四
無常人事付蜉蝣　淺醉清歌擬莫愁　一抹斜陽天欲暮　漫教擊楫賦中流

竹灣二首

一
平沙細浪小回環　疑是壚峰淺水灣　猶見力洲波灩灩　卻輸千畝竹斑斑
朱顏薄醉幽懷放　白足清流野興閒　海角自多佳去處　舊遊空復憶東山

二
竹灣臨眺海之湄　信美江山逐容悲　自是三年逃斧鉞　分明一水限華夷
鷗群浴日低飛急　鴛侶翻波笑語嬉　泉石倘教忘魏晉　我來恰見避秦時

憶錫公

憐君墓草已離離　我更沉淪到九夷　總是思深頻入夢　卻慚材朽負相期
兩年世事成今昔　一例人情自轉移　獨有兒孫妻妾健　好將消息報君知

無題九首

和孫甄陶步原韻三首

一
鼎湖龍髯倩誰攀　剩有涼風醒醉顏　魂斷雁門雞塞外　夢回滄海白雲間
不堪柳色移青眼　猶見桃妝點翠鬟　草沒長門春思邈　斜陽花影兩閒閒

二
莫道詩狂更酒狂　風流江表識孫郎　豈知虎略風雲態　不畫蛾眉時世妝
黯黯胡茄來朔漠　淒淒雙槳去橫塘　黃昏籬角三冬雪　惹得寒梅一段香

三
遼西人去幾何年　欲奏瑤琴第五弦　隔座綠雲歌緩緩　當筵翠袖舞翩翩
態隨曲調千般轉　心比金鈿異樣堅　卻恐啼鶯驚曉夢　春陰猶釀落花天

和繆悔因步原韻三首

一
江上輕舟趁晚霞　可憐歸去已無家　孤臣涕淚哀庾信　傳世文章愧景差
敲破六更終寂寞　畫殘一角剩繁華　當年滿地紅顏色　何處人簪白柰花

二
燈花夜夜結想思　卜盡歸期未有期　已過春秋佳麗日　不堪風雨晦明時
歡如可拾情猶在　夢也無憑說更癡　憔悴灞陵楊柳色　尋春莫悔我來遲

三
不作秦聲作楚聲　憂心悄悄淚盈盈　匹夫未許睚眥報　知已難爲肺腑傾
哭笑幾回愁欲絕　恐生一諾語非輕　田橫五百孤軍在　慷慨毋忘故國情

和鄭水心步原韻三首

一
秋心草樹半斜陽　一抹明霞襯晚妝　別院歌聲聞懊惱　誰家笛韻譜伊涼
爭教露冷凋紅蘂　難乞春陰奏綠章　三十六陂零落盡　舞衣空自惜餘香

二
疏星冷月暗東牆　紅燭銀屏淚滿行　願向他生留骨媚　可因時世畫眉長
心隨柳絮飛猶白　鬢影菱花色轉蒼　最是惱人眠不得　一床錦被繡鴛鴦

三
紫陌東頭柳色青　哀弦一曲燕離亭　傳來白雁書難得　打起黃鶯夢已醒
煙兩江南埋幸草　雲霞海涘悵芳苓　淒涼夜半潯陽月　倚遍欄杆淚欲零

懷施丈

應是濠江月色清　南灣秋意倍分明　只憐客路成孤客　又向名場逐浪名
拈韻論詩當日事　銷魂惜別此時情　松山燈火初更候　可有寒潮拍岸聲

九龍城遊感並柬鏡湖諸子

一
胡虜膻腥劇可哀　淒涼坏土宋王臺　微聞破石經三載　但見飛機舞幾回
東海明珠增悵觸　西風短帽獨徘徊　九龍城寨今芳草　莽莽秋原淚暗摧

二
剩有侯王廟貌新　孤忠亮節更何人　皇元莫鑄張弘範　賊峻惟知溫太眞
鵝鶴千秋仍矯矯　蟲沙當日已塵塵　秋來依舊風和雨　帶淂驚濤拍岸頻

秋節寄懷鏡湖諸子

一別纔過十日期　歸鴻兩拂綠楊絲　難忘客裡團圓月　又照人間聚散時

慰我平安應自慰　思君寥落可相思　新詩欲寄嫌寒瘦　卻誤南來驛使遲

水樣

水樣柔情是妾心　爭教郎意海般深　縱然春暖波如鏡　難照珊瑚十萬尋

君居塞北妾瀟湘　明鏡花顏心自傷　多少回文機上字　倩誰傳語慰蘇娘

步韻和施丈見懷

水遶孤城落日遲　西風微拂鬢邊絲　憶君緩步南灣候　是我驅車北角時

賦倘千金甯論價　百無一用已堪疑　難忘豈獨忘年友　浪點萍蹤鏡海湄

辛卯重陽

嶺南九月漸新霜　疏雨微雲度晚涼　人共黃花開更瘦　心隨白雁去難忘

青天海上旌旗動　赤燄寰中羽檄忙　記取明朝雙十節　不知今日是重陽

寄懷施憲夫

一別故人才迎月　好風十度送潮音　感君客路纏綿意　慰我窮途寂寞心

題柱獨慚司馬筆　閉門終負臥龍吟　可憐孺子呼牛日　俯首橫眉直至今

疊前韻舟寄憲夫

舉世皆醒余獨醉　半生能得幾知音　秋風落木蒼涼意　春水浮萍盪漾心
一種相思成懊惱　廿年回首可沉吟　斜陽遊侶西環路　指點湖山異昔今

旅感

明鏡朱顏心自傷　賸教兩鬢未秋霜　半生憂患空陳跡　去日歡娛路短長
國難不堪家再破　星沉好待月重光　孤燈客舍西風雨　天氣都隨世態涼

十月廿五夜

帆席繩床一尺五　不教輾轉但無眠　新來染得思家病　嗒嗒鐘聲繞枕邊
秋盡南邊秋意深　寒風無賴壓孤衾　病床燈影兩行淚　遊子他鄉夜夜心
家書一讀一凄然　母病兒啼感百千　已分低頭牛馬走　掙來買藥幾文錢
黑貂裘敝黃金盡　尚有慈娘手制衣　我勝當年蘇季子　親情何處不春暉

辛卯十月風病復發自港歸澳吐血五日不止神思昏昏自歎不起惘惘中得句病起綴成之

示家姊

血債分償第四年　淋漓嘔吐滿床前　仙家巧設回天計　友好紛投贖命錢
死死生生寧足惜　恩恩怨怨已徒然　叮嚀聶政親兄姊　愼慰高堂語萬千

和施丈五一除夕步原韻

昔年行萬里　浪跡逐蹄輪　星日樓臺換　山河氣象新　傷哉獨貧病　漸已遠疏親
強起送除夕　栖栖南海濱

五二元旦

一　三年海角新元旦　總向愁堆病裡過　病久嶙峋骨更瘦　愁添斑白髮偏多
歡娛夢肯重溫否　坎壈人如漸老何　寂寞房攏斜欹枕　一爐香暖伴維摩

二　鏡湖多少貧民窟　元旦不聞爆竹聲　機杼比鄰自勞動　笙歌別院鬧昇平
新朝車馬東征急　絕塞鞭捶北望驚　熱淚未乾殘喘在　無邊心事待春明

病起呈若傑諸子十二首

一　離亂人寰苦受多　我生四十此消磨　忍教樹靜風寧候　煙雨滄江一釣簑

二　強畫龍蛇心更摧　十年苦劫逾顏回　豈眞尚缺劬勞報　未許頑徒息影來

三　徂夏經秋縈小草　袈裟雨露澤恩深　保安未了又貧病　恕我偏勞老佛心

四　文字因緣結有情　佛前燈火照通明　何當十載塵寰謫　贖得鴻毛一命輕

五　靜對青山悅鳥魚　欲隨本性識如如　夕陽牛背寒鴉影　倦讀當年掛角書

六　姬旦金縢事有無　黃封連夜奏昆吾　熱情火沸三千丈　寫出人間友愛圖

辛壬集

七　情親手足意誰同　此是師言第一通　讀到鶺鴒原上句　淒淒黃鳥續秦風

八　武略文章歸落拓　黃粱一夢到夷齊　巨卿能愈張郎疾　莫問高原駐馬嘶

九　一從天壤識王郎　演唱花腔第幾場　臺下掌聲臺上淚　管絃空復奏伊涼

十　十指難供黃口索　一帆風送病人歸　更深悄向床前聽　睡裡呻吟可覺微

十一　零雨寒風十字車　燕歸重省舊人家　師恩友愛皆溫暖　可勝參湯大補茶

十二　救病人施買藥錢　更堪續命贈華年　餘生盡是群公賜　擬爲群公結善緣

病起

書傭七十日　臥病兩兼旬　諳得浮生味　嗟予失路人　潮聲亂歸夢　草色遶芳津

臘盡紅梅放　春光漸比鄰

晚禱

信徒如貫跪當行　趁得鐘聲送夕陽　上帝救人人犯罪　十分冷落是天堂

送施憲夫歸香江度歲

一　臘鼓鼕鼕特地催　先生今日買舟回　有家差勝客中客　遯世遑論才不才

雛鳳新聲諧閬苑　老奴心事傍妝臺　料知舉案送年夜　引滿屠蘇酒一杯

二　帶得春風早早歸　玉環吩咐莫相違　元辰人日新花燭　酒漬脂痕舊錦衣

逐浪每慳魚一躍　捲簾祇羨燕雙飛　虀鹽藜藿成滋味　漫道行年五十非

壬辰元日

一　爆竹聲中送除夕　起來已是一年新　又添一歲四十二　再過幾年半百人
省識兒心何太苦　方知母愛最堪珍　一封利是雙紅桔　歲歲慈娘手自親

二　匝月巧逢兩元旦　一時星日耀中天　新朝久已行公曆　俗例今猶過舊年
儘有桃源忘魏晉　何當易水憶幽燕　青萍綠遍横塘水　解向東風自結緣

施公成安村新居

一　西灣河接鯉魚門　東向爐峰第一村　異地客心容小住　故園鄉夢可重溫

二　夜潮聲滿窗前月　曉日光騰嶺上雲　莫買湖山便偕隱　春風猶識杜司勳

一時四十首

用栯堂禪師山居詩四十首原韻

一　一時太乙夜燃藜　讀到無爲無不爲　道法自然原寂靜　業薰種子郎瑕玭
環中本性名雖異　色有空無路非歧　事事了都成百了　忘憂遮莫問靈芝

二　一樹菩提萬象棲　南來法寶聚曹溪　物如眞假人如幻　性不參差相不齊
動靜豈隨心去住　遷流難顧影西東　但教破得無明盡　夢覺何勞警旦雞

三　七寶樓臺映日斜　金光燦熳亦堪誇　布施血盡一飛鴿　精進身如半陣蛇

祇樹園中參證果　靈山會上笑拈花　即今極目西天望　一派祥雲趁晚霞

四

經律修持解行證　大乘先於信不疑　莊嚴淨土心常淨　示識遲明悞已遲
便從覺海觀空了　莫向臨流哭逝斯　好個西來無盡意　聲聲念佛是阿誰

五

任運隨波逐浪流　三關八識一時休　山河大地黃金鏡　明月清風白玉鉤
何似涅槃皈寂滅　從來老死到王侯　人生是業業無盡　業到無因業盡頭

六

說相立名名相遣　微塵一合是虛名　心傳頓教開宗下　義趣眞空出化城
凜凜神威分虎鬥　熒熒鬼火看鸞烹　眾生轉妄成圓覺　浪靜波澄水自平

七

心無罣礙無顛倒　厎事登高畏險嶒　直使虛懷清若水　不教靈府冷于冰
青山突兀猶巢鵲　碧海滄溟欲化鵬　古廟一爐香火在　露珠霜氣夜棱棱

八

千日工夫唯草草　百年生計總勞勞　朔風蕩蕩來三耳　海水泱泱入一毛
冷冷獨逢魑魅笑　啾啾又聽鬼神號　從來大道深深見　不礙群魔寸寸高

九

看月正宜因指去　指亡月失意何爲　漫云面目依稀認　卻向膏肓上下醫
一塔巍峨埋落雁　六根忍詢護藏龜　僧伽何國人何姓　夢裡憑誰更說癡

十

我聞佛說眾生苦　一息何堪感百憂　飛鳥游鱗情恰恰　青松翠竹影修修
滿簾春雨歸巢燕　幾樹新晴喚婦鳩　物外往還皆自得　須陀洹豈入清流

十一

持律解經供養佛　天人福德費思量　浮圖舍利現多寶　食砵維摩染眾香
聞道山中曾點石　不妨雪上更加霜　牟尼珠串從頭數　魚韻鐘聲送夕陽

十二

通達玄關第幾重　萬花如海晚霞紅　九天爛熳雲成錦　四地光明月似弓
鏡惹塵生心外物　旛搖影動耳邊風　問誰早暮行香客　身向河西水向東

十三

桃花林外武陵人　一棹青溪對落曛　太息仙源成隱約　劇憐世事尙紛紜
龍韜虎略雞蟲技　鶴子梅妻麋鹿群　看取峨嵋行腳好　芒鞋踏遍嶺頭雲

十四

西風落葉度新涼　槐影陰陰掩洞房　未轉妄心仍苦受　不參體用亦禪狂
眞知慧眼破思惑　滅道頑空好坐忘　面石嵩山今尙在　千秋無語立斜陽

十五

佛地曇花仔細栽　花開花謝莫徘徊　是空是色非空色　無去無來自去來
杳杳三玄探聖果　深深五欲換凡胎　幾曾一見佛出世　末法何年剩劫灰

十六

六識紛披起六塵　棲棲絮果更蘭因　金剛手眼懸無我　菩薩心腸解度人
淨業每牽三世遠　嬌花難放四時新　十方最好藏身地　煙水微茫接九垠

十七

生滅眞如兩扇門　有情未覺獨昏昏　修觀漸得三摩地　悟性應求一本源
彼岸遙遙撐寶筏　此心逐逐落金丸　可堪玉局逃禪意　容膝當年住一軒

十八

何事放心不可求　三千界裡盡迷樓　聲喧大地歌盈耳　光照中天月滿頭

且向門前觀繫馬　莫從堂上問牽牛　楊花無主隨風舞　終古飄零逐水流

十九
紫玉歸來便化煙　他生重見已茫然　書傳青鳥無消息　劫曆紅羊不記年
淡淡雨宜籠落月　欣欣魚亦羨臨淵　香花獅子如來座　猶似人間並蒂蓮

二十
一因一果一輪回　身世冥冥事可哀　緣結死生留色相　業牽藏識入胚胎
箋翻貝葉文千字　弓影蛇形酒一杯　記否春風歸洛下　幾番明月照寒梅

二一
翠竹黃花盡般若　何須絕頂結茅茨　不移本性性常住　自了餘生生足悲
愛取無明緣老死　修觀中道入精危　是眞是妄心無住　去妄存眞信可期

二二
富春江水自來去　魚釣相忘嚴子陵　曉霧漸濃山漸淡　春風如箭雨如繩
貂冠狐服青簑笠　華轂朱輪紫杖藤　世界微塵皆一合　我生何愛亦何憎

二三
青山那得爲君留　刻劍行舟事強求　禪唱槐陰方半夏　雁驚葉落又初秋
人間何處雙飛燕　世上難餘百尺樓　垂老玉門關外望　班超也解悔封候

二四
恐怖每生顚倒夢　了無罣礙寸心安　當來授記原無法　昔日傳燈尙有壇
自性等閒著鳥糞　狂禪幾見沐猴冠　雪山首座陳三藏　第一多聞屬阿難

二五
見性明心心是佛　莫從心外立微言　多生遍歷諸般劫　萬化同歸不二門
等是倫常敷法象　擬將戒定鎖心猿　無明行識苦生死　但破無明正本源

二六　簇簇歸鴉返故林　斜陽紅樹影西沉　應知日月推遷意　不盡天人去住心
垂柳籠煙搖暮靄　落花如雨盪春陰　方塘綠水東風急　吹散浮萍色淺深

二七　卅年剎那繁華夢　擬著袈裟換錦袍　彼岸一燈光燦燦　中流五欲浪滔滔
焉知風動非旛動　不信魔高比道高　花落花飛皆自性　崔郎未解賦夭桃

二八　秦宮三月火咸陽　二世眞成萬世王　日月不居悲俯仰　江山無語話興亡
空梁燕去愁深淺　故國鶯啼夢短長　青史百年虛點染　泬寥天地剩荒涼

二九　百年世事滄桑易　人物風流今不存　澤竭亦知泉已涸　愛深猶是恨之源
吳兒目斷衡陽雁　蜀客魂銷巫峽猿　幾見月圓花正好　落花缺月更誰論

三十　漠漠平原淡淡煙　午風如醉拂青氈　不因勺水思觀海　閒枕溪流臥聽泉
夕照疏林歸鳥倦　雲深古寺晚鐘傳　山僧久已忘冬夏　布納棉衣二十年

三一　紅樓魔影夢沉沉　無所住心何處尋　棖觸他生誰紫玉　莊嚴十地遍黃金
欲憑慧業雙修福　好發菩提一往心　佛法僧伽三寶聚　靈光如許印叢林

三二　山田五月稻初熟　擔向村前溪碓舂　延頸每憐林外鹿　點睛閒畫壁中龍
鳳鳴十畝千竿竹　月挂危嶒絕壑松　一炷清香才課罷　禪房夜平響疏鐘

三三　許史門庭不自安　呼鷹盤馬出長干　白頭漸已青絲換　紅淚先於綠酒乾

譜入哀弦彈更苦　覺來好夢續偏難　嫦娥夜夜淒涼意　應是瓊樓顧影寒

三四

雁飛一字雲邊度　影向斜陽望裡消　憧憧往事那堪記　黯黯秋魂不可招
燕語春歸桃葉渡　蟬鳴風送柳波橋　山川一脈鍾靈氣　五嶺南來屬二樵

三五

喔喔雞聲報曉啼　沉沉錦幔畫簾低　尙憐繡閣回鴛夢　已見空梁落燕泥
楚殿吳宮蕭鼓歇　顏殤彭壽死生齊　何當一棹春風去　千樹桃花十里溪

三六

月滿關河雪滿途　十年戎馬瘦征夫　平生未習封侯技　易代難爲黔首愚
風入清秋搖木葉　海深紅日暖珊瑚　藍袍白笏淩煙閣　讜異羅家鬼趣圖

三七

聖人已死大盜止　國計民生且莫論　怨婦愁心甘化石　腐儒遺恨不窺園
浮沉當世生何益　睥睨群賢我獨尊　悟到無常貧亦樂　好修淨業饋兒孫

三八

大法修成羅漢果　一來天上與人間　業如曉霧濃偏淡　心共江潮去又還
白鳥蒼松雲外路　黃龍玉樹雪中山　一時念念無生忍　節節支離付等閒

三九

我佛不離名說相　空空而後遣虛名　持經僧解明三乘　捨筏誰能渡眾生
直比圜中爲自性　是眞太上始忘情　從來何所去何處　荊棘邱陵路坦平

四十

山僧日日山頭坐　早對晨曦暮夕曛　一念偶然隨便在　此心無住不如歸
長松古柏參差抱　春燕秋鴻次第飛　怕著袈裟多一事　白雲爲絮雪爲衣

壬辰寒食　兩用施丈原韻

一
海角春三月　尋芳興不窮　鶯啼煙樹暖　魚唼浪花空　水碧連天碧　鵑紅映日紅
桃源今隔世　何處認堯封

二
之推不言祿　固知君子窮　高風千古在　峻業十年空　母教文身白　君恩獵火紅
操戈憐舅氏　尚解乞侯封

清明

倥傯時序又清明　去去春光第幾程　暖雨微風寒漸減　凋紅褪綠恨難平
迷離香夢情猶昨　躑躅詩魂喚欲醒　何處愁心最淒絕　木棉樹下鷓鴣聲

和施丈旅懷三步原韻

一
春花與秋月　夜夜卜歸期　薄海三千里　強鄰百萬師　揮戈返落日　橫槊賦新詩
漸白青青髮　朱顏異昔時

二
晦明風雨夜　把酒話襟期　自笑匹夫勇　難爲王者師　色空三乘法　離亂七哀詩
夢逐潮聲去　洹洹無盡時

三
好學魯施氏　佑音鍾子期　風流數當世　儒雅亦吾師　頗擅漁洋韻　爭傳淮海詩
南窓自高臥　不夢少年時

辛壬集

乍暖

乍暖還寒三月春　片風絲雨逐蹄輪　樓空不鎖樓中燕　世亂難爲世外民
萬里舳艫歸日角　千尋鐵練壓江濱　斷崖草木猶蔥翠　惆悵天涯浪跡人

如絲

如絲細雨黯芳津　惜別倥傯欲去春　江上微聞歸緩緩　畫中低語喚眞眞
銘花痤草橫塘路　原馬輕車紫陌塵　閒卻玉鉤簾不捲　怕於蛺蝶認前身

答歐許仁勸勿為吟詠傷神二首

一別春風又幾時　沉魚飛雁可相思　憑君傳語客中客　珍惜清神莫賦詩
春在人間漸老時　潮聲歸夢寄相思　客中作客無聊甚　欲遣無聊漫賦詩

二十

一　二十年來事事非　清愁瘦影每相依　折技心力憐猶在　拾芥功名願已違
總爲安貧甘晚食　不因量藥典春衣　紅樓十二珠簾下　況有離巢燕未歸

二　千金賣得相如賦　笑道文章價已高　濟世本教屠狗輩　殺人猶是買牛刀
封豚薦食來交趾　盤馬彎弓到小毛　若使識時成俊傑　便將俊傑許兒曹

三　強虜東來百萬兵　芷江新築受降城　中州欲奏升平樂　北鄙重傳殺伐聲

破碎河山羞禪讓　蠻荒煙雨費經營　當年血債償多少　又向仇讎歃血盟

四
爭得偏安正統稱　憑將一旅話中興　金陵王氣銷沉盡　滄海橫流浩蕩增
滅闖難存明社稷　和戎已失漢規繩　頻年海角孤臣淚　幕府西臺獨暗凝

四月初三夜有河魚之疾昏厥移時強起歸榻辛苦萬狀始覺體力之今不如昔也賦以識之

一
平生自詡無難事　今日方知體力微　三十功名歡喜夢　春燈秋雨記依稀

二
大有雄心小有才　孱軀無用亦傷哉　凋零落葉經秋柳　昔日臨風舞幾回

三
一枕清涼夢醒無　六塵八識尚模糊　廿年人事今非昔　贏得今吾勝故吾

四
淩雲才氣漸銷磨　甘向雞蟲隊裡過　綠水春風吹蕩漾　此心何事縠紋多

錫公兩周年祭

一
一生揔爲妻兒計　垂老偏多喪亂經　厚道本難容末世　善人端不享遐齡
樓中燕子春還在　泉下鰥魚目可瞑　且莫夢魂歸夜夜　貪瞋癡了寸心寧

二
舊廬臥聽山陽笛　凄絕窮途孺子心　記得當時言外意　都成今日座中箴
千般笑臉千般苦　百結愁腸百結深　肯向群魔低首拜　擬留傲骨報知音

歐許仁贈長句二章依韻却寄

一
我今正流浪　堊廬同雞棲　起視慈娘疾　夢繞嬌兒啼　負薪力已竭　相對空悲凄

罡風壓桃李　零落滿青谿　我豈異凡卉　不任飆飆吹　淩空自飛舞　胡爲胡不爲

二

繡圍來春風　朵花開小院　紫燕欻欻飛　畫閣深深見　都外行路人　翹翹競相羨

一旦離粱傾　主人異貴賤　酹酒酬東風　肯與周郎便

和施丈韻

甲午之役簽訂中日馬關條約合肥恥之思以西夷制東夷爰有中俄密約之訂自謂二十年可以安枕無憂寧不知二十年後禍亂相仍迄不得息聯俄容共以至中日提攜七七抗戰以至中蘇條約莫不虎去狼來齊親楚怨雖曰謀國者合縱連衡本一時權變庸知貽禍無窮往往百年未已可慨矣乎當時黃公度有句云老來失計親豹虎卻道支持二十年指合肥中俄密約而言殆有遠識施丈憲夫感於中日和約之成有懷黃公度一律讀之愴然爰次韻和寄

東鄰乳虎西鄰盜　上相威儀振末流　廿載安危徒爾許　百年興替豈人謀

膻腥血淚痕猶在　玉帛干戈怨可休　一自藩籬新撤盡　縱橫狄騎滿神州

再用前韻

南朝江左偏安日　遺恨投鞭逆斷流　一黨已辜民眾望　三家寧爲子孫謀

假威勝國驕無益　失計前賢禍未休　事楚事齊成大錯　傷哉赤血遍神州

三用前韻

秦政剛強漢徹柔　古今人物孰風流　輕將舉國擲孤注　肯信鄙夫能遠謀

燦燦金甌圓缺憾　森森鐵幕死生休　皇兒已謂他人父　何惜燕雲十六州

登百花林謁　國父楊太君墓

一　夾道江蘺淡淡紅　海潮聲遠雜松風　九龍到此鍾靈氣　無限青山夕照中

二　薄姬陵墓築殊方　幸得年年麥飯香　聞道中原仇孝義　佳兒魂夢可相望

三　小梅村外百花林　白堊牆低護綠陰　多少羈魂新故鬼　斜陽草樹故園心

四　施公邀我作山行　病後番教腳力輕　指點牛池灣畔路　田莊菜圃足閒情

五　古木圍牆安老院　太君當日舊門閭　小兒忠國大兒孝　垂訓親親孟氏書

按國父長兄眉公奉母楊太君居九龍小梅村太君以宣統三年謝世葬村外百花林墓地峰齊環抱萬嶼朝宗鬱鬱蒼蒼動鍾靈秀　營葬後四閱月辛亥革命肇啓民國國父被選臨時大總統故風鑒家以為太君墓地之靈氣使然殆非無故且太君二子眉公則澹樸無華養母以終所謂親其親孝之至矣國父公忠黨國老吾老及人之老忠之至矣太君母訓良有足多茲教會復將太君宅改為安老院老有所歸貧有所養是太君之教化被於子孫而又垂諸百世感人深也拜識之

過薄扶林村

香爐峰下薄扶林　村落人家歷古今　一樹老榕三百載　不隨興替自成陰

石澳二首

石澳重來十二年　青峰白浪尚依然　東風莫問桃花面　且醉龍蝦肉蟹筵

灘頭日落細沙明　漠漠煙雲海上生　不羨輕舟棹雙槳　獨憑亂石聽潮聲

端午三首

端午龍船鼓　年年動客心　瀟湘欲歸去　低首幾沉吟
疾風連急雨　海上正騰蛟　千古懷沙賦　餘哀剩鼓鐃
去國憂讒日　臨風惜羽毛　倘逢文字獄　未敢賦離騷

偕黃志超再游石澳三首

三年人絕醇醪味　今日開懷盡一杯　此志浪花如雪白　此心漂淨不成灰
細膩風光著意傳　清遊裙履正翩翩　怕因冷面成孤獨　強作詼嘲學少年
誰家剩水與殘山　畫到斜陽一角難　十萬樓船新漢幟　幾聲簫鼓日邊還

示堅兒

佳兒具天性　少小識親心　教養嗟無力　頑聾不解音　深情誰紫玉　高義抵黃金
巧拙復如此　噫余百病侵

過荃灣望錫公墓

未擬登臨展墓來　驅車偶遇北山隈　紅霞綠水長青樹　無語斜陽立幾回
荃灣坳畔累累塚　宛有幽魂默默思　三載清風和冷雨　可曾吹洗貪瞋癡
屯門一水隔青山　見否頭陀杯渡還　身後虛名空復爾　九洲依舊月兒彎

幾許平生難了事　無端了卻亦隨緣　君心且共煙雲淡　漸淡浮雲漸散煙

六月廿五日韓戰兩周年

一

朝鮮三八線　我武自揚威　爭道鬩牆勇　寧知揖盜非　兩年原子戰　舉國壯丁稀　日日板門店　仁川已合圍

二

義師入平壤　壯士氣如雲　豈獨急人難　毋乃舍己耘　昔爲倭島倀　今拜漢家軍　與國成仇敵　誰能恩怨分

閏蒲節暴風雨

端午重臨閏五月　不聞江上賽龍舟　餼羊告朔終當廢　遺恨孤忠逐浪流　怒號浪向沙頭湧　海氣迷蒙白日昏　萬一瀟湘今夜雨　天南無地賦招魂

再過荃灣用刪韻七、九

一

油壁相逢認夜來　蘼蕪綠滿古城隈　舊歌愛聽花飛曲　陌上鴛鴦百劫回

二

飆飆風卷灘前水　浪雪千堆滌我思　黑漆洞天虛解脫　夢中人說夢中癡

三

青衣渡口望青山　雙槳扁舟去復還　動靜毋多眞美善　長空新月入眉彎

四

緣如可續緣無盡　且續今生未了緣　亦有人間歡喜事　歸來紫玉倘非煙

鏡湖小住

偷得忙中幾日閒　綠陰行腳到西環　客心夢繞煙波住　歸棹人歌菩薩蠻
樹接石堤雲淡淡　風搖細浪水彎彎　鏡湖萬頃平如鏡　海燕沙鷗任往還

南灣晚眺

海風習習拂羅襟　日晚南灣客思深　流浪生涯殊未已　淩雲才氣此消沉
石碑銅馬堤邊路　去國哀鴻澤畔吟　數盡歸帆千百遍　載來萬一有佳音

舟中

迷山遠水不知名　繫我羈懷萬縷情　三載南流獨憔悴　九洲北望是零丁
雕蟲技小羞難諳　燕雀巢空怯欲傾　幾許中年哀樂感　別風淮雨又前程

眼鏡　余年十七御眼鏡及卅三而去之又十年再配戴詩以志之時壬辰八月二日

憶昔相親十六年　晨昏坐對倍相憐　如何十載輕離別　贏得重波欲望穿
垂老舊歡迴舊恨　漸醒前夢覺前緣　多君還我雙遮力　照見空胸更瞭然

七月卅一夕離茂誠渡海舟中大風雨

一　明知渡海尋常事　無奈今宵獨感傷　燈火一船人兩岸　夜潮聲碎雨聲狂

二　女床山滿棲鸞樹　一雁飛來空遶枝　笛韻淒清愁裡聽　山陽忍復此棲遲

病魔

一　病魔陰影何憧憧　罣礙塵心往復中　絕憶盛年歡笑日　呼鷹盤馬正春風

莫擷離離懷夢草　鏡中空自舞文雞　低徊六曲欄干影　晚日寒風竹垞西

二　虛懷寂寂歸禪定　一任車聲雜市聲　悟到色空都實相　有情畢竟勝無情

層樓

層樓高聳五重天　無那清寒只自憐　蘆席一床分上下　從今雞鶩抱枝眠

八月十八日病歸

十日無端九日病　群魔舞影飛心鏡　百憂逐逐劫餘生　六識紛紛迷自性

不悔豪情往日非　卻嗟意氣當年盛　鵝黃嫩綠已經秋　冷落灞橋寒雪映

西環

西環日暮饒秋意　別夢依稀何忍記　聖院鐘聲似四時　卻憐心境新來異

古意十首

一　我有萬斛情　欲向長河傾　河水東流去不還　空餘新月影彎彎　一棹扁舟水月間

月照孤蓬人等閒　等閒心事換朱顏

二　花發滿庭樹　朝陽何煦煦　風雨定無常　莫把芳菲誤　瑤臺穠豔妝　玉苑清平賦

恐傷遲暮心　願乞春陰護　翩翩辭故枝　惻惻委行路　惟悴問東皇　春向誰家住

三　所思在何處　海角天之涯　亂石鳴寒瀨　奔濤捲細沙　坐視溟溟海　滄波襯暮霞
蓬萊不在遠　容與掛星槎

四　乘槎通碧漢　張騫去又還　欲得君平解　吁嗟蜀道難　邈邈海天際　泱泱雲水間
茫茫莫可至　嗐嗐空愁顏

五　未央前殿月　一代風華歇　燕子三春歸　依依漢宮闕　梁空舊巢傾　那許新巢結
去去效于飛　喃喃羞嗚咽　幾處畫簾垂　肯待春風揭

六　記得花時節　江南春二月　黃鸝葉底飛　紅杏枝頭綴　扶上木蘭舟　便爾輕離別
別夢怕重溫　回腸驚九折　使人愁更愁　三兩聲鶗鴂

七　言登香爐峰　月影何溶溶　北望古樵嶺　雲山幾萬重　我欲淩風去　微聞遠寺鐘
大窩觀日出　雲路訪仙蹤　嶺下西江水　奔流到九龍

八　昔聞蜀望帝　飛渡西樵峰　樵峰七十二　遍洒杜鵑紅　枝枝染碧血　朵朵泣春風
駕言適南海　島國遠堯封　杳杳煙波闊　鄉關幾萬重　啼聲斷歸夢　滴淚點君容
嗟爾獨行客　愁心兩地同

九　孤鴻掠雲影　晚日湘江冷　瑟瑟秋風悲　冥冥秋岸迥　蒼蒼秋水平　莽莽秋原靜

何處托佳音　佳音人不省

十

山雞臨鏡舞　顧影自遲疑　朗朗豪雄概　軒軒俊秀姿　翩翩耀文采　皎皎生威儀
何不自奮飛　喔喔啼朝暉　劍氣滿西北　莫傷聞者稀

七夕二首

離別多於相見時　一年一夕一佳期　佳期總被穿針誤　討厭人間傻女兒
別欠重逢話倍多　更深數問夜如何　且將不盡纏綿意　待織回文寄隔河

墨水筆被竊戲成

一枝妙筆舊生花　覆瓿文章老更差　知否江郎才欲盡　還君禿管了無他

病中

嗟予未老偏多病　憂患邅回斲盛年　昨夢漸醒千日酒　餘生能值幾文錢
尚悲禹域跳群醜　肯向秦關受一廛　共業未消煩惱障　是因是果總隨緣

四十

一　四十年間悲喜劇　曾無一幕可相忘　浮生每被浮名誤　熱淚爭教熱血償
幾度有家隨國破　寸心無地任情狂　徘徊莫了諸般刼　欲問前因路短長

二　四十年來悲喜劇　了無一幕足留連　溫柔夢染酸辛淚　懊惱歌翻斷續弦

遇眼風華人事改　塡胸邱壑宦情牽　無常最是雲間月　缺不多時卻又圓

三

東北西南歡喜地　羈人何處解淹留　海隅地角無多路　春蚓秋蛇共此丘

樽酒難澆愁萬斛　重簾空羨月盈鉤　年來怪底菱花誤　昔日青絲今白頭

有藏密法師善望氣謂余神志游離壽不逾兩歲詩以謝之

慵腰倦眼黯容光　心欲騰飛病在床　唾面未諳諛世術　低頭難乞救貧方

拚呼咄咄蹈東海　無奈噭噭向北堂　旦暮尙虛升斗計　多君許我二年長

慰姊氏齒落

無多骨肉雁行單　少小誰憐無父難　遂使北宮丫角老　尙傳軹里寸心安

齒亡舌在將知命　世亂家貧豈舊觀　四十年來甘與苦　菜根香味不寒酸

次韻答施公見懷

一

梁園病司馬　夜雨獨歸舟　豈是多生業　常爲慈母憂　飆風辜舊約　冷月照新愁

一葉長空墜　驚傳白露秋

二

今日餘心蕩　滄浪不繫舟　故人傳好語　病客賦離憂　去日異來日　新愁惹舊愁

九洲如可渡　杯酒話中秋

初秋

蕭疏涼雨報新秋　鶴夢蟲聲伴客愁　尙想荔灣蝦菜美　偏驚竹幕雁書休
哀蟬落葉劉三賦　明月清風虫二樓　最是黑沙灣畔路　漁歌欸乃唱青洲（灣作環）

佳節

佳節連連在八月　雨逢國慶又中秋　秧歌新舞細腰鼓　牧野曾輸一足球
薄海參差星日幟　中原今古帝王州　流氓未解團圓意　燈火升平感百憂

觀秋日桃花

白鴿巢花園緋桃盛開蓋春候秋來之兆獨念憔悴西風低回小徑以芳菲之姿先春而發欲與菊花桂子爭一日之短長徒有非時之歎爰弔以詩時壬辰中秋前七日也並志

紅桃映秋日　瑟瑟臨風哀　憐汝三春色　何爲八月開　凌霜黃菊傲　點水白蘋猜
莫問朱欄杆　劉郎今不來

又三首

桃花何爛漫　艷色凌秋霜　問訊東籬菊　芳姿誰短長
梅蕚無消息　春風未肯來　臙脂易零落　憔悴向誰開
庭前栢子樹　劍底桃花枝　會得溈山意　於今更不疑

中秋八首

一　海角中秋又四年　年年猶見月團圓　藥爐煙繞維摩榻　菊酒杯空學士船

經世有書餘蠹字　忘憂無調付鯤弦　從今客館挑燈夜　細讀神農百草篇

二

今宵何處不團圓　應是離人望眼穿　鏡海中秋同此夕　伊川左衽已三年
鯉魚燈映波心月　絡緯聲悲井底天　有日珠江雙槳去　不辭低首拜嬋娟

三

八年不見韶州月　尚記湞江小客船　兩岸月華燈掩映　千秋星隕石依然
低佪瘦影環城路　繾綣餘光近曙天　幾處浮橋今在否　橋西河灞是黃田

四

絕憶河源一夜雨　征人好月兩淋漓　江東將士思歸日　塞北風雲欲起時
雞局喜逢鄉里約　猴衣猶帶酒涎披　七年今又傷零落　颯颯西風壓鬢絲

記抗戰復員之歲自贛歸粵軍次河源值中秋夜大雨連宵好月不華與同袍及鄉里醉江樓上度此佳節

一

月瀉九洲千頃波　踏歌曼舞下嫦娥　娟娟影落鴛鴦瓦　悄悄心驚鳩鵲羅
終是雲裳仙闕好　可憐秋扇淚痕多　玉釵敲斷銀屏冷　時夢歡娛今若何

二

瓜果中庭拜月時　訴將心事月娥知　願憑一上團圓影　照向人間薄倖兒
夜夜清寒都幾許　年年幽怨竟如斯　淒涼一曲霓裳序　入破淋漓夜雨詞

三

經秋小病轉侵尋　苦藥濃湯漬滿襟　明月半牕人少睡　涼風一樹鶴微吟
梳翎每念焚巢劫　比翼常存息壤心　欹枕郤思弦管夜　酒痕香夢已銷沉

四 繁霜零露剋孱軀　瘦入吟魂韻更臞　萬里蹄輪歸戍卒　廿年書劍老寒儒
擬將千點明湖水　化作他生象罔珠　歲歲月華應笑我　故吾飄泊又今吾

偶見

一 偶見一星大如斗　大星下有小明星　自然本具參差相　等級由來那得平
二 一元二元心與物　古來多少愚民術　若將木石例心靈　便覺人禽相髣髴

易君左詩書畫展席上

南國騷壇擁將旗　是誰復位定盦詩　夕陽鴉背傳烽火　暗換風華小晏詞

壬辰重九

漸冷西風九月霜　清愁如許況重陽　登高莫問滔天劫　投老偏驚舉世狂
曩日鍾情唯我輩　顏年佳節尚他鄉　更堪把酒黃昏後　不解愁腸只斷腸

五二除夕

去年臥病濠江濱　襟影依然強自親　難得嗟來知己飯　不禁愁然等閒人
層樓月照燈猶黯　遠寺鐘傳歲欲新　擬向夢中尋舊夢　金樽翠袖記眞眞

五三元旦晏起二首

昨宵除夕今元旦　此地狂歡時節多　遇盡去年災與難　問誰人不競謳歌

孤衾我亦夢寧家　燭蕊神前欲結花　知是慈娘稽首祝　今年人不各天涯

壬辰除夕港澳舟中

一

不教閒卻等閒身　故遣辛勞巧役人　衹願餘生頑若健　莫論世態假如眞

漸開眼界方壺小　無盡年光臘鼓頻　一舸歸來正除夕　膢顏聊可態慈親

二

十年慣作飄零計　已分他鄉勝故鄉　欲換微名懶斟酌　難除結習到疏狂

滔滔水向東南溟　逐逐人牽歲月忙　縱使歸家似是客　風華老卻段文昌

峽山唱和集

半角侶明慈題

嶼山唱和集

自序

余於乙未歲渡古漁，登昂平。夜攀鳳凰峰，觀日出，宿寶蓮寺，識智照、明慧兩詩僧。當時同遊者，施丈憲夫、易公少蘭、李四啓文共以東西南北之人。又皆澹然遺世，因結爲忘年詩友。彌勒峰頭，蓮花石畔，掛雨飛煙，暮鴉斜照，勝境清懷，題材幾許。以是郵筒唱和，往復無虛日。逮數年，智師示寂，易公亦歸道山，明師則正養痾止靜；施丈又老困成安村，李四仍僕僕爲妻兒活計。雲海蒼茫，鷗盟零落，江山如故，往事難尋，盛逢不再可，可慨也矣！今夏於溽暑中偶檢舊卷，重讀曩時酬唱，不禁黯然！杜工部句：落月滿屋梁，猶疑照顏色。晏小山詞：衣上酒痕詩裡字，點點行行總是淒涼意。雖因緣聚散，如是如是，而呑聲惻惻！奈何？奈何？展卷懷思，詩魂喚我。因選錄若干首，題曰嶼山唱和，用誌曩日詩盟。拜序。

己酉中秋節日梁隱盦於香港加山麓

昂平觀日 用東坡清虛堂韻

一
秋波瑟瑟明細沙　壞壁摩挲認古衙　行人晚煙岩壑暮　夾道野菊山搽花

二
轉嶺回峰見落日　青松翠竹鄰仙家　月白長空歸一鶴　霜寒矮樹宿群鴉

三
雙螺突兀朝東海　夜半雲生五色葩　蛟龍捧湧金丸出　鱗抓爪舞洪濤爬

四
眼底圓融文偃餅　胸中觀照趙州茶　忽然大地敷靈氣　咸池三鼓漁陽撾

五
我聞苾蒭向旭日　對茲幻象心驚嗟　又聞因緣生滅法　何傷暮境欣朝霞

夜宿寶蓮寺

更深佛殿拜如來　肯度凡夫知見開　煩惱心依清淨地　修羅場隔妙高臺
金剛窟裡音常住　指月樓中影自回　一夢拈花渾未醒　鐘聲無奈苦相催

寶蓮寺留別智照大師

一
昨夜初更叩佛門　晨曦曉露望朝暾　勞人亦有清閒福　欲問名山拾慧根

二
佛光寶相接明霞　葉葉紅蓮朵朵花　向覺背塵新合掌　從今莫種故侯瓜

三
度我初登攝度橋　無明煩惱此時消　獨憐回首高原望　颯颯霜風草木凋

四
塵心何住去何年　彌勒山頭大帽巔　未許頓觀菩薩地　先從文字結因緣

用前韻寄智照

一 欲證眞如入法門 便來南海禮朝暾 佛光加被陽光滿 愧我多生種鈍根

二 曲澗流泉撫落霞 靈音相伴石蓮花 兆羅有意留名色 淨土新栽合掌瓜

三 斜陽小立曲欄橋 望裡雲山影漸消 偈頌至今傳水鶴 百年身共歲寒凋

四 零落風華老少年 水涯行腳又山巔 何當福慧如君好 參透微塵萬法緣

答智照用前韻

凰鳳山上倘重來 澗底寒梅開未開 白雪作葩霜作蕊 黃金爲柱玉爲臺

僧伽佛法聚三寶 夜月星辰照幾回 景物都成虛實相 一聲獅吼忽相催

東智師

詩僧只合住名山 霧雨煙霞獨往還 是處雲深留客步 幾回月滿印禪關

低眉念續無生忍 行腳心緣有想閒 聞道吊鐘花漸發 莫辭折我一枝慳

昂平八景

步智師原韻

峰尖嶺脊石崚嶒 道是癡頑卻有情 爭共群龍齊點首 金光萬縷日輪升 鳳嶺朝暾

小樓般若對雙峰 十里悠揚殿角鐘 一卷彌陀經課罷 琉璃燈映晚霞紅 鐘樓名照

玄黃戰後此遺材 化石長埋土一坏 最是晦明風雨夜 聲傳萬壑隱輕雷 山藏石鼓

流泉幽咽出岩陰　綠滿青溪花滿林　日午風微雲影淡　誰家高士撫瑤琴　岩瑣清溪

何年摩詰散花香　種得蓮華傍道場　石蕊雲根山作砵　靈風法雨佛心長　石現蓮花

乍疑濃霧乍輕煙　薄似水綃密似綿　天半華嚴不可即　金剛隱約現南阡　雲封窣堵

鹿湖古道晚蕭蕭　樹影斜陽度小橋　荷擔如來歸去也　黃金如海畫堪描　僧歸攝度

荷笠提筐笑拍肩　朝朝采藥翠微巔　覺蓮苑畔雲遮徑　好聽鐘聲認寶蓮　樵遇覺蓮

次智照韻晚登法華塔

凰鳳山在香爐西　水遶雨封路轉迷　知有僧伽持正定　每登窣堵對清溪

莊嚴相起莊嚴念　去住心從去住歸　見否南來新雁字　隨陽飛度影高低

用前韻答智照

一時法會在靈山　幾日龍華道上還　恰見波翻魚圉圉　微聞風動鳥關關

六根明慧他心覺　百劫遷流性自閒　難得及身聆妙諦　重來料我不緣慳

次韻智照乙未長至日登華嚴塔

夢魂昨夜東海東　三山宮闕何豪雄　歸來顧影雲和月　還復長歌風入松

漠漠飛鴻留雪印　泠泠鶴唳接霜鐘　偶然回首住心處　五色流霞明太空

次韻智照乙未十一月廿七夜奇寒詰朝見冰

一
喚起吟魂每向晨　玉壺心事記春冰　疏狂似我難成佛　梅鶴隨君共結鄰

二
冷月草橋蹄得得　空山泉石漱振振　腐儒未解聊生計　禿管何如三百囷

謝智照寄贈鐘花二枝附七絕三首拜步原韻

尺素書封寄使君　兩技花折付行人　行人也解和南意　報導山中好個春
色相何曾染六根　拈花笑問索花人　羅浮舊夢空相憶　來去優曇劫後身
枝枝穠淡對雙峰　朶朶華嚴塔角鐘　意影心聲共一合　微塵無處不相逢

步智照原韻兩首

除夕

一
未把疏狂結習除　狂生端合九夷居　送窮賣懶嫌多事　藜藿齋鹽且自茹

二
新雨撩人知有意　寒梅無侶欲邀予　可堪茶當屠蘇酒　一盞清涼萬念攄

元旦

正朔猶閒歲建寅　編氓海涘慶元辰　願憑贊禮諸天佛　閒卻浮沉百劫身
花放千鐘鐘欲響　心棲萬樹樹無塵　壯懷漸與人俱老　辜負芳華歲歲春

丙申上巳後一日重游昂平用易公少蘭原韻贈智照大師

一　一別道生久　塵埃染鈍根　殷勤度迷障　杖錫倚三門

二　種月栽雲手　山花野草春　東風舊相識　笑語再來人

三　茗苦詩腸澀　更深籟氣清　鳳山鴻爪錄　今夜又題名

用前韻七絕三首

一春倦聽鵑聲滿　何處靈音淨耳根　廿里山花山草路　晚鐘斜日到雲門

春光已遇三之二　佛地依然錦繡春　須曼優曇三百本　詩贈猶是種花人

佳句每因依韻好　新詩曾是飲茶清　雲腴一束贈盈手　紫貝天葵最有名

寄懷寶蓮寺半角僧明慧

半里疏鐘半角僧　一峰彌勒一龕燈　光生般若無邊界　人在華嚴第幾層

偶遇虎溪招惠遠　還來鳳嶺笑孫登　空山月照禪心靜　島也新詩瘦未曾

用前韻酬昂平智照明慧兩師

覓心見性又何曾　許我須彌拾級登　寶髻放光光萬丈　浮屠瀉影影千層

有爲福德漏無法　無盡生涯闇有燈　幾樹菩提明月照　一堂雲水兩詩僧

三用前韻謝明慧寄贈心經透網一卷

提婆百論讀何曾　彼岸憑君度我登　驛使傳經經一卷　潮音透網網千層
辯才具足知無礙　苦海娑婆賴有燈　願得因緣異時熟　不辭低首拜高僧

四用前韻却寄明慧師

草墩斜日晚何曾　負鼓盲翁蹀躞登　牛背笛聲歸緩緩　山巔雲氣湧層層
雙林紫竹幻人境　一派紅霞染佛燈　似我塵勞堪作客　從知澹泊不如僧

答智師端午寄懷拜步原韻

零落生涯老一庵　離憂騷怨讀何堪　瀟湘莫返孤臣棹　海涘空投處士簪
少會難期虛夢寐　新詩頻索太貪婪　由來萬卷書無用　我亦蹉跎類蠹蟫

丙申立冬後二日到昂平宿寶蓮寺兩宵得雜詠六首呈明慧智照兩師

一　秋風邀我上昂平　碧澗青松舊結盟　十里佛光園在望　斜陽一路晚鐘聲

二　彌勒峰頭夜放光　崚嶒犖確忽康莊　分明示現燃燈佛　接引人登選佛場（自東涌登昂平半途天黑智師提燈至大東山坳來迎倖免摸索之苦）

三　重來又遇立冬天　繞徑黃花晚更妍　霜月半牕傳擊柝　枕邊涼夢鳳凰巔（去年立冬後十日登鳳凰峰觀日出）

四　十幅冰綃薄裹綿　飄飄人似霧中仙　闌珊燈火迷離望　隱約蓮池傍寶蓮（來山翌日剪風零雨濃霧漫天霧中山行別有奇景）

五　天人眷屬結緣多　盡道朝山禮佛陀　淨土本來隨處有　思量無奈此心何（週末來山遊侶頗多）

六　歸路薑山大鹿湖　幾回拄杖立踟躕　雙螺送我殷勤問　三月鵑花有約無

步原韻和智照詠白桃花

休將冷豔比梅花　恥傍孤山處士家　色相何年皈解脫　臙脂無夢憶芳華
青谿欲返漁人棹　金谷還裁越女紗　今日崔郎倍惆悵　春風相識賸流霞

丁酉元旦後三日赴澳舟中望大嶼山有懷明慧智照兩師

隱約仕峰見鳳凰　深深雲影護禪房　白桃花放一池雪　紅杏雨飄三徑香
殿角燕歸經課晚　日邊輪轉法音長　當前便是菩提岸　我尚中流五欲狂

步原韻和智照丁酉元旦登華嚴塔

晚秋時節記登臨　紅葉霜風野色侵　又報雞聲元旦日　偏驚蝶夢遠人心
望中多寶舒靈氣　嶺外雙峰遏祆祲　一卷華嚴自觀想　石蓮花發海潮音

沙田十首

丁酉人日後三日智照師來自昂平下榻沙田易公少蘭及其壻梁少峰旅厲兼約施丈憲夫李啓四兄西窗夜話小閣聯床殊勝因緣僉以難得維時冷雨凍風不減遊興步西林望萬佛叩慈般淨苑過曾家大屋供齋寶靈洞碧水青峰饒增客思暢遊兩日智師又遄返嶼山來去倥偬依依未已得紀遊詩十首以誌記云

一

有約娑婆乘願來　春風無地著塵埃　不於汀九尋杯渡　爲向孤山訪雪梅

二

小樓新被佛燈光　花散維摩滿室香　知是易家賢丈壻　飯僧兼約李施梁

三

剪風零雨過西林　倚竹空懷翠袖心　翹首煙雲最高處　一堂萬佛響靈音

四

圍爐天氣爇心腸　紅荳調羹蜜作湯　明日天涯今日客　最難風雨夜聯床

五

遠山如黛水如藍　細草平堤露氣涵　曾是他鄉風景異　沙田山水似江南

六

曾家廣夏自成村　早爲流氓結樂園　寂寂房櫳聞吠犬　幾疑身在武陵源

七

雙溪流水澆慈航　十幅長幡禮佛堂　願向蒲團低首祝　妄心退轉到疏狂

八

一庵般若築臨崖　十地菩提住幾階　法相莊嚴三寶殿　如來供養八關齋

九

莫歎離群但索居　來時去日總如如　憑君收拾陳蕃榻　孺子而今不姓徐

十

偶見閒雲欵欵飛　偶逢夕照想朝暉　偶然相識偶然別　偶送春光浩蕩歸

却寄智照步晚眺原韻

餘生有分戴胡天　心事山橋草澗邊　麥秀黍離當野色　馬嘶牛喘異哀弦
圓於朗月融於水　靜比閒雲淡比煙　聞道諸緣生慧覺　才人老去例逃禪

再用前韻寄智照

彌勒峰高欲接天　扶筇人立鳳凰邊　商量大嶼新花草　惆悵東山舊管弦
野鶴一聲雲外嶺　斜陽半形暮中煙　春心動靜誰能了　慚愧書生未解禪

書懷寄智照三用前韻

野棠花放鷓鴣天　細雨遊絲鬢髮邊　一角湖山留蝶夢　十年鄉國換鯤弦
榮枯世事園中草　澹泊情懷嶺外煙　銷盡他生文字障　試抄經卷試參禪

丁酉穀雨前一日偕李四少峰自東涌登昂平途中大雷雨衣履盡濕抵寶蓮寺煙霧迷漫留連三日遊興不減得七律四章並呈智照少蘭憲夫

一

輕舟幾度渡江來　合把遊心契蘚苔　芳草綠迎行客至　遠峰青傍濕雲開
疏林曲澗千重雨　迴谷層崕百面雷　喜有醍醐甘露味　淋漓人上妙高臺

二

陣陣風吹陣陣煙　薄於蟬翼白於綿　輕盈搖曳鳳凰下　濃淡扶疏蛺蝶穿
變幻悟將無二法　昂平應是第三天　此情此景宜收拾　好向胸中著意填

力人王平告我語大嶼山有三天大澳一天鹿湖第二昂平第三以同一時間而天氣變幻不同也

三

莫道山僧鎮日閒　朝來風雨最心關　空階落葉和雲掃　半畝新苗引水環
四月白黃正月種　繞籬松竹倚籬刪　何如我有閒滋味　笑問當前若箇閒

四　積月相思兩日談　菜根芋餅味醰醰　龍山帽向春風落　鹿苑詩催夜雨酣
萍梗生涯遲海角　杏花消息望江南　何年買得青溪住　禪榻爐煙共一庵

李啓於途中帽隨風去　追尋不可得

柬施憲夫代札

一　聞道忙於日看山　清漪石澳又荃灣　驕陽驟雨欺人甚　布韈笻枝帶莫慳

二　昂平三月拂遊絲　有個山僧託致辭　望斷西灣河畔水　潮來潮去總相思

三　已熟黃梅立夏天　江聲鼉鼓響龍船　兼旬便是詩人節　定有新詞寄我先

四上昂平歸來有懷智照上人三首

一　記得來游大嶼山　東風料峭春閒閒　何期煙霧送歸舟　從此春光去莫留
雨灑梵經佛生日　花飛紫陌人倚樓　野棠落盡無消息　四月白黃開也不

二　如此深情無處覓　煙飛雲舞送行色　一回拄杖一回頭　雲自還山水自流
明滅雙環窺半面　海天一線隔輕舟　縱教五上華嚴塔　塔上風雲已九秋

三　遠公送我虎溪東　鴻影還留去後蹤　去目叮嚀記宛然　難忘風雪訪沙田
晦思園在雲腰上　萬佛堂懸雨腳前　已漸橙黃又橘熟　幾時重續舊因緣

八月朔日鹿湖道中

溪橋無恙我來頻　雨快風輕秋意新　已見三開蕭寺菊　何妨一夢葛天民
雙螺半面妝如洗　獨鳥南枝影自親　日晚鹿湖歸步急　出山泉送下山人

九月十九日憲丈有沙田之約久遲不來書以寄懷並柬智師及易公李啓

憶自春歸去　經秋忽復冬　故人隔一水　風雨張千峰　紛紜世間事　聚散浮萍蹤
記淂沙田約　游屐時陪從　摩挲西林竹　徙倚東覺松　雲霞最深處　樓閣隱蔥蘢
香飄舟桂樹　音演梵王鐘　下視蓬萊苑　去天還幾重　霜風掀我袂　爽籟羅我胸
招邀易與李　及此參機鋒　勝境與良會　因緣難再逢　好當樂吾樂　莫笑庸人庸
盛意鑄心版　至今常敬恭　重上晦思閣　亂草鳴寒蛩　依然舊相識　岩泉聲淙淙

丁酉大雪前夕與智照大師自大澳步月登昂平宿寶蓮寺

頻年眞有鳳凰戀　雨意冬心六度來　幾點雲飛千樹繞　一輪月照萬山開
鐘聲遠近遲行履　竹影參差動草萊　善友勝緣清淨境　根身無處著塵埃

贈源慧

去歲筏可大和尚弘法檀香山演講十善道業經源慧侍焉源慧師事海仁大師授楞嚴經

一贈訊阿難海外歸　法輪曾共日輪輝　殊方俗尚唯隨物　十善經傳可契機
定有金鬘飛白傘　還從寶相認緇衣　鑽頭瀨畔龍華會　多少人天禮小威

二
拜首阿彌陀佛林　廣長舌妙演玄音　半天霜月琉璃淨　一卷楞嚴信解深
便以心燈觀萬法　巧將法意照他心　從今了覺吾之見　不向通明甕暗尋

戊戌寒食日阻雨遂負嶼山之約寄懷智照上人

柳舞花飛又寒食　山盟雨約長相憶　幾番歸夢故人心　一種閒情芳草色
欲聽雞聲話晦明　可憑燕語傳消息　海西今夜正東風　吹遍南溟煙水碧

戊戌清明宿昂平寶蓮寺七度登臨霧裡遊蹤不可無詩以記之

山南山北霧中行　萬象迷離幻有情　人立路疑枯樹直　客隨風聽小蛙輕
群鴉啄葉穿雲去　孤犢拖韉帶雨耕　眼底莫論天地窄　一微塵裡任縱橫

戊戌穀雨登大澳薑山觀音殿

一
暖風邀我度薑山　行腳溪聲嵐影間　萬木蔥蘢兩楹殿　三峰羅拜九回環
二
從教淨土勝仙鄉　靜室今成選佛場　千手觀音無量願　悲心許挽眾生狂
三
出山泉想在山清　石咽溪流欸欸情　指點鳳凰峰隱約　煙雲深處是昂平

次韻智照鯉魚門二首

來潮去汐上中環　燈塔巍峨礁石間　午日漫漫雲影淡　客心曾共白鷗閒
魚躍鷹揚矯矯姿　蔚藍天覆漢旌旗　伊川今已非王土　猶許蟲沙泊海湄

和智照端午原韻

招魂千古事　付與弄潮兒　舊俗循三楚　流風被九夷　示民同好惡　有客獨傷悲
極目西灣望　群龍逐鼓旗

八月二日二更自大澳登昂平智師攜燈迎於吹風坳

一
幾雨遊山屐　招邀登古漁　炊煙添暝色　暮靄接村墟　雨過溪流急　峰回石徑紆
疏鐘靈隱寺　拄杖立須臾

二
山行愛落日　晚翠映浮屠　鳥有還巢戀　泉無出澗圖　一燈肝膽照　五里杖藜扶
彌勒峰前路　今宵風露殊

寄智照

上人幽棲近岩壑　迭嶂蒼蒼雲漠漠　會得非非非想心　遂有浩浩浩然樂
茶烹愛汲在山泉　客至邀登指月閣　幾度華嚴塔角鐘　九天梵韻玄音落

再寄智照

又遇雙星節　閒階一雨秋　霜侵黃菊瘦　風颭白蘋愁　雁訊歸何許　蟬聲唱未休
西林明月夜　雙槳再來不

戊戌七夕次智照韻

不辭稽首拜雙星　願與銀河共太平　砧杵不敲秋夜月　牛郎從此罷長征

暴風雨未止智師匆匆返昂平因以寄懷

故人來時風雨至　風雨不歸故人去　風橫雨狂一葉舟　山腰嶺脊初更路
因緣猶自話清涼　聚散無端成指顧　夜半西窗歌枕聽　心香爇禱秋光曙

偕少蘭詞長智上人暮登太平山次智師原韻

香爐峰高不可攀　飛車人立暮雲間　斜陽鷗鷺千重水　滄海鯨鯢萬疊山
獨鳥未歸胡地月　九龍誰識漢時關　當前便是摩星嶺　直欲盈筐擷摘還

智師原句　峰遺亂雲攙
赤柱海街斜日照青山

十上

一

十上風門坳　秋心入杳冥　新堤環石壁　小嶼隔零丁　縱目蒹葭遠　塡胸邱壑平
憑欄暫延佇　繾綣夕陽明

二

十上華嚴塔　海天一色秋　風帆過嶺腳　霜葉滿溪頭　贊佛藏經閣　燃燈指月樓
願聞眞實義　解我客塵憂

偕智照遊石崗淩雲寺

觀音掌上淩雲寺　殿角高懸指印間　廢沼蓮花紅寂寞　斷牆苔蘚綠斕斑
憑欄縱目華夷界　踏草行歌菩薩蠻　閱歷百年生住滅　一龕燈火照慈顏

有懷用智照遊園通寺韻

一翼高飛淩太空　玉京碧落許相通　沉沉霜露星辰夜　歷歷煙波水月宮
金粟祥光搖作海　紅魚清韻響隨風　分明大嶼雲深處　咫尺須彌芥子同

讀智師五八年除夕感賦並用原韻

歷歷神州劫火紅　磨旋群蟻沸湯中　當風襟袵人俱左　似水因緣日向東
首亥建寅知有別　來年今夕將毋同　韶光暮共朱顏改　搖落江關一放翁

戊戌臘八後一日渡頭候智師自嶼山至口占四首

北風吹浪浪白頭　黃昏渡口客凝眸　海東初上剡溪月　曾照當年訪戴舟
已過山中臘八期　寒梅應遍嶺南枝　冰心不見慈悲面　春到人間那得知
一舸梯航彼岸來　祥雲光護九龍開　千心百意齊稽首　萬派潮音唱善哉
捧袂依稀回夢痕　萍蹤會合也銷魂　憑君珍重西窗夜　明日天涯且莫論

寄懷智照上人

試上層樓望鳳凰　鳳凰雙闕鬱蒼蒼　屯門草色餘杯渡　石壁江聲欲鼓浪
天外簫心曾爾許　雲間劍氣忽相望　當年夙有鵑花約　消受昂平幾夕陽

己亥二月十一夜至昂平候智師疾

相思欲寄鴻魚杳　不爲鵑花有約來　藥椀病床燈一室　笑顏迎向故人開

二月十九觀音誕日登昂平雜詩四首

葉葉舒青眼　山山障碧紗　春光在何處　一路野棠花
故人松栢健　嶺外夕陽多　零露滋幽草　禪心遣病魔
冷冷觀音殿　沉沉地藏鐘　老尼營葬地　白塔峙雙炵　密宗比丘尼了見持咒撞鐘行持嚴謹年且七十自營塚于鑄鐘舊址並築塔繞之去年底化去
希有楞嚴會　蓮花九品開　朝山千萬衆　都爲布金來　寶蓮寺楞嚴法會二十一天善信來山絡繹不絕

己亥夏宿寶蓮寺十一日

勝游十日住昂平　鹿苑僧伽舊友生　攀磴尚誇腰力健　聽泉如洗耳根清
鬢絲禪榻香嚴飯　夕梵晨鐘小化城　暑氣欲隨涼雨盡　鳴廊昨夜有秋聲

己亥初秋與智照游馬交遂驅車抵關閘下望前山眺三廠日暮徘徊御人促歸去曲江野老

望裡華夷界　停車日正曛　十年人去國　咫尺雁離群　隔岸傳刁斗　邊城起暮雲

洙泗無從賦以志懷

江頭哀杜老　不敢話榆枌

偕智照遊澳什詩四首

同舟風雨夜聯床　秋水蒼茫秋氣涼　總爲故鄉歸未得　新來結伴只他鄉

矮屋層簷好作家　門當小巷石梯斜　呼兒治黍留佳客　八十慈萱自捧茶

南灣嫣閣又西環　樹影潮聲石塹彎　一抹明霞紅欲醉　輕車笑語兩閒閒

千里江聲入鏡湖　河山一角小方壺　遺民淚共流氓血　點染斕斑鄭俠圖

智照再疊家韻和作附錄故園南望可無家海角風橫日未斜卅載酒痕憐滌盡舊醅休試試新茶

智師腰足小恙斗室趦趄賦詩兩章見寄因廣其意奉和一首拜以寄慰

烈士胸懷薄湖海　美人顏色妬燕支　生當國破家亡日　悟到花飛葉落時

世法即今都戲論　天恩厚我亦仁慈　根身好共心安住　莫謂能醫不自醫

寄懷智照並候足疾

漸老丹楓涼氣深　新瘥腰腳好行吟　清幽蘭若能容膝　浩蕩乾坤可放心

回雁已過秋訊息　鷗盟肯逐浪浮沉　大東山畔西風急　莫遣霜雲帶雨侵

重游青山東明慧上人

龍泉鹿苑偶經過　斜照西風喚渡河　一自蓮華宣妙法　海潮音滿青山阿
已報南枝嫩蕊開　護霜雲影接樓臺　灣頭鷗鷺迎人問　甚日重偕杯渡來

明慧僧年五十二用原韻却寄

寄歸曾自海之南　水遶山圍佛一庵　窣堵鈴招風笛奏　曼陀花發露珠含
傳神筆影黃金粟　妙色根移白玉簪　從此頓超菩薩位　趙茶雲餅漫同參（臺宗以站薩乘階位為五十二）

次韻少蘭詞長嶼山憶舊二律

一
層岩百丈振衣輕　款款雲如出岫迎　是處昂平堪小憩　當時雨雪罷長征
生河倒影迷離望　哀樂中年次第成　商略寒山與拾得　鳳凰池水濯吾纓

二
臥聽泉韻響琤琮　人在春雲第幾重　劍氣簫聲諧雁柱　霞飛煙舞異狼烽
漫尋蕉鹿醒時夢　猶記泥鴻去後蹤　紅葉故山秋更好　莫辭攜醉一扶笻

辛丑重陽前五日寄智照

退院潛修清淨福　風華懺我廿年遲　薄留世味非忘世　緣有悲心起大悲
幾樹杉松環遠舍　一龕燈火笑袁絲　宵來夢向昂平路　商略黃花九日期

智照師荼毘 壬寅冬十一月

一 銀笛聲嘶火葬場　松枝橡葉伴黃腸　戒經一卷回環誦　百六緇衣拜兩行

二 牌位靈臺殿角東　油燈青映佛燈紅　羈魂定有安排處　淨土彌陀共一龕

三 曾記當頭月滿身　鹿湖風露兩行人　六年今又昂平夜　獨吊蓮花石上魂

四 病榻書椷未忍開　幾回悵望巨卿來　海潮音繞梁州夢　寂寞魂歸只自哀

五 虎變鷹揚舊霸才　著衣持砵亦傷哉　長沙灣是西州路　幾度羊曇慟哭來

和施憲夫

余每懼浮沉文字海不能自拔三年來已廢吟詠頃李啓以施丈乙已秋追感亡友易少蘭及智照師七律一章見寄捧讀回環舊遊歷歷指月樓前道風山麓都是行吟之地寧禁生滅之思昂平排頭緣疏行腳匪無因也爰寄哀感依韻和一什拜柬施丈李四共憶十載龍城風雨人來好彩樓句傷悼無已隱並識

閻浮碧落事茫茫　人在東南西北方　瓶砵去來虛鷲嶺　葛裘冬夏渺嵩邙

風山雲護先生宅　月閣塵封舊日房　朋侶即今矜細律　每從落筆想王楊

易公少蘭周年祭二首

宋皇臺古共徘徊　品茗評詩日幾回　風雨一樓非好彩　何時入夢故人來

慈雲佛殿禮空王　願度詩魂到上方　是處若教逢慧遠　鬢絲禪榻話偏長

依韻却寄施憲夫並柬李四

駘蕩春歸南國早　笙歌十萬壚峰島　金燈綺席昔年游　華鬢朱顏人未老

未老人思酒力微　百盃一石知音稀　難除結習疏狂態　已換年時舊錦衣

共是梁鴻去桑梓　謫仙（謂李啓）希聖（施肩吾字）汪來子（明易為昇號汪來子）　廬山慧遠（謂智照）幾經過　三笑虎溪方外士

傳杯擊缽日康娛　鳧侶鷗盟興不孤　寸鐵肯持呼白戰　千金許換到黃壚

何期春滿桃源洞　回首事如前日夢（張來句）　鳳凰峰下禮荼毘　般若庵前悲葬送

成安村舍老愚山　易緯青鳥儒道間　市隱計然仍杵臼　梅松竹友尚人寰

人寰今又春陽節　當筵愛聽弦音烈　但願長爲擁鼻吟　不教更賦銷魂別

莊生昔作逍遙遊　尺鷃榆枋志易酬　記取禪心印明月　坳堂杯水繫虛舟

苔衣集

壬子夏六月黃思潛題

著衣集

序

自癸巳至壬寅，又九年，著衣持砵，入舍衛大城。鄙事之餘，不廢吟詠，得律絕若干首。每多憂幽愁苦之詞，亦錄存之。當時生活一節，聊爲誌記云爾。

隱盦識

癸巳人日

歲不因人自去留　留將點線拌新愁　眾生今日皆生日　舉世同仇九世仇
未報王師歸禹甸　微聞海客話瀛洲　新詩欲寄洪喬誤　鐵幕雲低鎮海樓

九日游青山寺

十年有願訪青山　願也依然付等閒　恰是我生初九日　來參禪破第三關
韓碑宋殿潮音外　翠竹蒼松夕照間　南服肯留清淨地　從今不自歎緣慳

九龍城侯王廟　用辛卯韻

南朝舊事記猶新　草莽艱難有幾人　寸土尺心心已碎　百年一夢夢非眞
遺民歷歷紅潮劫　狄騎駸駸紫陌塵　忍見伊川淪左衽　隨陽哀雁去來頻

早渡

一 碧波湧日照琴臺　小徑紅花笑臉開　聞道盛年貴朝氣　朝朝朝氣逐人來

二 虎虎北風浪作花　平明江上響胡笳　樓臺燈火餘殘焰　此是桃源十萬家

三 春風最早歸南國　二月杜鵑已著花　絕似西樵紅躑躅　無端躑躅到天涯

四 我家世世濱南海　我遂飄零南海南　垂老尚爭雞鶩食　枯魚七葉豈無慚

五 壯不如人老更差　腰慵舌咄眼微花　依然負鼓登場去　五里樓船十里車

六 出門惘惘趁微明　日日勞人第一程　霧裡笛聲江上雨　十分無賴此時情

七 春雨宵來歷亂聲　今朝枕上祝新晴　石梅雲落臙脂色　爲怕相看涕淚盈

四月五日復歸茂誠

尋巢燕子又歸來　風揭簾櫳向曉開　還似春光四時節　幾回惆悵幾徘徊

暮春

開到荼薇未落時　東風吹夢去遲遲　春光也許長相伴　但有春心不可知

松山春思

池水紋生料峭寒　倚欄人自怯衣單　煙迷隔岸鄉關遠　浪湧長天舟楫難

異代江山仍故故　明朝風雨定漫漫　海隅久客無歸計　夢裡春婆夢已闌

謁錫公墓 六月二日英王加冕巡行

一 百忙難得有閒時　來讀灣頭墮淚碑　猶似當年營葬日　罡風狂挾雨雲吹

二 隔岸喧闐會景遊　獨憐冷落此荒陬　平生不慣因人熱　今日尋君君在不

三 斷續枝頭小鳥聲　墓門底事太淒清　黃沙白石青青草　多少人間未了情

四 兩行熱淚清於酒　一瓣心香化作煙　萬一大招魂可至　寧無好語慰重泉

五 仲子新傳博士名　室家事業兩相成　勸君莫論齊非偶　別有兒孫一代程

六 幼子三年洗腦回　人生岐路尚徘徊　舊家雅有溫情在　老母門前徙倚來

七 夫婿依然伴母居　柳陰垂綠護芙蕖　不教重利輕離別　黃卷生涯樂有餘

八 十年流水行雲意　翻作深恩淺愛嘗　豈有安貧甘賣履　幸無遺語囑分香

九 嫉風妬雨已全消　孝媳賢孫解寂寥　此願半生償未得　從今不自意迢迢

十 喋喋家常細語君　歸魂縹緲可知聞　今生了卻前生業　莫記殘宵舊夢痕

癸巳端午澳門二首

佳節歸來一省親　匆匆去住異鄉人　西環昔日行吟地　無復煙雲自在身

街頭不見靈符賣　客裡端陽寂寞過　午日鏡湖風緩緩　羈人心事托微波

訪憲夫

西灣河畔路　來訪高人家　入座數峰碧　當門一徑斜　漫云陋室陋　已絕嘩聲嘩
忘我客中客　清談興轉賒

晚步

紅霞明淡幾黃昏　不映秋波映淚痕　瑟瑟西風落黃葉　由來此地最銷魂

癸巳中秋夜港澳舟中

大嶼山頭明月明　鯉魚門外清風清　金波萬頃輕舟輕　我自團圓影與形

一月二日登錫公墓

六月一日又二日　半載重來謁墓門　燼燭斷頭香尚在　飛花含淚草無言
淒風吹換三年別　冷露寒生五夜魂　賸有酸辛兩行淚　歸鴉相伴日黃昏

除夕港澳舟中口占二首

東風吹雨太纏綿　臘盡歸心客夢牽　歲月催人容易老　一生送得幾殘年

一江濃霧笛聲馳　繾綣冬心欲去遲　恰與春光競先後　歸來年夜未闌時

甲午元旦西環漫步

鏡湖一自秋風別　重到西環歲已更　鷂首紅錢飄蕩漾　魚竿綠影點輕盈

新詞入破釵頭鳳　好夢驚傳葉底鶯　陡倚石堤欄外望　孤懷空遶暮潮生

欲探

欲探向曉春消息　霧海煙峰無處覓　窗外聲聲杜宇啼　花前點點紅顏色

甲午清明恰又上巳

今日清明三月三　十年征夢憶龍南　鵑紅梨白春光滿　蝶舞花飛酒意酣
水沒斷橋連夜雨　峰懸曉日接雲嵐　可堪景物都塵跡　剩把勞生抵死貪

錫公四周年祭 用前韻

一
不堪重讀屋梁篇　春霧秋霞歷四年　漸杳歸魂入我夢　尚留心事索人研
憐才獨賞周郎傲　知己誰如鮑叔賢　記得定南疏散日　破車殘雪古城邊

二
碑石空題死後名　盛名朽骨兩無聲　遙知泉下歔欷感　猶憶人間冷暖情
銀漢謫星光黯黯　瓊樓爐燭夢縈縈　百年未滿因先了　心共江潮到岸平

三
藍天綠水遶青山　水契山盟願可還　曩日橫眉羞唾面　今朝放眼定開顏
重逢亂世皆辛苦　小憩勞生莫等閒　骨相欲隨秋草腐　靈光寧久托荃灣

四
相逢魚水便相知　韜略文章媿作師　苜蓿盤盤何冷落　松楸樹樹可哀思
神游故國今奚似　屋換荒邱信有之　太息端廬窗下語　雨聲燈影夜遲遲

慰施丈步原韻

寒塘月落起哀鴻　天半樓中共苦衷　蒼水頭顱羞陷賊　玉關涕淚悔從戎
何多謠諑晨張網　如此風波夜轉蓬　人境邊緣無去處　疏狂我亦怯途窮

七月十二日堅兒姞婚

我未癡聾便作翁　作翁而後解癡聾　盛年四十又四年　逆旅人生邁步中
娶婦生兒兒娶婦　錦衣玉貌況年輕　里程碑上新題記　跑到長途第幾程
二十賢孫四十兒　歡欣笑展老人眉　膝前跪捧茶盤晉　可憶嬌啼索餅時
十里驅車到錦田　相逢難得各歡然　竹籬板屋逋逃地　放鴨招雞自在天
今日銜杯忘去日　當年策杖是何年　岡州南盡吾鄉土　可勝笞流青海邊

去開達二首

奴顏五百四十日　嗟來七千三百金　別有一番人世味　心頭口角自沉吟
江郎未老才先盡　喚馬呼牛應付難　縱使無家歸亦好　英雄淚不向人彈

夢西環

一半年不作西環夢　夢裡西環似舊時　落葉微風聲細碎　蘸花殘月影參差
雲屏翠映松山路　燈火光連媽閣祠　幾樹櫻桃紅又落　未應歲歲負佳期

二

漁舍燈昏倦網收　驚濤拍岸幾時休　望洋我向東西望　流水人分南北流
一自白鷗盟負了　而今青鳥信來不　碧波淼淼無消息　涼露娟娟漸作秋

三

九洲極目片帆飛　昨夢相逢今又非　羅韉玉釵人去後　西風南浦雁來稀
雕欄黯淡朱顏色　砌路斕斑錦地衣　心事落花隨蝶舞　隔牆回首倍依依

柬憲夫

乍涼還熱立秋天　海雨雲嵐變萬千　寄語結廬人境客　披襟莫向晚風前

立秋

三日暴風雨　今朝欲放晴　不知秋訊息　但見青山青

送唐侶讓赴臺十五首　余與唐君總角論交兒童知己其後宦海殊途相違十五載年前彼此避地鏡湖偶藉櫥窗題字詰訪重逢細訴平生歡懷無既尤其匪石之心固窮砥勉迺者唐君奉召赴臺海外佳音孤懷振發詩以送之並以感舊云爾並識

送君東去鳥投林　可慰支離破碎心　五載辛酸滋味在　破家亡國恨難禁
十五十六少年游　留得眉梢點點愁　夢裡滄桑三十載　漫將往事數從頭
少小相逢第一班　新書墨瀋瀉斕斑　聖經頁頁多生字　念誦難於遇五關
君家鄰傍茂林園　放學歸來不叩門　欲買珠鱗三兩對　傾囊齊湊小銀元
西來初地華林寺　古佛莊嚴羅漢堂　五百頭陀誰我似　殷勤燒派手中香

廿年不到施家巷　華屋曾爲瓦礫場　棋陣書聲童伴侶　幾回揮淚話何郎
不成事業但成家　勇氣能隨負累加　今日大兒都娶婦　寧知過去盡偏差
本以名高視利輕　奈何亂世賤功名　半生未把名虛負　卻被虛名負半生
書生挾策愛從軍　鹽鐵能論動使君　宦海狂流銷壯志　生涯無術任淩雲
纔見東夷夜撤兵　又聞篝火野狐鳴　匹夫況有興亡責　罪犯應題小吏名
避死爭投羅刹場　觸蠻蝸壘逆參商　無端蹀躞街頭望　笑認秋蛇字兩行
久別況經離亂後　重逢瞧在旅愁中　悲歡莫訴當年事　華髮新霜兩鬢同
香爐峰下鏡湖邊　帳望零丁水接天　去日艱難來日苦　蟲沙猿鶴意凄然
我今不樂長相聚　但願隨君滄溟遊　東海揚波二萬頃　凱歌高唱入神州
執手依依訂後期　越王臺上漢旌旗　舊遊指點灣頭樹　知是蟬鳴荔熟時

十月廿三日離茂誠

地近黃公賣酒壚　舊鄰還有笛聲無　霜風吹落蕭疏雨　冷冷愁心客夢孤

屯門麒麟崗

一

麒麟崗下屯門水　想像風波杯渡時　出世佛曾先入世　有爲道本貴無爲
異同法度齊民術　夷夏師尊三聖祠　我亦腐儒才漸老　擬從忠恕悟慈悲

二　龜鱗鼠鹿護青山　法杖文旌舊往還　秦火尚遺儒道籍　孔林新恙佛陀顏
滔滔淥水東南溟　草草流氓稼穡艱　殘照西風兩楹殿　鐸聲何日振愚頑

登太平山用前韻

爐峰高處望雲山　一段鄉愁未許還　此地樽前多白眼　今朝鏡裡尚朱顏
無家我今家山破　去國人思國步艱　寄語嶙峋岩下石　臨風莫羨點頭頑

贈李啓

恰是青蓮刼後回　亦詩亦酒亦奇才　雄心萬里縱橫淚　行腳卅年躑躅來
無奈未通諛世術　可堪相勸壓愁杯　江山似畫人如玉　珍重疏狂晉楚材

再疊前韻

遇合知音得幾回　獨悲搖落有詩才　情懷蒲柳經秋減　心事江潮入夜來
霜月草橋孤客夢　雨聲燈影故人杯　嗟君磅礴淩雲氣　暫托夷門小用材

三疊前韻寄少蘭憲夫李四

奈何百戰曳兵回　廿載新論坎壈才　秋色暮雲心去住　月明故國夢歸來
花如顧影應留恨　酒不澆愁懶舉杯　寂寞亂山斜照外　畫將一角入題材

海心廟

何年滄海此遺珠　一水魚龍片石孤　沙磧夕陽人欲渡　隔堤誰喚友邛須

與憲丈易老李啓重游九龍海心廟悵然有懷羊石海珠夢裡家山豈獨滄桑之感已也再用前韻成一絕

昨夢雙舲望海珠　銅壺漏盡客心孤　依稀二十年前影　立石流沙安可須

步原韻却寄施丈

五嶺以南言峰巒之秀莫過東西二樵而西樵山鄰於吾邑且先人之墓在焉自違難海濱歲歲有上河之感讀憲丈冬至日感賦先塋一什彌覺愴然用步原韻以寄意

夢別樵西不記年　鵑花連壑草連阡　笛聲牛背雲端路　樹影龍吟澗底泉
粉蝶飛殘三月暮　青萍散亂一池圓　從今夢也無憑處　久客心驚歲月遷

甲午除夕港澳舟中步李啓原韻並呈易公施丈

余就食香江自春徂冬不遑歸省門閭陡倚母氏云勞逮大除夕舟歸澳李啓用易老小寒原韻詩以贐之燈火樓船客心寂寞沉沉天水倍自愴然爰步韻以謝之並呈易施二老

舟移浪接海風寒　悵望零丁感百端　六載艱難羞作客　餘生頑健強加餐
不知歲盡春來早　已是星沉夜向闌　待得紅羊初刼後　板輿歸棹滿江干

乙未元旦後三日復歸香爐峰下讀憲夫元旦書懷如此詔光人獨老句李啓四兄以為有風華零落之感用廣其意以慰之並步原韻

結伴春光渡九洲　春光邀我長相留　何曾彩筆還江令　合是詩人喚陸游

白社衣冠原上國　青山舲艇況中流　東風如醉花如錦　縱有閒愁且莫愁

步易少蘭乙未元旦原韻

地異江南有賣餳　聲催臘盡客心驚　立冬幾日過元旦　浮海頻年望太平
空谷漫教寒翠袖　比鄰猶許接文旌　莫辭薄飲黃壚醉　花酒盈樽味似橙

端午步施丈韻

群龍江上動旌旗　最是懷沙欲賦時　九命有歌呼正則　大招無地寄哀思
不教媚世諛其面　獨解忠君諫以屍　爲語千夫莫相指　離憂騷怨付橫眉

無題用前韻

簾外芳菲似錦旗　東風無語燕歸時　氍毹香冷心猶在　妝鏡鐙筍影自悲
懊惱歌翻調笑令　縱橫淚灑斷腸詞　桃花幾瓣紅於血　誰向江南喚掃眉

立秋前一日偕李啓游沙田萬佛

一　須彌劫後我重來　霧雨樓臺曉色開　萬佛有緣歸上國　幾人無淚哭西臺
願憑龍象金剛智　頓解蟲沙赤焰哀　倚竹聽泉涼入夢　欲攜秋思下蓬萊

二　法相莊嚴萬佛堂　金身銅炬耀雲崗　燈明無盡秋心寂　飯熟胡麻午後香
不信蒼生如佈鴿　方佑護國有仁王　玲瓏七寶芙蕖現　露灑楊枝遍大荒

風雨人來好彩樓五首

易公少蘭施丈憲夫李四啓文與余為忘年詩友輒于暇日相聚龍城好彩樓頭苦茗一甌縱談今古亂離得此暫可賞心然而易公僑寓沙田憲丈居島之東頭李啓則寓西環余又蹴居龍城附郭東北西南難常約晤況復鴻爪雪泥易增明日天涯之感爰以風雨人來好彩樓命句各賦一章紀斯會遇他日掩卷吟哦亦風雨故人之意云爾

一

風雨人來好彩樓　濃茶當酒復清愁　相逢海角艱難日　莫載波心舴艋舟
已見星辰非昨夜　漸開蘭菊近中秋　可堪重念家山破　尚憶江南月似鉤

二

風雨人來好彩樓　樓高座對秋山秋　足音訊杳雲端雁　心事桴浮海上鷗
末世銅駝荊棘恨　卅年鐵馬稻粱愁　琴樽轉覺滄洲近　空賸清狂唱六州　步易公韻

三

一角斜陽舊釣游　宋王台下石灘頭　荒城蒿目餘狐鼠　塵海浮生似鷺鷗
剩把文辛銷俗慮　莫教砥柱礙清流　西風歸雁無憑據　暮雨蕭疏怕倚樓　步憲文韻

四

秋風相約上層樓　欲識閒閒秋士秋　小草蛩廬長吉在　相如詩債幾時休

五

漫隨王粲賦登樓　遠望零丁故國秋　忽見蠻花開似菊　扁舟心事此時休　步李四韻

簫心

簫心曾共結深盟　惜別空階落葉聲　門外天涯人未去　昏燈無語待平明

沙田餞別席上留別李四

一

與君論交一載餘　勝我曾讀卅年書　酒徒浪子原知己　險韻雄文每起予
總有才情彌缺陷　慣從聚散識盈虛　香爐峰下鵑花約　猶記春風二月初

二 相識無端豈偶然　潮聲山色舊因緣　浮沉怒海今何世　蹭蹬名場又幾年
抵掌不關天下計　折腰都爲筍魚錢　輕車十里龍城路　斜照獅山笑比肩

三 寧家夜夜夢難成　起聽鄰兒喚母聲　廿載征衣燈下線　五更香火佛前名
苾蒭長向春暉在　蓬梗能隨秋水平　我羨君家雙紫燕　北堂晨夕傍簾旌

四 菊花開近重陽節　知有扶藜望倚門　秋訊幾回催落葉　客心無那怯啼猿
故人杯滿殷勤意　荒徑苔留淺淡痕　他日登堂先拜母　開筵重與醉芳樽

却寄李啓步原韻兩疊

一 不隨星日論升沉　欲理焦桐鳴好音　泉石在山寧異趣　蘚苔緣谷喜同岑
春歸萬里如煙夢　月照孤臣若水心　此地幾經來去住　朝潮夕汐滿江潯

二 蕭疏暮雨黯江潯　采采蒹葭惜別心　猶幸有家歸菽水　將毋遲我共苔岑
青峰寂寞秋顏色　白鳥嚶鳴微足音　聞道魚龍滄海闊　風波無定慣浮沉

赴澳舟中占寄李四

隱約爐峰沒天半　依然江上青山青　重來莫負蘭頭約　東海群龍捧日升

歸家

歸來何必歎無魚　稚子迎門母倚閭　自是天倫多樂趣　題橋從此笑相如

松山雜感

一
一別松山春又冬　松山如舊萬株松　漫漫白日蒼蒼水　向晚風傳朢厦鐘

二
舊時風景舊時情　落葉沙沙著地聲　莫道黃花還有約　淒涼重論負心盟

三
蛺蝶黃時燕未歸　花陰亭角認依稀　孤懷渾似秋心淡　寂寂霜雲冷雨飛

謁錫公墓

杜鵑花落野棠開　蝶化魂歸幾度來　我自年年揩淚眼　錯看風舞紙錢灰

乙未重陽步韻

寂寞登高節　愁心伴夕陽　黃花曾有約　白露始爲霜　北國滯消息　西風入莽蒼　相逢欲相問　何日不他鄉

代柬慰易少蘭小恙

我欲飛度獅山巓　朶雲冉冉下沙田　小園花伴高人住　半榻書抛午日眠　丹桂漸飄香漸遠　佛燈無盡照無邊　文殊善護諸菩薩　擬向維摩頌普賢

乙未冬日偕易少蘭施憲夫李啓文遊沙田晦思園並謝易老招飲

一
一尊大佛一樓臺　丹桂紅梅次第開　應是娑婆殊勝地　石欄杆外朢蓬萊

二
有福名山幾度遊　晦思園畔思悠悠　寒天薄暮霜風急　還在雲霞深處留

著衣集

三　傴促難甘城下盟　橫車躍馬肯相輕　衹緣一著輸全局　何止詩壇笑曳兵

四　雞黍招邀欵欵情　舊醅兼味二難並　可憐夙有深盃戒　猶自當筵恣品評

五　輕車十里路回環　燈火初更近市闤　揮手排頭村外望　今宵人已隔獅山

疊前韻寄沙田易少蘭

一　想像西林東覺臺　一枝梅已向南開　林逋去後孤山寂　若有人兮闢草萊

二　捿心岩壑自優遊　恰比浮雲去住悠　十萬買山錢易得　名山先爲使君留

三　年時每貞白鷗盟　移我北山一諾輕　賭酒敲棋都末調　詩壇從此不言兵

四　萬象修羅雜有情　碧峰常共白雲並　化工著意誇奇妙　付與詩人細品評

五　輕舟幾日到中環　十丈紅塵接市闤　何似沙田邱壑美　小樓相望道風山

冬至步施丈韻

秋盡冬初至　忙忙歲月遷　一陽生禹域　七載戴胡天　梅蕚開何許　冰心記惘然　他鄉人漸老　佳節自年年

中秋步施丈韻

鬥酒邀吾侶　今宵汗漫遊　共看南海月　疑是故園秋　不缺金甌影　餘光素練浮　嫦娥應笑我　漸白少年頭

黎叔明除夕招飲

一杯酒送殘年盡　報導春歸又舉杯　綺席香花新歲月　紅歌綠舞小樓臺
栽成玉樹三姝媚　照取金蓮百福來　商略昂平觀日約　東風桃李爲君開

舟中口占

扁舟今日趁春還　已過長洲銀礦灣　海闊忽疑歸路遠　風清微蕩客心閒
半弓新月九州水　一片孤雲萬里山　我有萊衣珍重最　高堂白髮尚朱顏

却寄李啓步送別原韻

聚太匆匆見太稀　明知小別也依依　人間眞個春常在　何必東風喚我歸

易公沙田旅廬補壁　用東坡清虛堂韻

鞍山委宛接平沙　虯龍奇氣行衙衙　雲水遠迷百重嶂　河陽新種一樹花
伯鸞且住會稽宅　子猷招隱野人家　疏影半窗東覺月　晚風十里西林鴉
獨坐幽篁發長嘯　醉煮白石擷仙葩　文章縱橫恣遊戲　理亂今古難梳爬
偶値鄰叟飲良醞　還呼稚子烹新茶　清涼夢醒悟禪悅　海潮音生聞鼓撾
蓬壺此處殊天地　倦羽飛鳴三稱嗟　何日結廬共昕夕　枕泉漱石餐流霞

步憲夫丙申立春感賦二首原韻

一
省識天公動靜心　漫嗟人海共浮沉　繁花開落知多少　淥水潆洄自淺深
哀樂徑遇成慧業　疏狂生計付詞林　悠然獨有南山趣　一笑誰爲梁甫吟

二
願君早篆辛家印　商略來年故國春　一棹人歸胡地月　餘生自擬葛天民
讀書學劍原無用　酒意詩情倍可親　我亦等閒壽者相　祗堪老卻等閒身

步易老沙田移居原韻二首

東風吹夢醉流霞　海角沙頭暫作家　有約陽春歸也未　明朝應許共芳華
普靈洞口獅山東　小閣南窗對道風　宛似故園春色在　讀書燈映桃花紅

九龍宋王臺　用智照大師韻

一
平沙坏土宋王臺　百載興亡夢幾回　域外群山風景異　海心片石浪花摧
江流鴨綠波千頃　淚染鵑紅酒一杯　太息九龍靈氣盡　爐峰高處望崔嵬

二
中興事業竟成灰　水繞孤城石作臺　尚許遺民簪白柰　空餘殘碣沒蒼苔
濕雲天半遮寒日　金盌人間異碧罍　細雨二王村畔路　圍牆高壘認田陔

銀婚

紛紜二十五年事　蘆菔生兒芥有孫（東坡句）　未了因成異熟果　新歡笑掩舊啼痕

探雛許我懷完卵　舞鶴依人愧乘軒　回首女床山畔路　還巢往事忍重論

丙申上巳逢馮少甫

卅載無端參與商　相逢人已老他鄉　重論故舊都如夢　笑問兒孫各滿行
尚有寸心騰曉日　不教兩鬢點秋霜　桃花酒泛春風面　拚卻當筵醉一場

欲探

欲探春色每依違　怕見營巢燕子飛　夾道鵑花紅似血　不如歸去我安歸

登錫公墓二首 丙申

拂拭墳前拜桌坭　坐看碑石轉悲淒　行行字似垂紅淚　怪底啼鵑啼更啼
六年景物未全非　依舊營巢燕雀飛　歲歲登臨寒食後　棠梨花落蝶來稀

沙田訪易少蘭

來訪高人宅　還當對酒歌　閒情貽薄醉　小病喜新瘥　柳眼青如許　蕉心綠幾何
鹿湖秋更好　有約再經過

步韻少蘭詞長丙申端午四首

猶見淩波短棹飛　珠江迤邐漢旌旗　可憐八載飄零夢　酒漬啼痕尚滿衣
飆風狂挾海雲生　斷續蒲湘夢不成　故苑榴花紅也未　更堪江上鼓橈聲

異地誰招楚客魂　箜篌一曲伴黃昏　千堆雪卷潮來去　留得平沙淺淡痕
江國愁予望眼微　來時曾是雨霏霏　傷心重讀懷沙賦　愧向伊川話采薇

易公生日席上

月滿中天花滿庭　壽人歌吹透雲屏　筵開東閣飛三鳳　雅集南州拜一星
福慧多生緣善美　文章小技足芳馨　好將李委腰間笛　奏與東坡醉後聽

雙星節戲贈李四

一　游侶招邀話闕疑　四郎消息少聞知　料當借取阿奴筆　點染丹青學畫眉

二　柳陰亭角鳥關關　月夕花晨伴阿蠻　天上女牛應共語　當年衹合住人間

立秋後十日送孫甄陶赴美

倦羽西風忽好音　桴浮人去幾沉吟　八年未洗愚頑腦　三宿猶存繾綣心
客裡汀山仍故故　圜中車馬尚駸駸　南來多少隨陽雁　唱到刀鐶異昔今

中秋夜沙田步月

珍重團圓今夜月　西林東覺步徘徊　隨人遠近緣何事　似爾光輝能幾回
半里沙堤連略彴　一灣淥水浸樓臺　可堪窈窕嬋娟影　曾是昌華故苑來

無題四首 和施丈韻

認得當年李十郎　舊時鄉里舊街坊　白頭冶習消除未　小住溫柔抑醉鄉

曾許蒹葭共一秋　西灣河北望東頭　湘靈夢遶瀟江水　幾日瀟湘竟合流

想像金燈綺席前　梨渦如舊笑韓嫣　偶然相見偶然別　異樣情心轉邈綿

燕子歸時問所依　玉鉤斜卷對春暉　東風慣把遊絲誤　好傍雕欄緩緩飛

夢中得句起綴成之

昏燈曲檻認紅樓　腰鼓丁冬夜未休　涼露短蓬雙槳夢　月明歸棹荔灣頭

多寶橋邊繫畫船　一灣流水一篙煙　重來頗有滄桑感　遊侶衣冠異昔年

仙姑廟隔半塘村　藕笠菱筐喚渡喧　指點菜花黃落處　風流無復數彭園

和施憲夫六十原韻

梅萼又翻春景象　胡沙夢向別時圓　雙禽小小瓊枝綴　群蟻紛紛玉磨旋

香案吏從天上謫　根塵影落業中遷　于今整頓新花甲　再住娑婆六十年

丙申除夕

莫辭杯酒送除夕　何事年年苦行役　可憶桃腮片片紅　又添柳眼絲絲碧

如今歸去幾時來　從此相思終歲積　卻聽鄰兒賣懶聲　孤燈客館破岑寂

著衣集

九洲口號

風風雨雨送歸舟　纔遇長洲又九洲　此地獨留夷夏界　極天應是帝王州
客心水驛山程遠　人境煙嵐霧嶂浮　白浪高於當世眼　餘生無計逐橫流

無題和施丈原作韻

一
廿年回首記　曾是對門居　彩筆新題句　瑤華每起予　草名懷夢短　花放合歡餘
相見情無奈　回呼小宋車

二
青燈傳好語　白簡寄相思　誓月盟花節　歌雲夢雨時　幾曾輕夙諾　準擬又佳期
海燕留春住　園蠶欲作絲

丁酉花朝偕李四公園賞杜鵑口占

一
剪剪東風剪剪愁　輕寒微雨鐵崗頭　桃花落盡鵑花發　九十春光半去留

二
花放一叢紅紫白　臙脂雙臉對何郎　飛霞濯錦新顏色　帝子歸來看曉妝

三
但愛鵑花不聽鵑　看花有約自年年　樵西三月雲端路　岩壑溪橋記惘然

丁酉寒食　蛩廬原韻

今朝又寒食　幾聲鴡鳩啼　曉山青入畫　春草綠成堤　日下鄉音遠　波心悝影低
峰巒七十二　夜夜夢樵西

錫公七年祭

又遇荃灣坳　摩挲墮淚碑　七年曾永別　異路可相知　鬢髮霜千縷　棠梨雪滿枝
春風歸紫燕　猶自戀空幃

柬施丈代札

聞道忙於日看山　青漪石澳又荃灣　驕陽驟雨欺人甚　布傘節枝帶莫慳

連日豪雨成災

一
水淹土坼石奔雷　踵武瘟神沓雜來　豪兩傾盆連日夜　甲兵不洗但成災

二
石走沙崩雨打狂　呼號兒婦共扶將　從來家世飄零慣　板屋相隨入大荒

三
破塚鞭屍夜劈棺　骷髏隊隊逐狂瀾　可堪故鬼驅新鬼　生死洪流共一灘

四
霖雨蒼生望太平　奈何霪雨苦蒼生　豈眞此地人爭水　卻使充盈便息爭

哭璧兒

裕璧以丁酉蒲節後八日（六月十日）自沉於長洲之東灣死因莫悉以六月十二日殮於西環翌日葬於九龍和合石璧孝友沉默兄弟姊妹莫不痛哭高堂齒暮不忍使知聞祇云赴美耳予解釋氏言生住異滅法爾如是彭殤一例本無足悲然以感慨於中每難自已金鹿哀辭聊寄安仁之恨耳並識

一
幾日端陽午聚餐　家常猶話弟兄難　如何嗚咽瀟湘水　流到長洲意未闌

二
無家有恨感支離　群翼高飛獨自卑　二十三年虛教養　銜恩報怨兩誰知

三
一紙家書人斷腸　斷腸人自費思量　云何遽醒迷離夢　不與迷離夢短長

四　中宵回夢向秦關　髣髴相如匹馬還　惆悵黃泉又碧落　終疑汝尚在人間

五　猶抱存亡萬一心　笛聲短棹滿江潯　東灣涯下悠悠水　若比親情那個深

六　陌巷傳聞慘慘心　愁心寸寸繞長洲　西河涕淚原非分　祗爲劬勞盡未周

七　細認疤痕小脛留　舒拳闔眼貌優遊　豈眞解脫無生忍　便爾從容捨怨尤

八　買棺營葬痛安排　看汝登山看汝埋　黃土白灰青草地　從今淹化汝形骸

九　十二金蓮折一枝　罡風和淚斷遊絲　淒涼海角歸魂夜　記否斜陽下學時

十　萱堂暖日照群雛　中有離巢反哺烏　縱使歸來成隔世　老人念切祗征途

中秋夜步月沙田不期雨打雲遮意興索然而棖觸舊遊彌深人月不殊之感招邀吾侶期諸來聞耳口占一絕寄意

蕭疏涼雨灑中秋　掩袂嫦娥半帶羞　便再相思三十日　重來對影醉排頭

賀李啓新婚

我聞夫婦人倫始　論婚豈但情愛已　生生世世萬億紀　繼往開來良有以
濱海才人隴西李　雅澹翩翩丰采美　讀書說劍通文史　載酒評花調變徵
鵬摶鶚擊三千里　扶搖磅礡崑崙水　眼底煙雲幻如此　胸中邱壑知何似
春草池塘波瀰瀰　萱風暖日盛甘旨　自謂天倫樂可喜　北堂棣萼常依倚

願得同心紉蘭芷　鹿車偕隱長安市　紅顏眞個成知己　密意閒情相礪砥
君寧草芥賤青紫　妾以荊釵易羅綺　柔絲細綰丁香蕋　合是佳人偶佳士
會看繡闥金燈裡　拂黛垂螺勤料理　世事悠悠何足齒　如是如是如是耳
一曲賀新郎燕爾　綿綿驛路行休止　五百由旬遠自邇　宜家宜室從今始
多福多壽多男子

濠江感舊　步智照原作韻

一
漫尋遊釣舊生涯　夢裡西環興倍賒　櫓唱漁歌聞欸乃　青柯紅葉舞橫斜
驚濤想像呼銅馬　砌路彎灣近黑沙　東望洋前翹首望　朝來紫氣護雲霞

二
且喜吾生也有涯　生涯迴夢夢非賒　鐘聲每逐潮聲遠　花影常搖月影斜
載酒客來當雨夜　持竿人去候風沙　十年濱海閒居趣　山水情深寄落霞

戊戌生朝憶璧兒

浮生逐逐去來今　惹得人情結習深　檢點白紅藍領帶　依稀一顆孝兒心

沙田望夫石四首步韻

願身常在馬鞍前　疊水重山萬里天　祇爲妾心堅化石　爭教郎意去忘年
紅莓谷畔水潺潺　流向灣頭更不還　帆影車聲來又去　是誰風露立獅山

山頭南北客行稀　雨雪霏霏尚未歸　今日兒啼聲啞啞　去時楊柳色依依
目斷長亭接短亭　百年閱歷影隨形　鬢鬟莫共東風老　好襯春山入畫青

過康樂園望李將軍墓

一　難得勲名晚節香　首邱虛負舊山莊　石榴橄欖二千樹　鄉夢依依記大塘
二　匣劍飛從海外歸　白鷳潭水認依稀　人民城郭都如是　惆悵當年福字旗

新界清涼法苑

一　清涼一苑對青山　叢竹修柯自抱環　人在綠陰花影裡　風來瓜架荳棚間
二　停車恰傍暮雲邊　地近蓬瀛小洞天　十丈軟紅銷欲盡　東風蛺蝶夢陶然
三　素饌蔬羹異綺筵　眾香國裡漫隨緣　齋僧供佛尋常事　福德於人亦緲綿
四　嫩芽新長葉菁菁　鳥唱枝頭吐韻輕　動靜榮枯都幻相　擬從萬象解盈虛
五　天涯到處有居停　淨土蓮花色本清　一水一山一世界　遊蹤莫問去來程

代易少蘭寄侄

一　故園五月蓮花開　香綰雙魚踏浪來　中有慇懃諸阮意　新聲譜入壽人杯
二　六年三徑長新苔　綺席金燈夢幾回　曾是鶺鴒傳亥字　嗣宗將去仲容來
三　酒漬脂痕舊錦衣　堂堂五十九年非　一塵已分伊川老　故苑春風願己違

四　似水閒情日向東　詩盟可與昔時同　家常欲話忝新語　學到癡聾便作翁

疏雨十五首

疏雨涼風漸作秋　江關蕭瑟賦登樓　九洲極目望京國　一髮青青浪白頭

誰是江南庾信哀　幾人涕淚哭西臺　當年盛事吾能說　十萬王師天上來

己湔春秋九世仇　先於安樂後於憂　凱旋歌唱烽煙急　忍棄燕雲十六州

未聞亂極人思治　自是官邪民以偷　石米金銀千萬券　廉隅風尚一時休

油盡燈炧光欲滅　書生剩有諫尸才　孤墳鍾阜松楸冷　惆悵星辰照夜台

卅載戎衣脫未曾　先王應有在天靈　身經百戰嗟無用　不哭蒼生但哭陵

坐擁蒼梧百萬兵　不教胡馬下江陵　睢陽已隔張巡死　異樣親仇祝捷聲

南朝舊夢話偏安　鴉背斜陽顧影寒　半壁河山羞禪讓　唐虞異代許由難

殘棋半局未全輸　奉使談和有腐儒　城下要盟四原則　分明一紙勸降書

纔見新朝走百官　降旛黯淡出龍蟠　悄然一翼長空去　猶似鵬程萬里搏

臨軒辭廟兩無端　父老西南心更酸　八桂山川王氣盡　獨留雞犬望劉安

棨戟延平舊宅臨　百僚勸進表愔愔　武王昨下輪臺詔　淬發孤臣在莒心

縱無轉地回天力　已樹攘夷復國力　一代興亡關氣數　可堪成敗論英雄

柏林剖作東西德　高麗分爲南北韓　自由解放兩中國　秦虎齊狼璧上觀
群蟻透遲磨裡旋　眾生毋乃業相牽　滄桑廿載紛紜事　日耀星輝豈偶然

感舊

戊戌中秋前夕乘佛山輪自港之澳回記九年此夕去國倉皇亦附該輪自羊石來香爐峰下忽忽一紀世事迭更正多感慨憑欄望江中沉沉大水不禁黯然並識

幾回冷落秋時節　秋月秋心海上多　萬里琉璃銀世界　十年飄泊老關河
唐宮舊譜霓裳曲　玉局新裁水調歌　如此樓船如此夜　愴懷欲遣奈愁何

戊戌重陽前一日登錫公墓

八年生死別　一念常相牽　秋入茱萸鬢　愁生邱隴邊　魂歸何寂寞　世變自推遷
明日重陽節　兒孫祭墓前

戊戌重九

越王臺上舊旌旄　曾綰秋心結錦絛　看劍倚欄人在遠　隨陽喚侶客登高
無家尚許茱萸折　避地難爲雞犬逃　記得少年行樂處　飛車盤馬城南濠

十年

一　十年飄泊九夷居　放眼修羅載一車　世變莫如今日最　時難漸覺此生餘
花嬌錦繡開還落　葉冷芭蕉卷不舒　破碎家山頻入夢　可堪回夢賦歸歟

二　某水某山遊釣地　昨宵昨夢記重經　白雲蒲澗扶笻去　細雨花田倚棹聽

寶漢寮臨南北路　素馨斜接短長亭　當年城郭分明在　惆悵天雞一喚醒

平安夜二首

平安夜報聖人生　處處狂歡百利城　錦繡六街燈萬樹　詩班醉漢亂歌聲

滿園花發雁翎紅　點染殊方聖誕冬　想像鹿車風雪裡　朱衣白髯笑顏中

次韻却寄施丈

茶經好彩樓非舊　冷落詩盟又幾年　等是浮沉滄海客　難忘涓滴在山泉

全神整頓溫柔住　軟語輕盈楮墨傳　聞道新來春酒困　令人長憶老斜川

沙田感舊再疊前韻

杯酒華園新舊雨　清遊況味話當年　伊人心事江頭笛　與子襟期澗底泉

拾翠行吟歌杜若　偷聲減字寄河傳　去來潮共春波蕩　一種閒情逐逝川

漫漫二首

一　漫漫七百三十日　億兆京垓細細尋　每到盈虧增減處　可無差別較量心

白頭尚許諧雞鶩　青眼曾知異昔今　江上鷗盟應共語　龍潛魚躍總浮沉

二　頻年活計算銖錙　經濟文章學用殊　毀譽日隨爲道損　疏狂性儻與生俱

人言屠狗眞豪傑　我亦雕蟲小丈夫　未了故吾來去住　更從何處識今吾

登太平山頂步施丈韻

群龍低首拜天尊　片片金鱗繞樂園　如此江山人左衽　是誰冠蓋獨南轅
分明一水成千里　每趁三秋望九原　華屋芳邱舊行在　獅峰猶護二王村

己亥中秋夜

今宵合是離人節　不照團圓但照愁　寂寞嬋娟千里外　凋零霜露十年頭
初更明月三更雨　十色華燈一色秋　別有盈虛消長意　酒闌回夢話黃州

己亥重九恰逢雙十斗室塊然不勝蒼茫之感

一
今朝雙十又重陽　不許羈人不斷腸　漢幟欲隨星日換　胡塵猶共海波揚
西風十載茱萸鬢　黃菊三秋壘塊觴　怕上爐峰高處望　遠山遠水是家鄉

二
今朝雙十又重陽　不許羈人不望鄉　歷劫無多雞犬在　餘生有分別離常
幾時再結青春伴　大澤終期白帝王　想像濂泉蒲澗路　秋心秋草兩茫茫

却寄蘇文擢教授並步原韻

斜陽只乞照書城（定盦句）　鳧乙些兮有楚聲　共是飄零文字海　等閒消息鳥魚情
離群征雁歸無處　抱影哀鸞韻倍清　悄悄秋心憑寄與　孤桐月上半窗明

海東

海東月共夜潮生　燈火江城黯淡明　十里笙歌隨處聽　一腔幽恨幾時平

漢郡秦封魏晉天　衣冠左衽二毛年　九夷縱有文章價　未抵巴人百萬錢

奉和毅芸院長書懷四首步原韻

湞江風雨舊門生　十載伊川話晦明　萬類尙酣芻狗夢　是誰先覺不平平

漠闕秦關戴一天　春歸故苑更何年　野棠花發又寒食　社燕隨風舞紙錢

野馬飛馳九陌塵　浮名慣負等閒身　尋常離合悲歡事　老卻東西南北人

乞得書城夕照多　餘生許我不蹉跎　淒涼一曲箜篌引　如此風波喚渡何

輓李啓母

一　詩禮門庭有雁行　十年拜母記登堂　孟機歐荻分明在　語默提攜未許忘

二　東涌行腳到昂平　指月樓高夜氣清　七聚紫金紅熠熠　佛光曾照老人星

三　教忠教孝教堅貞　家以劬勞卅載成　殘夢曙天歸極樂　不須重話女兒情

四　福壽全歸世澤長　從今彤史永留芳　生芻一束人如玉　拜首慈容炷藏香

無端集

小磐

無端集

自序

年來瘁意釋氏之學，明知綴句摛辭，都成綺語。有文字障與煩惱俱，以是稍廢吟詠。然現在心了不可得，而過去心則宛然似有，悲憂繾綣，往往不能自已。即現實生活中酬酢之作，亦不可辭。自癸卯至辛亥，凡九年，錄存律絕百首。細雨詩魂，青燈小閣，孤懷搖落，知我其誰？秋月秋心入我夢，夢回啼笑兩無端。哀樂餘生，贅疣人境，因名曰無端集。隱盦拜識。

壬子夏至後十日於香港加路連山麓

謝蘇文擢疊原韻二首

文擢教授吾粵宿儒蘇幼宰先生哲嗣以經學世其家憶余十齡就外傅從羊石湄洲會館梁藹桐老師治學幼宰先生與師同年交契又設帳比鄰晨夕往還嘗以手書字格為余輩臨摹冊載倥傯尚留心版茲獲文擢兄親贈書贈句大令丰神依稀內史南窗坐對彷彿童時斜陽下學影照花磚回溯前塵童心喚我於今雞鶩同爭食不復當年小鳳雛爰因所感疊韻兩章並以言謝癸卯於九龍慈恩

一

私淑斜川四十年　又隨叔黨話南天　文章糟粕供糊口　泉石膏肓笑拍肩
異代風華人澹澹　當前鍼露格田田　佗城舊夢湄洲館　日落庭階過幾磚

二

輪跡蹄塵不記年　晚依勝業悟人天　廣長自饒能耕舌　荷擔徧持欲卸肩

一味菜根濃似酒　三重書架貴於田　君家奕世江都業　明鏡磨成不費磚

代輓

一　海隅恰聽杜鵑聲　怕向爐峰哭老成　共有樹人弘法願　不辭抖擻慰平生

二　圖開九老尚依然　福慧雙修擬樂天　八載香江千歲宴　淒涼丁未是何年

三　倫常已替倩誰扶　長水高山德不孤　論道躬行兩不朽　白沙而後又天湖

四　蘭芳桂茂永綿綿　五福從今壽考全　十萬家人生佛頌　先生遺愛滿南天

和黃繩曾美日紀遊五首　乙巳夏繩曾丈涉扶桑渡新大陸以紀遊詩見寄從字裡行間可挹迷人丰采因依韻寄用抒天末懷人之感

東都煙水羅湖月　添箇南遊一善才　妙意新詞都幾許　殷勤爲我寄歸來

居然設色淺還深　畫筆無端畫五陰　浩瀚太平洋上水　漚波誰會去來心

禪悅卅年治性靈　潮音千疊寄心聲　游方參學兼司講　合是閻浮覺有情

萬里山川俊賞無　西風曾許憶菰蒲　五洋一翼周流駕　勝否扁舟入五湖

不托林泉不羨仙　不記劫壽不論錢　維摩舊有菩提約　何日同趨彼岸邊

乙巳昂平紀遊九首

山草山花舊結盟　志蓮初聽晚鐘聲　椰湯薯葉先生饌　慚愧當筵有淨名　是夕女棣黃性行在志蓮齋供

不尋彌勒丁冬鼓　愛坐蓮花石上來　滿願他生都九品　見心見佛見花開

無端集

斷橋小立聽溪聲　去住無心卻有情　一掬清泉幻靈性　出山猶似在山清
消受昂平幾夕陽　暮煙斜日晚風涼　文辛麗澤深深讀　情味溫柔淺淺嘗
法華塔畔試憑欄　唧唧蛩鳴夜向闌　指點螢光燈掩映　鏡湖一角是南灣
山石嶙峋小徑長　臨涯千仞倩扶將　方塘十畝明於鏡　時見雙螺半面妝
暮潮如練遶長沙　白足臨流抵浪花　勝境當前清淨界　吾生便擬海爲家
寂寥人語近黃昏　貝澳灘頭望海門　千卷浪條來夕去　平沙一線剩潮痕
渡頭落日望爐峰　人在滄波第幾重　兩日閒情寄萍水　漫將萍水記遊蹤

無端

無端心事冷於秋　夢裡歡娛醒也不　慚愧浮沉文字海　何當脫略稻粱謀
紅顏恩澤原知己　青眼低昂識故侯　攜手妙高臺上望　從今不白少年頭

和施丈乙巳中秋原韻

十八年看海外月　陰晴圓缺舊山河　斕斑左衽青衫淚　隱約重簾白紵歌
遲影嫦娥人往復　棋江鼓吹日蹉跎　故園風雨中秋夜　籬落黃花今若何

和施丈三疊原韻三首

一

嶼山酬唱夢難溫　剩有遺篇手澤存　釋子生涯唯杖缽　詩人心事在田園

藥爐煙散聽松院　書架塵封愛日軒　曾是西林風雨暮　排頭村過下禾村

二

昨夜還鄉夢又溫　就荒松菊徑猶存　幾番星日空懷土　無復桑麻舊灌園
舞劍聞雞何欸欸　冷吟狂醉自軒軒　醒來徒憶琴樽侶　去去成安十里村

三

莫辭半角酒重溫　且喜忘年二白存（李白及施尚白）　鼙鼓厭聞馳北鄙　風華閒話數南園
興時把盞陸鴻漸　晚日攜歌辛稼軒　指點西灣河畔路　酡顏歸去夕陽村

乙巳重九和施丈韻

獅子山頭半夕陽　登臨何處不他鄉　落霞映水浪花赤　零露橫霜草木黃
興敗朗吟詩一句　愁來低酌酒三觴　堪嗟故里風和雨　裹飯人誰食子桑

柳陰四首

一

柳陰亭角費思量　詩酒鶯花債未償　一霎江南煙水夢　當時淮左少年場
不教歲月催人老　卻使人催歲月忙　欲與淩波仙子去　月明雙槳過瀟湘

二

袁絲兩鬢漸秋霜　肯逐歡娛夢短長　結習未除煩惱幛　儇風微動女兒香
往今來日緣無限　蘭菊梅魂意太狂　垂柳夕陽花影暮　盲翁負鼓又登場

三

維摩心女下人閬　偶向東風展笑顏　舞雨散花春似海　金毫光翮友如山
起予名句聲音外　禮佛空王寂土間　何日迦陵同命鳥　七重行樹認巢還

四

世界微塵愛與憎　怨憎會苦愛何曾　漫將生死纏綿意　化作圓明無盡燈
一念頓超離垢地　此生猶是在家僧　妙高臺上登臨處　悟入禪天第幾層

六六元旦與經緯諸生雅集青山安養禪苑留題並示源慧

元日南天十八年　又隨裙屐青山巔　鬢絲禪榻阿蘭若　禮佛空王自在天
筆底田園陶靖節　胸中邱壑李龍眠　安心是處長供養　合有詩僧住皎然

世界佛教會八屆大會港泰空中口占七首

秋曉南飛曼谷行　逍遙一翼九皋鳴　群山群水新相識　朶朶浮雲逐隊迎
蔚藍天與水相連　共道人成上界仙　寥廓長空三萬呎　臨睨何處舊山川
不爲山川勝跡來　蓼莪沉痛目連哀　但教禮拜萬千佛　母在蓮花七日開
當前雲海擁雲關　眼底南洲靈鷲山　願母蓮花開見佛　兒從花外望慈顏
漸飛已過城寮西　一派平原望整齊　圖案分明點線面　縱橫溝洫綠田畦
黃金熠熠湄南河　此土莊嚴佛像多　奉得一尊歸供養　慈恩學子盡謳歌
有空禪淨總相於　教法多門教理如　諸上善人俱一處　今生多讀十年書

賀潘何兩棣婚

五年陪講席　兩小結同心　才調書兼畫　柔情淺更深　灣頭晨夕渡　燈下合歡衾

願以如賓意　永諧鸞鳳音

壽施憲夫七十用原作韻

岡州連鏡海　何處不他鄉　廿載思歸夢　三冬上壽觴　時維丙午臘　朔朝甲乙良
婦媳兒孫壻　團坐話家常　昔逢星日換　罹尤父母邦　誰謂零丁廣　吾能一葦航
遠路迷幽昧　余身豈殫殃　未挾濟時略　應慚肘後方　九天那可問　三願不得償
春在懷諼草　秋分憶雁行　誡女魏荀爽　齊眉漢孟光　掩卷每長歎　操斗且自量
詩寄知音讀　酒呼佳客嘗　青鳥動地脈　白屋理陰陽　足以聊生計　安用費周張
從心無所欲　唯有讀書忙　怡然今日壽　一笑醉椒漿　我亦忘年友　新詞頌草堂

壽陳公達校長七十一

宮墻猶自記東横　廿載伊川鐸有聲　萬里封侯新博士　一圖擷秀小寰瀛
從心所欲天行健　大德之人比老彭　卻許長平同講席　讀書燈照彩衣榮

依韻却寄溫州陳鼎儒拜謝茶葉觀音像二首

一
春雨江南有夢思　家山入夢夢偏遲　宵來燭蕊朝來鵲　兩字緘封七字詩
已分九夷孤客老　不期千里寸心知　一縑善卷觀音像　海外人懷劉伯支

二
霧雨雲嵐雁蕩思　他年行腳倘來遲　石門潭水清於畫　凝碧橋煙澹有詩

黃葉舊題留舊約　綠茶新味寄新知　知音共命頻迦鳥　幾日相攜禮辟支

衛塞節歌

震旦以四月為釋迦佛誕東南亞各小乘國家則以五月之月圓日為佛誕號曰衛塞節

一空白月正團圓　煜煜光輝照大千　萬類歡歌衛塞節　如來示現教人天
此時萬象和且清　此時瑞相一切成　龍吐摩尼珠似水　花開曇砵玉無聲
溶溶月照毘羅宮　靨粉唇脂寂寞紅　獅吼乍驚春爛縵　馬蹄飛度夜虛空
丈夫事業沙門大　聖道修從人境外　瓔珞持歸白淨王　袈裟參學頭陀會
北去迦蘭苦行林　非非非想有緣心　多生客夢成流轉　彼岸潮痕見淺深
碧波盪漾尼連河　草綠伽耶山之阿　畢羅樹蔭金剛座　青雀音旋紫貝螺
皓魄瑩瑩眾星繞　初中三夜春陽曉　心魔愛染一時消　生死因緣次第了
四九年時轉法輪　慈悲護念何諄諄　一千二百五十眾　袒肩侍坐春風春
聲聞菩薩釋桓因　隨類得解證其眞　所覺多于手中葉　可斷微如陌上塵
又是月明中夜分　鶴林雙樹鳴哀韻　化緣盡入般涅槃　善逝丁甯師戒訓
從此冥冥夜有燈　華香塔廟禮能仁　無量百千萬億刦　度盡恒河沙等身
至今二五一零年　三期一慶長相傳　歲歲中天月圓日　喁喁望極意綿綿
但願有情幾日住娑婆　依舊作禮皈心見佛陀

丁未四月十四夜作

一

廿四番風寒食後　黃梅雨又送春歸　花嬌柳寵情猶在　葉綰枝連夢已非
儘有露滋幽澗草　況經飆颭故山薇　書聲燈影溫馨味　鼓角無端報合圍

二

南海珠圍錦繡堆　極天樓閣倚崔嵬　犬獋貓叫高高舞　艾戶茨牆簇簇開
炊釜游魚何圉圉　隨陽飛雁正哀哀　笙歌十萬霓裳調　譜入金戈鐵馬來

三

伊川百載非吾土　薜荔多鄰羅刹場　幾見庖丁憐觳觫　忍教群丑競披猖
嘑唏嗷咷今何世　顛隕離憂況異鄉　海淺魚龍看共盡　帝閽無語立斜陽

四

步兵今夜須沉醉　莫向滄波哭逝川　照壁金燈紅似火　窺簾新月冷於泉
孤懷寥寂潮來去　一念悲歡感百千　讀到還鄉腸斷句　更深半榻枕書眠

丁未夏至後四日送黃繩曾赴美

一

細數知交無幾人　況兼南越舊鄉親　客中相見客中別　共是紅羊歷劫身

二

桴浮去去九夷東　水驛山程一萬重　別有天倫滋味在　女華山對丈人峰

三

記曾皃館舊遊蹤　千里新詞什襲封　文字因緣詩伴侶　神仙眷屬郭林宗

四

相期勁草結苔岑　愛語頻迦和雅音　無相解空應有願　菩提長養大悲心

五

不闢九地闡提多　無奈群魔讚佛陀　若使眾生皆度盡　牟尼末許到娑婆

六　斜陽許乞照書城　右學維摩有鐸聲　一卷瑜伽菩薩戒　律儀善法說分明

七　三秋結伴渡湄南　雲石三眞寺寺參　百億如來千萬塔　令人長憶老瞿曇

八　兩夕花車上下床　不因人熱總荒唐　相看共有無聊感　清邁優遊曼谷狂

九　偶笑夷齊偶避秦　偶然墮溷偶飄茵　夜潮偶拍東西岸　偶隔天涯偶比鄰

十　今年四月離支紅　執手踟躕別夢中　滿願來年紅荔熟　扁舟容與荔灣東

繩曾先生赴美五閱月回港省母病並以其婦喪歸詩以慰之

一　未負一年紅荔約　先於征雁故人歸　游心萬里晨昏夢　望眼層城鼓角圍
玄圃漫迴騏驥步　吾廬愛浣芰荷衣　停雲靄靄爐峰晚　且喜重論杜德機

二　猶是翩翩阮書記　東游百五日歸來　歸來人比黃花瘦　去住誰憐錦瑟哀
不願相違但相憶　可堪花謝更花開　苦茶庵醞醰醰味　肯逐胡僧話劫灰

三　且閣歸程七日遲　驪歌譜入悼亡詞　一枝花倩郎簪髮　四句偈令客攢眉
心上因緣緣聚散　望中形影影遷移　繩床經卷營齋奠　珍重秋寒入夜時

丁未十一月十六日

一　昨夜當頭月正圓　彩雲冉冉下嬋娟　不勝寒處弄清影　若有人兮惜綺筵
曇缽香熏歡喜地　維摩室住散花天　丁寧蔣妹他生約　共命頻伽不偶然

二

不櫛居然太學生　讀儒讀佛譜新聲　衛娘書法針神線　姑射仙人博士名
難字子雲稱唯唯　絳紗宋女育菁菁　起予每解珠璣句　我欲瑤華肺腑傾

三

珍重雕欄燕子飛　梅魂菊影有芳菲　花開紫陌翩翩舞　月照香車緩緩歸
翠袖青蛾渾欲淡　鳳棲蟬蛻故相希　玉笙吹澈滄波淼　未必蕉心展轉非

用王次回焉知小疾非佳事句作轆轤體七絕四首慰繩曾丈病

焉知小疾非佳事　歷亂塵懷幾日休　病榻藥杯禪榻塵　輕安滋味可優遊

便欲安排心識意　焉知小疾非佳事　絲絲煩惱此時消　了了當前菩薩地

想像文殊無垢稱　眾生護念太丁寧　焉知小疾非佳事　寫出維摩三卷經

疏狂忍負平生志　襟上酒痕詩裡字　漫遣豪情綰放心　焉知小疾非佳事

題慈興寺

法藏上人主持大嶼山慈興寺新謀學棣依之板床書架破襪單衣旦暮誦念不輟澹如也丁未冬至後四日余偕經緯三輪諸生來游宿一宵破曉隨早課禮佛勝緣可紀因以留題並持謝法藏上人

言登古漁萬文瀑　石梯千級上慈興　游龍飛護大雄殿　化鶴歸來無垢稱（有護法吳居士在寺西歸）
是處幽棲宜讀藏　伊誰慧語解傳燈　善才參學德雲法　夕梵晨鐘禮一僧

林翼中八十壽

卅年國步艱難日　諸葛公忠管樂才　百粵方輿新紀要　八期黨政廣培材
好傳珠海陽明學　嘉酌華堂阿母杯　四代一門仁者壽　期頤先爲奏南陔

題滄洲趣圖卷

陳子讀書頗有得　一卷滄洲趣潑墨　是處毋乃朱遯翁　改亭課讀心惻惻
雞聲風雨晦明時　蔓草田園多荊棘　三月江南有夢歸　草長鶯飛又寒食
望中茅屋板橋邊　綠波南浦皆春色　放歌歸去浴乎沂　畫裡溪山好追憶

孫甄陶去國一紀來港匝月又匆匆返美洲依韻賦贈且留後約

莽莽神州尚妖氛　嶺梅籬菊斷知聞　幾回日換星霜換　無那思君會別君
域外望羊秦地月　客中延佇浦江雲　爐峰春滿鵑花遍　可有西窗夢再溫

送顏世亮出家

顏公七十五高年於己酉十月在大嶼寶蓮剃度為僧上山前夕曾抱病訪晤於沙田暢談數小時大丈夫事能自解脫難得難得詩以贈之

一　芒鞋瓦缽破袈裟　焚頂香燒六戒疤　南海秋期初選佛　維摩從此是僧伽
二　背捨居然大丈夫　肯從蘊處識眞如　先於定慧行清淨　出世翻同入世殊
三　出家曾是能出世　忍到無生豈偶然　讀遍普賢行願品　住心還在發心前
四　我亦蹉跎五十年　塵心塵剎苦推遷　九江驛路如相送　把臂同超究竟天

依韻和潘新安歲除抒感

疏狂無計自鍼砭　放眼修羅側帽簷　世變漫隨星日換　時艱猶逐歲華添
屠蘇杯暖漉漉酒　梁燕詞翻析析鹽　慚愧浮沉文字海　多君福慧此生兼

庚戌二月十四日

一　二月十四情人節　又逢五八度生朝　相期一日遊春約　攜手爐峰步碧霄

二　駘盪春心著意招　鯉魚門望去來潮　欲了未了人間世　踏過煙波第幾橋

三　綠浪紅檣接大江　石崕花徑半斜陽　碧欄杆外黃蛺蝶　飛去飛來影是雙

四　解道浮生善美眞　繁花開落兩無因　輕寒淺暖春消息　酣醉當前拾翠人

五　華燈樂苑夜幽深　一曲蕭邦八度音　指上春雷雜秋雨　無窮天籟入琴心

六　旋律低昂治性情　幽蘭傲菊綰心聲　鳳臺新爲秦家築　蕭史何年教得成

七　如此溫柔一段情　好從夢裡記分明　宵來珍重溫柔夢　夢到溫柔不忍醒

庚戌春分後一日

一　有約春風日未斜　紅棉幾樹愛停車　渡頭金屋銀圓餅　山頂花前雨後茶
共是江湖忘呴沫　肯隨時勢逐紛華　遽然夢覺莊生蝶　淼淼煙波何處家

二　不須辜負踏青期　但惜風華鬢漸絲　客裡光陰許陶醉　望中形影總遲疑
匈奴已滅家何在　罔兩相隨我獨遺　惆悵穿簾雙紫燕　差池心事怕人知

題智寶畫冊

紫竹東風畫閣深　青燈繡像念觀音　一時龍女皆成佛　悟得無生法忍心

小樓細雨晝深深　早暮漁山偈誦音　有願學書兼學畫　會將書畫入禪心

庚戌月當頭夜

一
廿年逋客文園老　蘆菔生兒芥有孫　還我寂寥形影共　不須惆悵愛憎論
伊人去日無消息　好夢醒時有淚痕　欹枕卻思絃管夜　半窗涼露月黃昏

二
燈影書聲滿小樓　詩魂伴我冷於秋　中宵試作寧家夢　少日曾爲負米憂
漸老漸疏時世用　匪謀匪哲子孫休　自心可有尊嚴在　肯信餘生等贅疣

三
不解人憐衹自憐　天涯有客惜華年　遊蹤粉嶺沙田路　心事溫湯熱海邊
誰鑄雪泥留爪印　欲驅煩惱入哀弦　將離本是花名字　話到將離更黯然

四
蓬萊十日遊仙夢　不許劉郎隔世來　豪氣少年銷欲盡　心香一瓣爇成灰
哀蟬落葉烹鸞曲　獨鳥鰥魚病鶴臺　知否當頭今夜月　孤懷冉冉爲君開

題黃繩曾北斗經略考

我聞遠代天文學　日月星辰宿斗角　仰觀俯法天地人　響聲影像費雕琢
以之定曆立五行　五官司序改正朔　以之分野十二州　翼軫荊揚虛泰嶽
以之占驗變三五　熒惑孛心休咎錯　毋乃大道合人事　自初生民以來作
史遷書曆紀天官　諫議幽厲勤民瘼　悠悠曠古五千年　民智漸開學以博

天體無垠跡渺冥　伏見機祥事難託　佛說消災北斗經　震旦賢豆何相若
黃子考證最殷勤　道籍儒書皆註腳　吁嗟乎東西聖人教化豈糟粕　使我思古幽情獨跉踔

獨居

一　獨居兩冬夏　空谷無足音　久矣維摩疾　傷哉梁甫吟　勞勞心意識　逐逐去來今
昨夜寧家夢　醒時淚滴衾

二　四壁伴形影　一燈照讀書　孤懷自嚮往　誰與共相於　白髮老將至　青春計已疏
今宵明月抱　不夢到華胥

壽蘇亦剛八十

曾看帝制共和年　且住繁華自在天　遊學即今同輩少　新潮當日老夫先
家常喜話佳兒婦　齒德應頤養聖賢　聞道七支離戲坐　形神百福許三全

辛亥十一月十五夜

一　今年今夜月當頭　明日明朝人倚樓　怕見孤舟滄海去　秋心悄悄向東流

二　霜風吹雨送輕寒　照壁青燈怯影單　猶記蘆之湖水碧　雙胴船上笑憑欄

三　沙田橋接瀝源村　眼底滄桑且莫論　躑躅石堤堤上望　有人雙槳弄黃昏

四　久絕聞歌樂苑來　曲終人去尚徘徊　淒涼難覓知音侶　遺我知音心更摧

五　一生歲月太匆匆　難了恩情十萬重　有願多生同命鳥　隨緣消盡業空空

六　珍重相逢不幾時　得相逢處惜相依　春風陌上花開候　燕子江頭舊壘非

七　沈腰瘦減勸加餐　強笑埋憂欲語難　默禱來年又今夜　當頭月照合家歡

跋

一九七二年六月，裕富自臺灣師大卒業歸香江。見老父案頭有手抄二十年吟稿一帙，書法秀勁，猶似中年，而字裡行間隱寄年時心境，乃傳閱諸兄姊，並得旅英旅法居臺三長兄意見皆欲影印存念，微窺父心。蓋吾輩兄弟姊妹十二人，皆生長於國家多難之秋，養育於顛沛流離之會。獨裕璧不幸早世，而十一人皆得成所學，又皆能自立，多完婚嫁。父心良苦，然猶以爲未能盡劬勞之責，平居鬱抑鮮歡，使吾輩難承色笑。年來夙疾時發時愈，仍治學治事不輟，群請奉養家居，屢陳不許。老父孤懷體會莫由，倘將詩稿影印，除書法臨摹手澤存念而外，復可各自揣摩，如親謦欬，養志之願，其或庶幾乎！父既首肯即以付印，並荷蘇文擢教授賜序；明慧法師、馮康侯、賈衲夫，黃思潛、潘小磐諸先生題署，深感盛意。

男裕堅、裕輝、裕強、裕華、裕忠、裕江、裕富、

女雅莉、美薇、健薇、韶生謹跋　裕富執筆

長孫嘉行寫

老父手寫詩稿，自去冬付刊，今夏將印成，不幸七弟裕江於五月八日在沙田郊次車禍罹難。江弟七一年畢業臺大化工系，返港從事工業，才兩歲，方冀有所樹立，乃露電泡影，竟先殞謝。闔家老幼，惶感悲慟不已，葬事畢。書附卷末。用識此難忘哀痛。

裕堅識　七三年五月廿日

麥友雲著

樵山詞鈔

麥友雲撰

作者簡介

麥友雲（一九零七～一九九三），孔聖堂中學教務主任（任期：一九七零～一九八零）、代理校長（任期：一九八零～一九八一）。一九八五年退休後，遷居香港元朗，以詩詞自娛。曾居上海，得上海永安公司總經理郭琳爽先生邀請，在其創設之永安樂社撰寫劇本。其著者有《荊軻傳》、《桃花扇》、《西施》、《楚霸王》、《王寶釧》等名劇。作品曾被當時著名劇評家胡梯維先生譽為「所見詞曲之美，無與倫比，即昆曲亦遜；其情文生動，遑論皮黃，乃知個中必有能手。十步之內，可產青蓮，洵不謬也」。除劇作品外，詩詞作品亦享譽學林，著作有《樵山詞鈔》、《小詩一百首》三輯等。

麥友雲（1907-1993）

樵山詞鈔

自序

中國文藝之有詩詞，譬之園林之有亭臺池館，構思而爲華麗，而爲典雅，而爲濃豔，而爲清淡，各取其致，各得其宜。於是相得益彰，相映成趣。其間體制不同，但大率雋語足以怡情，秀語足以祛俗，雄語足以排奡，壯語足以立懦，其情一也。或謂鏤玉雕金，裁花剪葉，徒見粉澤之工耳。浮靡之氣，何所益於世道人心而不知經紀山川，扶持名節。集道藝之精英，搜微言之奧蘊，皆托物寄情之作。如詩經楚辭之妙語，於偶一見之，無意得之，卻能深入人心，不可易一字。固未嘗一一依從禮教軌轍，而後敢行；亦不以文不載道則詆之爲不堪一讀也。余深愛本國文藝，尤喜詩詞。於退休之後，遷入元朗。於意發興起之餘，復按譜填詞，聊以自遣。非敢藉纖秀語，取媚時俗；更不自詡清流，謂引商刻羽考證古音，置身大晟座中，儼然詞客也。雖然詞之作，古人集中不乏情辭並茂者；亦有偏其所好，以爲性靈獨鍾者。以此論花，愛其氣質則色不如香，賞其美觀則香不如色。拙作色香俱非，乃不拘一格，或懷古、或即景、或回憶，亦自寫其意，自娛其情而已。以言文藝則吾豈敢！

採桑子 惜春

重來認取朱闌曲　桃李芬芳　楊柳飄揚　彩蝶雙雙意欲狂　向誰解說春光好　對月高歌　把酒低哦　入座清風捲翠螺

採桑子 娛夏

那堪回首同歡處　繡閣笙歌　曲院風荷　玄露霞觴笑語和　流連荀令熏香久　紅袖調冰　錦琴怡情　一覺揚州夢不成

採桑子 悲秋

去時不認天涯路　階下蟲聲　夢裡鄉情　野外荒雞半夜鳴　無眠獨自微吟苦　正在悲秋　亦惹閒愁　月照闌干未下樓

採桑子 過冬

書窗獨擁寒衾枕　月落前村　雪映南園　音訊悠悠久未傳　喧聲歷歷殘年鼓　知是誰家　醉倒流霞　只怕寒梅未著花

虞美人

灞陵橋上空相對　目送知音去　白鷗飛與白雲浮　浩汗大江東去不西流　難離難捨難留住　脈脈尋思處　臨行掩袂幾回頭　最是無情催發早登舟

虞美人

故園何日重相見　離合情難遣　小樓寒重意凄迷　自顧身無彩翼不知歸　梨渦淺笑
添幽趣　鏡影曾歡對　荼薇開盡酒空斟　說甚陽春白雪郢中吟

虞美人

錢塘江上江潮湧　吳越風波動　等閒休說帝王癡　百戰功高何似舞西施　古今史乘
重翻譜　試把娥眉數　聯軍刧後又豪門　誰爲兒童災難肯呼寃

虞美人

融和天氣春光早　野外青青草　醉吟朝夕寫情懷　但願松陰獨自抱琴來　梅花竹樹
分幽翠　偶亦閒相對　故園重聚實難期　任是清風三徑幾人歸

踏莎行

一院紅燈　環沁青草　朝歡暮樂園林好　弦邊玉笛去時歌　金壇筆下青春賦　空自
沉思　從頭細數　清觴濁酒論新故　話題偏說過來人　離鄉又想家山路

點絳唇

楊柳飄飄　暮春怕聽陽關曲　愁清語濁　也觧芳郊綠　一點相思　永記顏如玉　誰
能卜　心間環繞　舊恨終難續

鷓鴣天

桃李蕭疏人亦稀　漁舟帶得暮煙歸　癡心莫解同心結　惜別難忘相別期　鄉夢渺
楚雲迷　寒燈孤館自猜疑　去時正是春三月　轉瞬於今又雪飛

望江南

雲出岫　南嶺迢迢　既已賞花情緒淡　云何憐惜玉容嬌　惆悵度春宵　驚雁陣　鄉
訊望遙遙　舊雨有情同一醉　新愁無句贈今朝　時日不輕饒

清平樂

雪留香路　悄入梅花圃　昨夜酒邊添笑語　今日又成詩侶　歸心豈待人催　枕邊響
徹春雷　但願舊時王謝　梁間燕子飛回

眼兒媚

採菱舟過藕花香　三春煙霧長　東山絲竹　南樓歡樂　登覽難忘　感君一段纏綿意
相與泛鵝黃　新亭遊宴　故家風物　何限神傷

南柯子

雲暗初疑雨　窗開始放晴　遠山如畫景分明　聽得漁樵歌唱一聲聲　共醉清明酒
同登白下城　塵寰空自想蓬瀛　試問修仙能有幾人成

西江月

鏡裡容華佳妙　湖中彩色繽紛　隔簾吩咐送春人　莫問落紅成陣　老去休嗟才拙　生來不怨家貧　桃花流水說前因　萬語千言無盡

西江月

幾度驚心惡夢　經年屈指難期　天臺重會已非時　畢竟劉郎去矣　醉臥洞庭湖上　詩成明月樓中　昏花老眼華堂空　記得清歌彈弄

西江月

惆悵詩題紅葉　思量人約黃昏　從前風月竟成塵　到處溪山觸恨　知是羊羔美酒　招來霧鬢風鬟　如今燈豔影闌珊　況是曲終人散

減字木蘭花

朝霞初透　山與眉峰相映秀　寶篆添香　鎮日凝情淺淡妝　千嬌百媚　點染胭脂傳錦字　雕鏤文章　詠絮才高數謝娘

青玉案

客中可有重逢地　把夢裡　人留住　午夜風回吹細雨　殘更燈火　縱留餘味　飄渺如煙霧　低回只有情難訴　那得東流帶愁去　吩咐歸鴻傳數語　潯陽江上　琵琶聲斷　曲意

渾無據

賀新郎

廿四橋邊事　月明中　砧聲細碎　簫聲柔媚　算有清才揮妙筆　寫盡山盟海誓　都不是
原來情味　指點華堂雙燕語　入尋常　百姓家棲止　今與昔　應如此　秋風蕭瑟
來何易　待明朝　東籬尋問　黃花開未　滿座新亭詩酒客　眞箇惜花誰是　只留得　憐
香名字　沉醉東風歌舊曲　使文君　白首空流涕　千古恨　一彈指

賀新郎

綠遍池塘草　滿人間　崇樓傑閣　東君未報　試向穹蒼深處望　天上霞光萬道　照僻壤
盡成樂土　漫道烽煙多浩劫　願烽煙化作祥雲好　同把盞　一歡笑　天將破曉雞
聲叫　許多時　欲將乖謬　說成佳妙　信道春來多美夢　都是眼前資料　也牽涉　鄉親
不少　時勢英雄成與敗　到頭來　短歎和長嘯　人歌頌　自譏誚

菩薩蠻

清冷歌調琴臺起　問誰解識琴中意　紅粉亦知音　難回破碎心　元夜空相憶　好夢
非疇昔　誰謂惜春陰　春陰論淺深

菩薩蠻

時逢節後瀟瀟雨　宦游走遍邯鄲路　誰個不思鄉　思鄉總斷腸　今夜難成夢　鐵馬隨風送　如是不留停　教人憶舊情

清平樂

東山月露　落滿江頭樹　碧酒紅裙都易醉　一舸來回瓜步　五湖舊約重牽　除非共訴纏綿　收拾當年綺恨　於今只合參禪

清平樂

夜愁滋味　忍說春歸去　猶記朱闌同倚處　消得幾番風雨　豪情回首當初　登樓引吭高歌　漫道歌聲清越　韶華不柰春何

蝶戀花

憶念故人情已慣　此日茱萸　插後歸來晚　雲樹幾重遮淚眼　斜陽寂寞隨鴉返　日下西山光欲散　獨自吟秋　秋老情何限　搔首問天天不管　南來只見高飛雁

減字木蘭花

翩翩海燕　冷暖人間嘗已遍　乞巧針穿　今夜相逢七夕緣　江洲司馬　濕透青衫情不假　多謝東君　吹動羅衣更動人

浪淘沙

即景賦新詞　付與紅兒　斷腸風月已多時　目送征鴻揮手去　空說歸期　人與月相違　惜別伊誰　江花開盡子規啼　洗淨壺觴君勸飲　醉也難辭

滿江紅

萬里無雲　賞秋夜　畫樓清絕　薄羅衫　不勝寒重　漏聲將徹　尋夢不知村路遠　孤帆吹向江頭月　記當時　忍淚出陽關　簫歌歇　天欲曙　心難決　情已斷　分吳越　望河山　遠隔崎嶇重疊　如此情緣輕一別　空憐弱質遭磨折　料前生　離合總安排　應誰說

醜奴兒

春宵無寐空相憶　弱小堪憐　粉玉纖纖　騎鶴揚州作地仙　洛陽西苑同游地　裘馬翩翩　甲第雲連　文采風流今又傳

醜奴兒

綸巾玉麈清談好　說到春歸　桃李成蹊　雁陣東排又向西　綺羅芳澤花間路　氣息香濃　笑語從容　惜取餘光晚照紅

醜奴兒

齊梁詩豔胭脂染　六代餘香　唐宋詞章　綺念幽懷說幾行　雄才絕代稱豪傑　公瑾當行　諸葛無雙　吳蜀風光武節揚

醜奴兒

襟懷廣闊連江海　盤馬彎弓　氣壯如虹　直上雲霄第幾重　當年逸興今何在　夕照丹楓　詩滿囊中　老去於今歎技窮

臨江仙

一夜西風秋信早　東籬三徑爭開　小園端候故人回　非關村釀熟　無酒也先來　昨夜夢中皆樂事　醒時依舊寒灰　問誰獨擅子雲才　不堪思往跡　意氣振風雷

臨江仙

人道落梅聲已歇　去留等是浮萍　楚山淮月送君行　江樓分袂處　笛韻已分明　濁酒也堪留客醉　醒來不辨陰晴　是誰不動故鄉情　聯床嫌夜短　容易聽雞聲

水龍吟

梅香雪白停勻　幽懷吟思都相近　相逢一夕　十分深契　餘情無盡　檢點芸窗　彩箋猶在　教人尋問　憶筵前酩酊　高歌永夜　消受得　寒侵鬢　猶記長亭十里　臨岐話

難消悲憤　欲留無計　梨花帶雨　脂殘粉褪　薄倖王孫　狂名自許　獨多遺恨　若他年　買棹歸來　不顯貴　休相問

漁家傲

意裡廣寒仙子戶　青天碧海同今古　信是千秋人不老　愁無數　春花秋月如何度
願得人間安樂土　金樽檀板朝朝暮　兩鬢任教霜點早　論甘苦　羊羔美酒今宵好

漁家傲

豔羨紅蓮開並蒂　荷塘水暖香風細　一霎眼波情欲醉　千金句　劉郎題贈蕭娘語
水遠山長歸去來　海棠寥落春餘幾　若論那回相會處　同心侶　夢中啼笑渾無主

踏莎行

鶯燕紛飛　弦歌疊奏　朱門休作非非想　錦屏掩映並肩時　月明今夜同清賞　文字生涯　書生模樣　布衣疏食無奢望　豪情壯志似雲煙　溪流那有江河量

踏莎行

明月樓中　桃花扇底　繡簾風動幽香細　題紅可望意先傳　交杯但願心相對　異地偏逢　他鄉獨處　偶然留下鴛鴦句　今宵纔得客中歡　幾曾想到回家計

賀新郎

只有情難寄　念江南　家山岑寞　故人餘幾　自是樽前留不住　當日悲歡情味　弄巧語
何須驚喜　雪後更無鴻爪跡　料功名　富貴皆如此　花月恨　等兒戲　從軍都是
良家子　戍邊還　人歸鄉井　說來容易　苦煞閨中休怨婦　對影形單獨自　且休問　滿
城風雨　萬里河山傳二世　在朝中　鹿馬由人指　成與敗　看秦始

浣溪紗

燈火煌煌琥珀光　浮觴瀲灧蕊珠香　舊時歡笑作尋常　一覺醒來都不見　枕邊惟有
故家鄉　幾人零落幾名揚

浣溪紗

憔悴春光可柰何　雜花生樹滿荒坡　吳頭楚尾別離歌　優孟衣冠誰記憶　翻尋故跡
費張羅　才華徒說五車多

滿江紅

一夜飄來　渾似雪　滿堤飛絮吟不盡　花草閒愁　送春歸去　腸斷夜闌彈綠綺　心傷月下
歌金縷　只如今　揮淚望江南　憑誰語　陌上曲　今非故　天涯路　休重數　想平生
狷介易招讒妒　對月自難成好夢　舉杯那得謀長醉　見來鴻　展翅又高飛　心思慕

朝中措

黯然春盡百花空　蜂蝶枉尋蹤　眼底白門垂柳　此時飄拂湖中　臨流極目　朝霞初上　水面流紅　放蕩江湖已慣　微醺一舸西東

行香子

良夜張燈　明月浮清　興來時　簫管齊鳴　新聲悅耳　響遏雲停　似卿雲曲　鈞天樂　太平經　諸多酬酢　假作惺惺　在南樓　依舊豪情　幾多往事　如夢初醒　是聯吟處　銷愁閣　醉翁亭

行香子

笑我孤吟　惜墨如金　莫思量　畫圖光陰　重簾細雨　分外銷沉　況春時節　歸時候　舊時心　幾番遺恨　付與雕琴　燕歸來　庭院深深　朱顏日改　短鬢霜侵　在相思地　消魂夜　子規林

江城子

蕭蕭風雨暮寒生　望江城　晚潮平　此夜撫今　追昔不休停　楊柳樓頭多笑語　無實故　祇虛聲　旁人冷眼看分明　疾雷驚　百蟲鳴　落拓天涯　猶念故鄉情　吩咐後生須記取　逢故友　笑相迎

江城子

梧桐凋落報秘歸　雁南飛　楚江湄　端的淵明　無醉不開眉　聞道故人詩酒約　同一醉　怎推辭　管他誰是又誰非　自拈題　賦新詞　可記開懷　痛飲盡歡娛　往事紆迴如夢幻　同月夜　不堪提

醉花陰

隔簾只見溟濛雨　不辨還鄉路　曾似在揚州　看遍鶯花　都是爲歡處　名姬夜宿歌金縷　但願人長聚　暗地問東君　幾度花開　幾許花顏駐

醉花陰

融融春曉冰初解　綠意新嬌態　無語送斜陽　家住東山　隱約遺風在　千紅過盡眞無奈　百劫詩無改　美境說桃花　只爲桃花　朶朶皆文采

柳梢青

綠陰深處　碧紗幮淨　春寒輕淺　目送驚鴻　迅消雲外　眉心難展　任教崔護重來　對舊日　歡情何戀　遙望家山　銅關鐵鎖　煙深雲斷

柳梢青

幾番風雨　襟懷落拓　飄零花絮　枕簟涼生　庭階人靜　淒清如許　垂楊郵外人家

問酒客　留蹤何處　既已重來　又將歸去　六神無主

柳梢青

數聲啼鳥　抑揚頓挫　餘音嬝嬝　好夢無憑　良辰不再　閒愁多少　客來珍重琴樽　纔對酌　潘郎醉了　往事縈回　不堪回首　怕牽煩擾

鵲橋仙

紅楓凋落　黃葉紛披　景色蕭條如故　西樓此夜共傾心　說不盡　淒風苦雨　新亭游宴　對人歡笑　滿座全非舊侶　月光如水似當年　別一種　離愁滋味

臨江仙

臘鼓喧聲驚曉夢　問誰不有家鄉　梅花掩映碧紗窗　重圓今夜月　清影也留香　又是一冬閒過了　何曾整備歸裝　千篇詞賦贈紅妝　餘情空有恨　惆悵歎珠黃

訴衷情

畫樓歌舞識吳娃　綽約一枝花　王嬙西子風致　家世亦烏紗　空負卻　好年華　可堪嗟　留君不住　婉轉悲歌　訴與琵琶

念奴嬌

花開陌上　豔陽天　芳徑凝紅千點　倚遍闌干　心自忖　當日盤桓無算　彩蝶紛飛　黃

鶯互唱　都爲春留戀　芙蓉出水　認識美人初面　憶昔夜泊秦淮　疏星連皓月　簫笙初轉　翠袖殷勤　情意在　素手玉杯頻　半笑含羞　幾分憐惜　那計杯深淺　細腰窈窕　綵衣易裁剪

生查子

冰肌襯粉香　明鏡留清影　燕子欲歸時　佳處須重省　秦樓惜別離　憶念胭脂井　無地不相思　歷盡人間境

生查子

銀河泛客槎　得遂平生志　滄海月明時　照遍魚龍戲　畫屏金鷓鴣　出自高門第　臺榭變丘墟　冷落秋如此

臨江仙

價重連城詩百首　誰知李杜當年　幾經磨折幾迍邅　文人遭劫運　悲苦不堪言　珍重此情秋月夜　何須酒到唇邊　相逢正是碧雲天　不須圓舊夢　來去且隨緣

滿庭芳

細柳成陰　湖光列綵　分明陌上清標　千金價重　由爾玉驄嬌　記取羅幃心字　求凰曲　最是魂消　神仙侶　得成眷屬　花月正良宵　遠山橫翠黛　覺天生麗質　無限慵

嬌　借此金巵一醉　且留得　寶炬高燒　留戀著　洞房深處　好景最難描

清平樂

門前流水　不辨家鄉路　臨別磅忙留一語　未敢直言歸處　春來認取誰家　先生高臥煙霞　也算早棲林下　從今休問京華

清平樂

去年來處　紅染秋光素　夕照楓林仍故故　難得傾心同醉　悠悠古寺疏鐘　板橋月下霜濃　久客未通音訊　何妨一問征鴻

清平樂

冰肌清瘦　紅蓼花開後　長記花間攜玉手　淚眼回波掩袖　江潮欲漲平堤　瓜洲渡口人歸　一葉扁舟橫渡　兩行鷗鷺雙棲

燕歸梁

幾樹官梅雪後花　正疏影橫斜　孤山空說玉人家　誰追憶　舊年華　筵前唱罷　江南曲曾　相與譜紅牙　喚回癡夢一聲嗟　難想望　醉流霞

小重山

舟過霜橋月墜時　闌珊燈火自　恨來遲　寒宵空賞白連池　波影動　嫋娜憶丰姿

愁重損腰圍　園林多故跡　也傾危　由來薄倖屬男兒　揚州夢　辜負小吳姬

蝶戀花

飛盡風花都是恨　待訴衷情　又說情休問　築起愁牆千百仞　問誰解得相思困　樂

在春宵胭脂陣　未到寒時　那識寒侵鬢　蜜語甘詞君莫信　毫釐可致丘山釁

清平樂

老來情味　斷送春何許　芳草綠楊無覓處　細雨絲絲如淚　憑欄恰在黃昏　南樓依

舊芳辰　等是笙歌院落　難逢燕語撩人

跋

吾師友雲先生，早歲耽於詞，結社集會，多江南文友。於觴詠之餘，各選詞之佳品，偶有接跡於宋人風格者，集腋成裘，分期登載於文藝月刊中。積以時日，有《樵山詞草》一卷，付之剞劂，分贈文友留念，惜乎年月湮遠，散失殆盡，一自南來以後，於雅會酬酢間，吾師絕口不談詞，但究心於詩道而已，嘗語予曰：「予往昔涉獵唐宋名家詩選，淺嘗輒止，實未經深入鑽研，是以望門不入，終爲檻外人。今迷心致力於此，固宜盡其餘暇，探索源流，窺精奧之蘊，庶幾或有所得，廣斯道，亦亡羊補牢之計也。」

先後寫成小詩一百首，凡三輯，予一一爲之浣筆細書而後付梓，然而尚有耿耿於懷者，以未得一讀吾師之詞作爲憾也。

予知吾師於詩詞之外，亦擅撰曲。當年上海永安公司總經郭琳爽先生創設永安樂社票房劇本，曲詞經吾師手撰者有《荊軻傳》、《桃花扇》、《西施》、《楚霸王》、《王寶釧》等名劇多種。其時名劇評家胡梯維先生，嘗親賞《荊軻傳》於卡爾登戲院。觀後有文載於報端，其中有句曰「所見詞曲之美，無予倫比，即昆曲亦遜。其情文生動，遑論皮黃，乃知個中必有能手，十步之內，可產青蓮，洵不謬也」以見吾師曲藝之精，不下於詩詞之美，信乎詞章之學，半賴用力之勤，半出自天賦者？

一九八五年秋歲次乙丑，吾師以年事已高，一再向學校力請退休。及遷入元朗居住，於退閒暇日，復理詞章。興至則塡詞自遣，風朝月夕，不乏佳章。積累至今，漸可成帙。吾師已逮七九高齡，所見思精筆健，才氣縱橫，冰雪之天，松節乃見。予深佩其思想精神之充沛也如此。當此《樵山詞鈔》既成爲之謄錄一過，並誌數言於卷後，以誌景仰之忱。

丙寅秋日受業潘瑞華跋並書

麥友雲著

小詩一百首

麥友雲著

小詩一百首

自敘

長吟短什，各自有情，節改時遷能無感。予以樗櫟散材於役海隅，已疏朋席。襟期所托，恍如山陰鏡中季孟之間，非復長安日下苜盤滋味，勞結益深。然猶於倦事筆硯之餘，視可詠者詠之。雖屬庸音，未能閣筆。前此小詩兩百首，先後付梓，凡二帙矣。明知雞蟲得失，無補於時。格律荒疏，何關乎道？其所以不遑隱避，不為瓶守者，亦滄海萍飄，偶然寄跡之意耳！

仲冬麥友雲識於香江

平堤疏柳

潮漲平秋浦　重來識故蹊　目迷煙霧柳　情寄短長堤　舟繫風生後　烏飛日照西

疏條輕拂水　憐取舞腰低

前題

游倦數歸鴉　寒林也是家　平堤無雜樹　曲水滿殘霞　陶令五株隱　桓公一語嗟

坐觀垂釣處　疏淡勝繁華

寒雨

手不停翻眼欲穿　讀書如結百人緣　已知鶴去通梅訊　莫問鴻歸寄錦箋
刦後偶然開一境　靜中聊自試初禪　回風轉向吹寒雨　木葉飄蕭入暮天

客去

客去小樓靜　風鈴輕自搖　苦吟多舊憶　枯坐已深宵　可夢莊生蝶　無憂顏子瓢
心耕求妙緒　何羨玉田苗

春暉

銜泥燕子趁暮回　照影池邊柳眼開　喜有書聲消靜夜　了無心事托高臺
乍逢日暖懷三友　閒借花光照滿杯　記得慈幃臨別話　那須杜宇喚歸來

夜遊花市

甲寅除夕作

桃接梅開若有情　送寒才罷想紅英　待招明日芳園會　且作深宵花市行
靦面客多風韻少　舉頭天淨月弦清　買得一枝詩一首　最新題意賦春城

聞笛

天風吹送玉音清　半作龍吟半鳳聲　敢問柯亭聞笛後　幾人消滅世間情

水亭冬望

幽泉近接石林東　詠雪情懷想謝公　素影漸移沙岸白　新聲初試水亭紅
高標身價今名士　退隱江湖老釣翁　遊樂也知風雅好　貂裘敗絮總難同

白蓮寺田遊

風過山門送野香　清新林氣滿中腸　忘機正好隨猿鶴　慕勢何為識鳳凰
活火烹茶裁入味　連題分韻已成章　巖前落落低頭石　似解聞經自斂藏

書懷

一
大江東去浪淘急　初祖西來葦渡遲　千古英雄無別恨　只傷年壽有窮期

二
清樽笑傲江湖老　翠袖翻飛鶯燕忙　客裡光陰堪自適　不須惆悵念家鄉

窗下植象牙紅冬至開花元旦凝紅不墜可與新枝競爽矣喜賦一首

太歲冬花開到今　嫣然顏色愜春心　白頭詩侶題紅手　笑和東風第一吟

閒居憶友

君居嶺下我江濱　嵇阮何須共結鄰　車笠相逢同拜揖　蓴鱸回味是鄉親
一泓綠水曾留影　三徑黃花暗笑人　量淺尚堪為薄飲　待君重賦洞庭春

園游看杜鵑花

瀟湘夢斷鵑啼苦　錦繡屛開花燦紅　人世悲歡都有憾　天機神會始相通

憶南京夫子廟

樓外山光接海陬　放情高唱識吳謳　生兒慣說仲謀好　末代終傳歸命侯

雜詠　七六年十月十一日讀報後

一

楊花質薄等微塵　偶爾飄飄托錦茵　忽見風吹輕墮溷　憑依無地自沈淪

二

啼風啼雨強司晨　可恃淮南舊主人　一旦飛升攀不穩　碧天翻落紫泥塵

桐陰月影

蕭蕭桐葉助蟲鳴　一片餘陰半暗明　白髮旅愁當此際　黃粱塵夢憶平生

風枝錯落秋窗影　夜話依稀舊雨情　手把騷篇神欲倦　數聲琴韻入簾清

初冬賞梅

雪爲肌理玉爲根　相告初花喜欲奔　吹入勁風憐瘦骨　借將寒月吊詩魂

深宵遺興癡如醉　隔院聞香冷亦溫　疏蕊橫枝輕著筆　有無情致待君論

白蓮

雨後閒遊百步廊　參差翠蓋水珠光　孤芳格調才人筆　縞素裳衣仙子妝

雪藕情懷思故侶　采菱歌調賀新涼　千紅賞盡尋常色　沁入詩心是此香

晚望

一堆雲壓半山低　夕照殘留鳥倦飛　高放謳歌輕放棹　此翁裁別酒寮歸

乙卯詩人節 得秋字

心力都拋盡　蒙讒一去休　江流驚石轉　風雨動天愁　漁父難爲卜　湘君可與儔
楚魂尋夢處　炎節等涼秋

漁浦清遊

其一

鶯花歷亂春光老　鷗鷺逍遙水國寬　閱世漸知隨俗苦　浮家應作絕塵看
東城路遠來偏易　南浦情深別也難　愧我未能描一幅　青蓑人醉白沙灘

其二

意裡仙槎天際來　客星懷想子陵臺　風波飽歷漁家淚　羅網紛張水國災
秋浦潮生人欲去　暮天寒重雁方回　捷才沈宋知誰是　自分遲吟領罰杯

憶遊夜湖

如夢如煙說舊宮　夜遊清景廣寒同　西施豔舞嫦娥影　都在涵虛水月中

答蕭生

怕約游春費往還　歡場何似小樓閒　原無雅興參歌宴　那有豪情醉玉山
暗裡自嘲眞傀儡　人前裝作笑容顏　歸來就寢天方曉　隨著雞聲夢曙關

秋興

順流一棹出蘆灣　秋社人多合載還　畢竟斜陽愛芳草　遲遲猶未下西山

丙辰五月多雨假日獨坐室中緐聲亂耳悶極有作

飛車過處鬼聲嘩　鼓樂交諠耳欲痲　仲夏賞心無一事　漫天風雨滿城蛙

登高

不畏山高風力加　散飄華髮帽傾斜　秋雲意淡誰留客　江水流長總到家
離合難如潮有信　琢磨幾見玉無瑕　若從三徑追前跡　休問籬邊寂寞花

秋思

一念加衣暑已過　石階沖雨若新磨　殘蟬乍歇閒庭苑　白露相侵薄綺羅
應是天河風浪少　奈何仙侶別離多　悲秋自古懷江楚　久矣陽春不復歌

只羨

只羨山居自結廬　閉門深讀古人書　客來飽啖鮮蔬饌　春韭秋蓴盡可茹

月夜簫聲

現世繁華比六朝　瓊花玉樹夢逍遙　醒來只道離情苦　聽去方知餘韻嬌

一點秋心同月白　幾行竹影仗風搖　詞林別有新簫史　鳳侶聞聲舞細腰

行山入僧寺小憩試雨前茶

滿椀春芽浮碧煙　水清尋問出何淵　寺僧笑指飛流處　不識名山第幾泉

黃昏江廔遠眺

遠岫空蒙晴亦雨　天江溟漭水連天　一輪新月雲間出　澹素秋光夜最妍

畫意

木石涵清雲水虛　草堂誰個接肩輿　客來小住無他事　月下松間好看書

前題

輕舟蕩出細鱗紋　瀲灩霞光彩色紛　終老江湖吾不恨　怕登華泰近風雲

放翁生日 得奇字

半壁偏安勢不支　嘵嘵和議竟如飴　愁無遣處聊爲放　酒到狂時自有詩

千里胡塵猶未滅　百年家祭復何辭　才高命舛誠難測　腸斷沈園遇亦奇

小春吟

疏枝新吐點兒紅　梅訊隨幡吹向東　擊拍數聲歌白雪　披襟一笑逐和風
冰心澄慮渾如鏡　好夢疑眞未是空　吟到小陽春意足　消寒尋樂與君同

春日雅集 得朋字

夢到花溪訪杜陵　花迷竹暗露珠凝　一朝俊彥文星降　半壁樓臺曉日升
春事可娛思綠野　芳塵無跡見冰清　謝公不解生公法　回首東山喚舊朋

老子

老子留言盡五千　青牛一擊渺音煙　中原禮義今如此　道德誰曾關外傳

題潘生山水畫

竹屋蓬窗結小村　不煩更鼓警池園　雷連迅景成幽趣　停泊遙崖隔市喧
碧海迢迢常夢渡　白雲片片此心存　秋林風葉多如許　何事先生畫掩門

鄉村初夏

童年牛背勝朱輪　自展歡顏自作顰　綠水擎荷迎細雨　舊巢歸燕落輕塵
神遊解說西湖好　興至忘懷南阮貧　吩咐蝶飛鶯唱罷　明春歌舞再翻新

友人粉嶺別業落成賦此為贈

離鄉終竟誤歸程　池苑新基可慰情　雲合頓教林壑隱　雨來翻覺竹窗清
山中偶爾聞琴笛　松下何須問姓名　漫說臥龍難再得　使君誰不重虛聲

妃子笑

自是昭陽第一姝　遠求珍果海南隅　即頒手詔馳千里　爲博心歡動萬夫
情到獨鍾偏愛寵　物惟稀有勝瓊瑜　畫壇不少生花筆　能寫楊妃巧笑無

夜

沉沉天地自深藏　消盡豪情掩盡狂　星暗已難支夜黑　寒林燈火不生光

雨天

彩雲雖好迅消沈　辜負滄洲結社吟　色辨晦明青白眼　情關深淺越吳音
蜀中道險難容馬　漢上臺荒已斷琴　今日雨天還自得　隔簾不被落花侵

憶鄧尉觀梅花未盛發遊人亦復寥寥抒懷一首

雨後遊山異樣清　疏梅渾似未妝成　情知開早無眞賞　故作遲花對月明

晚興

懶參文酒謝交遊　頑石相譏我點頭　薄紙人情歌下里　寒灰心事擲東流

觀書冷落一窗月　掃葉消磨滿地秋　免使友朋譏俗骨　年來無句詠春愁

讀史惜曹劉

縱橫才略展雄奇　天道如何未可知　魏武無功諸葛死　獨留司馬冠當時

題畫

籬落松杉世外村　輕煙澹霧掩朝暾　中峰直出稱奇景　老漢潛居抱鈍根
曉笛有風吹漂渺　秋衾無夢到家園　下山便見招賢榜　未必窮儒願拜恩

缺題

烈日炎威可炙膚　調冰揮汗走殊途　路邊蔬果蠅頭利　郊外園林大腹胡
競逐名場慚敗北　退歸閒院戲稱孤　瓜棚笑樂無燈火　強學聊齋說鬼狐

人月圓

但與天爲樂　不愁海作瀾　雙攜詩伴侶　同倚碧欄杆　貼鬢連清影　談心抵夜寒
靈台明鏡似　圓月鏡中看

秋籬新趣

動人秋思只東籬　西閣南廔那有詩　愛聽朱弦彈古調　亦傾菊酒試新巵
樹連寺塔通三徑　月照亭欄認尺碑　白露承來磨紫硯　狂書醉繪兩淋漓

龍門

逢迎揖拜接車塵　徒見寒儒自辱身　縱使登龍聲價重　李膺何愛厚顏人

菊訊

雁影渺如秋岸白　酒顏莞爾夕陽紅　西風報導黃花好　樂煞陶村幾醉翁

醉中

糊模醉眼望碧宵　游想瓊漿贈一瓢　忽覺秋風吹酒面　又驚桂子亂香飄

夢到壺山別有天

身如行腳躡雲蹤　夢到蓬壺疊疊峰　人自洗心崖下過　修眞遊樂兩從容

離島遊

追慕東山樂　乘舟涉遠津　琴書常左右　風雅未沉淪　入目蓬洲景　回頭滄海塵
漸多詩酒債　何日得閒身

登山觀日出

平時高調不成腔　畫伯詩人斂手降　眼底意中皆絕色　一天雲彩壓秋江

秋山

吟賞春晴夏雨時　苦無新意賦新詩　一朝風轉吹黃葉　始覺淒清入畫宜

思量

往事縈回如許長　無關情處也思量　從何乞取療心藥　到枕安眠不念鄉

見石壁殘篆作

舊篆殘留石未磨　誰當刦後問銅駝　野花遍地無芳草　一代山河入浩歌

贈友

楊柳堤邊把盞呼　也應投玉報明珠　劉郎才力眞無敵　喚起春風吹滿湖

郊外精舍

疑是高人宅　園林得地宜　揚聲方欲問　低首自尋思　不識籬東客　何來世外奇

臨風思惠遠　聊誦白蓮詩

閏中秋

過盡光陰總不留　嫦娥今夕卻回頭　人家果餌分兒輩　詩國風雲動勝流

佳節重來仍十五　盛筵歡渡再中秋　涼無更鼓催良夜　匆令匆匆月下樓

留候

動蟄安然最識時　功成不作帝王師　難能納履稱孺子　密授陰符是譎詞

冬夜

半宵爐火炭成灰　愁網千絲剪不開　生怕南園梅放後　襄陽無意冒寒來

讀史

一　禍臨眉睫悔封侯　功狗紛烹各有由　若不軍門齊左袒　絳候何策獨安劉

二　凄絕虞兮帳下歌　大王氣盡妾如何　引鋒自決能完節　勝似囚身入網羅

校園老梅兩株一紅一白紅梅間歲開花白梅則色香自斂直至去年奇寒始盛開一次為十年來所僅見因賦紅白梅詩

紅梅

今歲梅開早　牆隅滿樹紅　嚴寒雖未雪　清賞正當風　幹古饒生氣　顏酡比少童

孤標東苑外　倒影半池中　不爲芳華惜　能參色相空　容光深自斂　猶見玉玲瓏

白梅

獨愛雪晶白　不嫌月暗黃　十年花未發　一夜玉生香　入得清虛府　依然淡素妝

同歸林處士　鶴子認梅娘

都南吟

惡犬逞狂吠　醜徒恣跳梁　是非誰管得　風月正當行　最惱瓢爲飲　不嫌膏滿腸

炎涼生詭變　朝炭夕冰霜

桐葉

其一

漸冷北窗枕　難當九月霜　吹來一葉小　遙望百年長　爾樹誇資質　人家作棟梁

爲能支大廈　多被斧斤傷

其二

休怨知音寡　劇憐別恨深　鄉關時入夢　風雨一鳴琴　零落飄庭院　清涼逼枕衾

相思如可寄　遙贈慰癡心

秋夜

四照樓開笛一聲　畫船燈火夜湖清　江山勝處堪懷古　只遜坡翁月下情

司馬相如扇頭

一曲琴挑士行摧　遺章封禪有餘災　後生休誦長門賦　秦漢儒林不乏才

寄海外

何日飛翔渡海潯　低斟杯酒訴秋心　夜來獨自無情緒　鐵馬西風相對吟

感事

如此桃源冷若冰　棘中求活苦攀登　忽聞滄海平蛟窟　轉望乘槎返武陵

有寄

頻年哀樂蘊深衷　事事從頭自省躬　遠道塵飛催驛馬　平沙水落歇征鴻
風花寂歷韶光淡　煙霧迷茫山海空　太息阮公徒善哭　清狂何補世途窮

元旦友人送酒

贈我醇醪九醞珍　願開酒戒試嘗眞　過江夜夜新亭宴　不見他鄉少箇春

煙雨郊遊

芳郊曲水羨流杯　心恐遲遊青鳥催　自謂幽情閒裡得　更逢佳客雨中來
野煙深鎖半江水　山樹難防一炬災　滄海成田田亦海　誰知天地幾循回

餞歲

歲晚風光慶早梅　一堂香泛玉羅杯　送寒舞袖歌么鳳　愛日斑衣戲老萊
年畫彩圖田父樂　臘燈紅影美人腮　醉翁爲餞元宵約　即席聯吟試妙才

窗前供時花丁巳元旦紅萼盛開欣然有作

初開紅萼及芳辰　觴詠乘時應早春　何必文章追魏晉　風流先數醉鄉人

元宵續宴

重上燈廔君莫辭　且留心影到今時　宋明都解金吾禁　兒女爭傳花市詞
往事成煙猶有恨　情天不老總難期　勸君聽罷秋娘曲　莫學春蠶自縛絲

久旱聞雷繼而下雨喜賦一絕

雷鳴一夜振乾剛　大地甘霖喜若狂　奚獨萬家齊解慍　山川林木盡蒼蒼

梅株

仙苗只合種林家　題贈休經俗齒牙　爲恐送寒詩賦罷　冷香移作賀年花

初夏

蟬鳴柳岸合迎新　月照蓮池欲出塵　可笑惜花人自苦　水流紅處暗傷春

誰說朱門獨佔春

四座春風笑語頻　牡丹亭館落香塵　黃金鋪地不生草　新綠何由趕上春

聞雷

萬千屈枉向天鳴　天報雷聲若有情　人在夢中心自醒　冷風吹雨枕衾清

無題

桃李無言浦柳欺　洛陽遲訊誤芳菲　白頭居士翻新譜　再唱春來付雪兒

天涯時雨潤榴花

其一

自份天涯老　不知雨及時　池塘添綠潤　亭館養紅怡　目賞榴花豔　心儀絳玉姿
回看小兒女　跣足水邊嬉

其二

天涯同作客　相遇莫唏嘘　五月忙農畝　諸親集故閭　榴花紅欲滴　時雨潤方舒
獨惱南飛雁　情疏少寄書

讀史

天下英雄君與操　英雄事業竟徒勞　魏承漢祚窮機巧　司馬亡曹不用刀

荒村閒夜讀感懷

周南歌自人倫始　禮運期於大道行　想是天公留一脈　送來寒夜讀書聲

雄文

自矜才氣逞雄奇　百辯縱橫快一時　彪炳庶幾同猛虎　文章難得有眞知

簫聲

午夜無眠覺有聊　幾回低囀意飄搖　百花盡放留千葉　一代輕過唱六朝

客子舊情憐綠綺　美人清淚濕紅綃　淮揚韻事依稀似　楊柳新聲滿畫橋

旨酒戲作

墨倦筆慵笑主張　且收書畫論壺觴　眼中酒國無餘子　願與諸君戰一場

秋懷

天涯客裡一身微　懸盼音書客轉稀　有日賦歸見孺子　相逢疑是百年違

喜訊

一局爭衡百變終　升沉時會與棋同　精禽枉自填東海　老驥何由問朔風

大抵杏花因放早　不堪夜雨已殘紅　獨聞喜報鶯無恙　飛入輕煙萬柳中

感事

花草娛人沾雨露　江山走馬換英雄　剛柔本是尋常事　歷古循回悟不通

讀史

一人得志斯爲重　萬骨成灰非可驚　二十五朝多少恨　皇陵無語聽風鳴

暮春

鶯飛流響兩三聲　楊柳搖風影亦清　吟盡落花詩百韻　天無憐意水無情

旨酒

婉轉情難已　琵琶聲欲低　獻巵歡笑罷　掩袖下慶啼

關君贈我以畫報之以詩

書生几席總塵凝　別有靈心透玉冰　含吐湖山一硯水　周旋風雨半窗燈
可臻妙境原無價　得破玄關第幾層　白日昏沉天欲暝　煩君寫出月初升

跋

吾師以小詩名其集，意者謂遣興之作，不足傳。自余嘗於謄錄餘暇，請問於師曰：「君子之於善也無小而不舉；其於惡也，無微而不黜。小詩之爲，小得毋類此乎？」吾師笑而顧之徐徐曰：「鉅者宜鉅，小者宜小。天義爲先，物名其後。子但爲我書之戔戔者，復何問焉？」余於是浣筆以書，書成，謹識數語於此。再復思之，有餘懷也。

丁巳冬至受業潘瑞華識

關應良著

雲外樓詩詞集

作者簡介

關應良（一九三四～二零一七），字止善，廣東順德人，一九三四年生於澳門。工山水、善書法、詩詞。曾任多家中學文學、美術科教席及香港中文大學校外進修學院藝術課程導師。師從盧鼎公、梁伯譽兩先生，擅長中國傳統山水畫、中國書法、尤擅行書、小楷、中國舊體詩詞。一九六七年任教於孔聖堂中學，至一九九一年退休，幾近三十年，培育後俊，發揚中國傳統精神，致力推廣中國書畫藝術，不遺餘力。當代名家趙炯輝、老瑞松、馬龍諸君，皆爲其高弟。著有《雲外樓詩》、《雲外樓詞》、《江山如畫冊》第一、二輯。當代專業書畫家、自由作家。

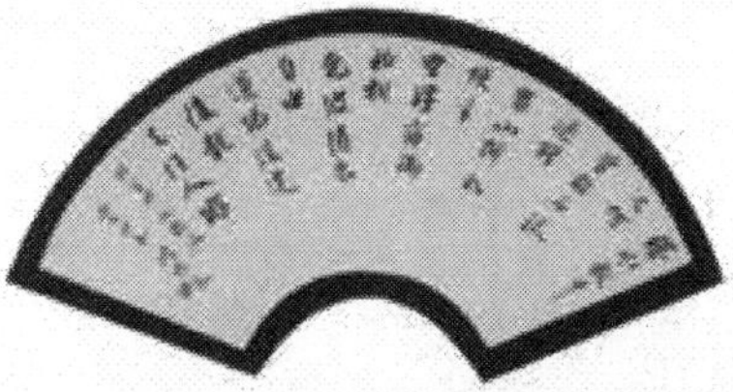

關應良字止善，廣東順德人，一九三四年生於澳門，三五年定居香港，工傳統中國山水画，亦善寫書法，偶為詩詞，亦頗秀麗，藝術作品為士林所重。

關應良先生攝於香港西貢

關應良燈下作畫照

雲外樓詩詞集序一

洪肇平

五十年前余於石塘咀潮青閣侍　希穎師習詩詞，輒於花朝月夕，烹茶噱酒，閑談暢論古今文苑人物，亦及居港近人，師語曰：「有關應良者，工書畫，能詩詞，彼乃後起輩中傑出之人物也。」余雖未識應良，然心中默記其名字。數年後，於詩酒社集之會，席上得識應良先生，恂恂儒者之風，余得而親近之。應良先生於席上高吟　希穎師詩句云：「人棄尙餘殘月伴，樓高翻見萬山臣」抑揚低徊，座上賞音不絕。余甚訝其兩人之緣分有如此者，席間余與應良先生相視一笑，莫逆於心。余喜於三餘之暇，步行攀登太平山，路上時遇應良先生，山間交談，樹下共憩，或望海天之一色，或俯視樓臺之高峙，靈心岫影，水流不競，相知亦日深，輒於夜間致電通話，論文說藝，已歷二三十年矣。先生之書之畫，造詣深不可測，若江河之赴大海，無涯無際，其於山水尤精，故發爲詩詞，寔得山水之靈氣，情景交融，加之於深情至誠，刻畫入微，唐王維詩中有畫，畫中有詩，此乃東坡之譽王摩詰者；應良於詩畫能一以貫之，實今之王摩詰者邪？夫人稟七情，應物斯感，感物吟志，莫非自然。夫詩詞用以言志託意，必出自肺腑之言，契乎自然，斯爲可傳之作也。應良摹山範水，深得山水之奧妙，故其所作寔得自然之妙境，余誦其雲外樓詩詞集，仿佛如登山涉水，其趣無窮。歲月如流，當年吾師眼中之後起之輩，今已八十餘遐齡矣！其詩筆老而彌辣，如日方中，縱橫於藝文之領域，已爲大師級矣！乙未年冬日楊永漢教授爲其校對詩詞稿以備刊行於世，命余爲之序，余樂而爲之。

歲在乙未年十一月晋江洪肇平序於可樂居

雲外樓詩詞集序二

楊永漢

癸巳年主編《孔聖堂詩詞集》，得關夫子止善先生《雲外樓詩詞集》，奉讀再三，悠然而生深山曲徑之思，有流水行雲之感。縈縈餘韻，嬝嬝盪魂，凝翠而挹清芬，流風如臨峻嶺，幾疑身在雲外，一洗塵埃。後知先生詩詞，尚有遺珠未現，急不待矣遂結集成篇，使清逸彰於時，名篇傳於後。復睹先生書畫，余雖爲門外之漢，亦感其氣韻自然，濃淡有致。畫意能寄於詩詞者，當今之世，難覓其侶。其畫標格極高，雲水恬靜，釣舟茅舍，如無爭之處士，隱世之高人。其詩詞者，雲淡風輕，如流雲千里樹，飛羽萬重山。其山水之趣，見於詩詞中，樂亦無窮，又別立一幟。復聞先生師承於梁伯譽、盧鼎公兩老先生，詩詞則就學於南海才女張紉詩女史，名師而出高徒，能融三家之學，畫者有詩意，詩者有畫境者，關夫子也，實成一家之學已。詩詞集既綴，將付剞劂，囑余爲之序，雖誠惶誠恐，惟將心中思臆，陳於序中，乃對先生之敬也。

乙未歲杪後學楊永漢謹序於香江孔聖堂

雲外樓詩

閒來

不畫此皴二十年　牛毛重寫引山泉　西風吹落無名葉　臂健青松欲插天

自題古寺鐘聲圖

雲散朝陽出　參差見數峰　悠悠天地意　都付一聲鐘

次林策勳詞長 重遊香港原韻

重會高人未問程　香爐峰下采風行　如雲詩筆題春晚　隔樹黃鸝對客鳴
酤酒市頭無俗念　論文筵畔見眞誠　他年共返中原去　料有松梅夾道迎

奉和紉詩女士生朝二首原韻

其一

大隱無聞詩畫兼　晴窗開卷不窺簾　一生重道名心淡　百事隨緣韻律嚴
花筆有神春滿座　客途何礙燕歸簷　南遊萬里流風在　警句如今又再添

其二

挾卷清遊第幾回　歸家帶得百篇來　硯邊語入炎方境　春後花從筆底開

異地詩成懷故國　騷壇酒會頌奇才　市樓今夕燈如月　揖讓傳觴鷲嶺隈

自題獅山夕照圖

獅伏翠微巔　斜陽萬戶煙　靜看人事改　草木尚依然

題自寫山水

其一

閒來詞筆染丹青　寫出秋心不定形　卻羨圖中搜句客　泉聲雲影滿芳庭

其二

暮雲橫野徑　古寺發清鐘　驚醒登臨眼　秋山一萬重

其三

雲過見青山　朱樓山上立　有人卷畫簾　待放朝陽入

其四

丹楓如錦織秋容　抱得琴來不曳筇　曲罷悄然南北望　銜書一雁起前峰

其五

數峰商略黃昏雨　一水潺湲太古音　結宅林間書滿架　直逃秦火到如今

其六

白雲簷際起　飛瀑樹間來　門對羊腸徑　山花日日開

戊戌暮春之初幼稚園修禊

被日瓊杯皓似星　趨陪禊只又躋庭　酒鄉對話如無相　腦海裁詩不見形
嶺外晴光臨晚紫　樓前樹色入簾青　何時攜手山陰上　一看清流激故亭

題自寫山水卅首

一　不管干戈滿世間　圖中自有可棲山　門前長繞清泠水　已勝秦皇百二關
二　散餘雲彩鳥穿林　一角山樓野色侵　中有幽人春夢裡　不知斜照滿詩襟
三　樓頭獨酌月弓彎　長照行人往復還　世自巧機心自淡　不如扶醉畫雲山
四　畫裡家家尙擣衣　邊城遠戍幾人歸？衡陽征雁橫秋日　定有音書到野扉
五　門前飛瀑響潺潺　漸送春光過隔山　老樹紅棉花似火　尙餘豪氣壯荊蠻
六　花落花開春復秋　閒將心緒畫扁舟　江湖滿地煙波闊　漁火多情暖白鷗
七　煙水迷茫雁影微　秋回林表葉初飛　此中幽趣無人會　如許斜陽屬釣磯
八　望中巒壑草萋萋　隔岸花飛杜宇啼　一片傷春心上影　也隨潮水逐高低
九　芳菲紅紫認高低　買醉前村路未迷　風送琴聲橋上過　伯牙彷彿在林西

十 風流人物去無還 遺稿飄零見一斑 贊到子淵搖落賦 筆含秋水寫秋山

十一 自寫流泉共客聽 到無塵處便忘形 何須刻意爲枯淡 滿硯西風畫自靈

十二 西風消息近山知 不忍重看落木時 故染楓林作春色 盡招蜂蝶到花枝

十三 誰家不繫木蘭舟 潮落潮生任去留 待約知心同入畫 臥看林表曉山稠

十四 寫出秋心自悄然 幾行征雁過長天 月明山靜嫌枯淡 一絕添題葦荻邊

十五 捲簾雲過一窗明 硯水無波寫性情 三尺丹青懸壁上 柳搖嫩綠報春生

十六 曾向詩中識洞庭 偶然操筆寫沙汀 背風蘆荻成天籟 何日眞能月下聽

十七 焚香深坐是非無 夢醒閒窗自寫圖 尺寸依稀游釣地 白雲迷寺更迷湖

十八 漏移春夢被花知 雲霞朝陽入戶遲 爲愛尋詩樓上望 綠蔭灘畔釣翁癡

十九 霜落平林楓葉丹 西風吹月滿前灘 參差如夢關山影 今夜應同子野看

二十 山外柳分吳楚路 水邊桃映兩三家 酒旗不颭人初醉 一夢關河入晚霞

廿一 水邊紅葉不知愁 風裡紛紛又深秋 向晚搜詩簾半捲 滿襟寒日倚江邊

廿二 新竹數株搖水碧 古松一樹搜天蒼 亭中閒閱羲皇世 物我渾然兩自忘

廿三 結宅江濱遠市囂 秋林搖曳晚蕭蕭 難禁身似經霜葉 更逐斜陽過野橋

廿四 山圖重讀憶當時 慘淡經營下筆遲 寫到春深人亦倦 眼中惟見白雲移 此幀舊作也今再讀

之因題一截

廿五　自揭玄黃咫尺中　高懸一室滿春風　仲圭此日如回首　可許襟懷異代同

廿六　人境炎涼地　萍根西復東　寄情圖畫裡　放艇自推篷

廿七　雲散朝陽出　參差見數峰　悠悠天地意　都付一聲鐘

廿八　日晚水流霞　潮回岸帶沙　引颿風乍過　雲斷見山家

廿九　榴花隨夏謝　野徑待人來　倚杖看雲久　昏鴉接翅回

三十　弄煙垂柳弱　逐水小舟輕　出沒滄波者　何須問姓名

大廈吟

遍地秋風起　推窗日在東　普照新營廈　聳拔青雲中　白石鞏四堵　門檻壓青銅
彩燈明徹夜　不懼雨和風　居者誰家子　絕非田舍翁　閒鳥幹層霄　忙魚宿軟空
浮沉勢雖異　化育本同功　奈何垂紳者　憂生意未通　據地築高樓　迫遷不相容
貧苦何所歸　身如斷梗蓬　嗚呼　突兀眼前屋　重賦待杜公

和松鶴詞丈題宗素墨梅冊原韻二首

一　煙月簾低舊絳紗　天南春盡數飛鴉　不知楊柳添新綠　會見檣帆憶故家
五百華年惟隱逸　一時沉陸問餘些　江山未許詞心住　夢到亳巔別路賒

二支離異地暑中開　歸夢悠悠往復回　傳語荷風休遣使　但棲明紙不須媒
石邊蘿月千年樸　世上衣冠半夕灰　江北江南曾照水　天涯未見故人來

為千畝作山水並題一律

淡泊平生筆硯知　十年寫盡水雲姿　荊關去後山何薄　君我來遲蔓且滋
一幀初春垂釣畫　數株香雪著花時　戰塵此際滔滔是　何日同看北嶺枝

江濱即事

獨繞天涯江水行　日斜風岸柳腰輕　紅榴綠竹俱無那　野蝶閒蜂互訴情
去國初驚歸路遠　回頭猶是故山橫　晚潮勿奪遊人意　更作芭蕉和雨鳴

蟬

其一

夢醒枝頭閱世情　年年此日試新聲　可憐入破清高際　萬綠遮天總不明

其二

連連賦就沈郎詩　書入冰箋欲寄誰　柳外青山橫去路　因風傳語至今疑

其三

葉舞西風唱別枝　箏弦移柱使人悲　虹收雨滿殘荷蓋　疑是金莖捧露時

其四

彼岸無橋一水通　相思搖盪欲浮空　秋霜不念丹楓散　留得餘音和斷鴻

佛學班同學會寫生

重疊雲山起伏濤　眼中奇景欲呼號　畫壇代有英才出　接武登峰看爾曹

春望　二首

日照千山抱水明　江南望斷若為情　南來飛鳥北回後　萬里平林春復醒

昔年風物尚依稀　春入天涯認故扉　莫問簷前先到燕　羈人夢轉未曾歸

春思

霧失天邊樹　風驚水面鷗　試燈春欲轉　念國夢空浮　詩覓歸途去　心隨柳絮遊

清平城闕外　舞遍夕陽樓

自題秋江晚渡圖

澗淺泉聲薄　岩高日色微　雲殘天漸醒　葉逐鳥斜飛　向晚尋幽徑　明朝與俗違

寒江新浪起　山外掩門歸

題羅冠樵作春夜宴桃李園

詩仙有序頌春光　桃李花開客滿堂　悟得浮生原是夢　不辭巵酒入飛觴

題雪工人畫量花 癸酉二月

青衣搖曳夜涼中　冰雪姿容半晌空　彩筆寫成仙子相　詩題唱詠樂無窮

黔地山色

貴州多流泉　山嶺復重疊　策杖行其中　高吟意自愜

夢中作

簾前疊疊闌干曲　絡緯無端聲轉促　一夜西風滿水涯　秦淮滅卻當年綠

夜起

入眼燈光渾似夢　變商徵調不成歌　誰教負卻邯鄲枕　自是年來感慨多

秋日登羅浮山

福地知名久　仙山今始遊　一車登古觀　萬象入深秋　丹灶青煙靜　藥池碧水油

濟民傳肘後　餘訣更何求

從蛇口晚望屯門

燈火萬千家　屯門入望斜　華夷無界限　一樣浪淘沙

題梁伯譽夫子萬里尋師圖

春雲秋月樂漁樵　萬里尋師路不遙　得悟玄機明造化　千山林木接青霄

自題仿倪雲林枯木竹石圖

雲林畫氣世無雙　開卷風回心已降　寫到疏篁搖曳處　瀟瀟春雨滿書窗

題自寫黑蘭圖

葳蕤在深谷　葉葉生春綠　誰是知心人　惟有傲霜菊

甲寅初夏偕漢基鈺貞懿生世輝諸生南丫島寫生口占

其一

一徑通幽綠上衣　海天渺渺白雲飛　心隨鷗鷺煙波外　萬里江關待我歸

其二

碧樹數株遠近收　江天橫攬筆端流　圖成一笑胸襟豁　不負浮生半日遊

題自寫山水

一　柳外江天一抹霞　柳邊紅點兩三家　酒旗不揚人應醉　夢繞關河別路賒

二　築宅臨江遠市囂　秋林搖曳晚蕭蕭　自憐卻似風中葉　更逐斜陽遠水漂

三　曾在詩中識洞庭　偶然操筆寫沙汀　背風蘆荻如潮籟　何日眞能月下聽

四　新竹數株臨水岸　古松兩樹倚青天　羨他閒坐亭中叟　心與天遊不問年

五　西風消息我先知　不忍重看落木時　盡把楓林染春色　好教蜂蝶臥花枝

六　焚香深坐是非無　更看閒時自寫圖　重到夢中游釣地　白雲迷寺且迷湖

七　拂溪垂柳媚　逐水小舟輕　出沒煙波者　何須問姓名

乙亥初冬題黃建中先生書法展覽

書道由來不易行　黃矦瀟灑腕生風　一枝綵筆傳蘇蔡　滿壁貞光意匠宏

自題松壑鳴泉圖

辛卯年六月六日

嶺樹蔥蘢合遠天　凌空高閣據山巔　千盤怪石懸風磴　一罅靈根瀉玉泉

庚辰年六月廿八日疊前韻再題

莫問秦天與漢天　山花紅紫滿山巔　琴書都在煙雲外　千載憑欄聽野泉

己卯年為周正光作山水長卷並賦二十八字

平生最愛夢江湖　不限華夷一棹娛　行遍東西南北路　歸來細意爲君圖

題赤壁圖

逐鹿斬蛇歸史蹟　江山千古非沉寂　穿空亂石浪淘沙　羨爾騷人遊赤壁

梁伯譽老師春山旅圖

金舜影畫盟出先師梁伯譽先生中年作品屬余誌如語先師迺李瑤屏太師弟子於宋元明諸家筆法無所不學且每學必優余臨楮惶慄不敢妄言謹賦絕句乙首并命斯作為「春山行旅圖」求金兄有以教我則幸甚幸甚矣

吾師自有千秋筆　寫得春山雲四出　卉木爭開解語花　秋來夏去收秋實

春日作山水畫幷書數語

寫畫貴能用筆墨　鋒宜正直偶爲側　瘦硬通神論作書　此法調色和水更相得

澤銓先生屬題

眼前波上下　我心仍閒暇　悠悠懷遠人　眞情原無價

辛巳年自題橫幅山水

山色眞宜看暮晨　雲開雲合兩無因　峰巒都在氤氳裡　路曲闌危不遇人

樂翁八十詠懷敬步原玉

盛世聯吟樂此天　君能修德享高年　春風化雨無虛席　學子潛心有夙緣
幾輩尊師藏酒老　今朝祝嘏品魚鮮　飲酣攜手尋詩望　官富灘頭月滿肩

務本草堂詩稿

懷張韶石先生

風過天香撲面來　無人不仰先生才　木蘭堂上曾爲客　硯畔看花頃刻開

自題野橋煙樹

倪迂筆墨最清新　渴暗之中自有神　數百年還傳一脈　漸江而後又何人

張韶石先生玉堂春立軸

不是木蘭　亦非辛夷　清香四溢　宜遺所思

梁伯譽先生松陰清話圖

長松千尺向天參　松韻泉聲入耳酣　滌盡胸中塵垢事　年年此地約清談

題陳蕙森山積翠圖

策杖向橋頭　溪邊春事幽　山深藏百色　海闊納千流　識得丹青趣　能消世俗愁

閒來圖一棹　呼醒欲眠鷗

潘新安詞長招飲勒流河畔詩畫以謝

新翁要午飲　暢敘勒河邊　得酒詩腸潤　高歌復扣舷

臨沈啓南先生山水軸並賦得短句

石田精六法　筆力最功深　大斧班門弄　可容一瓣心

再遊意大利次和洪肇平贈韻

一

詩人贈句壯重遊　浩蕩雲開見綠洲　一自復興文藝後　名都名瀕氣清遒

二

但丁墳畔好尋詩　自古騷魂感別離　冷翠我來風景異　臨樓披卷想當時

自題黃山圖

曾探黃山逾十年　於今記憶尚新鮮　揮毫落紙雲開處　幾樹蒼松插遠天

自題江山春滿圖

勝日登高去　江山一覽開　歲除春入戶　漲氣透衣來

題江生香城幽居讀書圖用梁子江韻

世情看淡住山村　掃地焚香鳥不喧　一枕夢迴三界遠　無人無我無朝昏

南雅島自索罟灣至東澳

嶺色千重綠　濤聲萬疊長　扶筇東澳去　回首路羊腸

香城同學屬題黃山圖卷

始信天都相抱連　蒼虬迎客出雲煙　何時橐筆登高處　綠染群峰法自然

自題楚江夜色小景

楚山無盡楚江長　楚客悲歌欲斷腸　如此天涯如此夜　不須離別也神傷

自題小幅山水

出岫閑雲白　橫林隔岸青　扁舟猶未見　徒倚望江樓

題畫

林泉山石裡　隱見董源神　子久眞能手　推陳更出新

夢中作

簾外疊疊闌干曲　絡緯無端聲轉促　一夜西風滿水涯　秦淮減卻當年綠

題江香城山水立軸

世事紛紛亂　端居在市纏　寄懷憑彩筆　多寫在水泉

自題山水畫

雨過樓前生白煙　雲林山石清湘泉　閒來研就龍池墨　寫出江南二月天　龍池墨乃南朝鮮出品

戊寅之春為陳蕙森寫山居圖並賦

多讀詩書畫格清　濃淡乾濕縱橫盈　牛毛皴筆如飛白　水能破墨氣韻縈

青林簇簇滿山麓　兩岸互通憑一木　風送琹聲何處來　窗前搖動數竿竹

蕙森賢弟愛山巒　好寫山樵予之看　高懸壁上臥遊側　江天入眼胸襟寬

庚辰自題山居看雲長卷

題寫倪迂意　翻然似大癡　春深雲在岫　化雨待乘時

己卯送簡元儉之澳洲

攜家移硯住南洲　遂爾平生萬里遊　有日春風樓上望　神州依舊海天浮

自題山亭午飲

半山亭館竹青青　偶讀離騷有客聽　午醉夢迴荊楚地　已無義士哭秦庭

香城同學性勤敏　從余習山水畫有年　宋元以至清代諸家多所臨摹　尤喜效法石溪上人　燥渴華墨　頗得其神理　頃持此索題　爰書一絕歸之

群峰雲散見清奇　色墨紛披任所之　若以分書飛白法　皴山點樹更相宜

題于右任先生書禮運大同篇

展卷臨窗誦大同　尼山化育道無窮　千秋儒術能相繼　于老揮毫接古風

題江香城山水

路轉山重複　臨江聽水瀨　薰風拂面涼　更復吹衣帶

戊寅端陽後二日寫夏山圖遣懷并賦五言

師古復師眞　下筆見天性　畫山入山住　居易以俟命

題趙崇雅先生畫山水二首

一　草樹連雲密　人家得地安　山中忘歲月　九畹盡芝蘭

二　趙君筆下彩斑斕　樹厚山頭水碧灣　識得僧繇暈染法　多圖峻嶺好登攀

美美同學女士屬寫山水卷合湖南洞庭江西廬山於一圖五易宅之暑而成並賦二十八字歸之

洞庭水落漁梁淺　五老之巔青草遍　事藝黃生三十年　自然識得眞和善

次和梁衍祥先生游春韻

晚唐文字似山稠　夕照平原待俊遊　雅意西崑薪火繼　清辭南嶺白雲浮
驅車昔日望雁宕　迴筆今朝畫龍湫　鳥語窗前春正好　元宵又近月明不

題劉仰文先生觀瀑圖

聲如萬馬淩空至　一水奔騰入海流　望裡風煙都洗盡　人間何處不兵憂

雲外樓詞

踏莎行　水仙花

綠竹凝煙　紅梅帶雪　當年曾賦同心結　春歸一任道裝殘　翠腰不爲行人折　夢醒天低　更深雨歇　羈懷到此無由說　隨風簾下發幽香　將燈認作家山月

清平調

聞道上林花未殘　頭頭煙雨滿青山　春寒換盡宵來暖　夢裡遊人不敢還

漁歌子　題畫並和紉詩女士韻

雨後殘陽弄小船　潮平竿靜釣斜川　山色轉　水光圓　孤鴻衝破白雲天

滿庭芳　九日登太平山

撥草尋詩　西風迎面　江南秋盡如春　白雲散後　沙浦繞漁村　路轉山形頓改　危欄下　樹擁行人　疎林外　風箏競逐　童子自天眞　幾番遙望處　煙深水闊　腸斷愁新　歎潮平又起　葉聚還分　千古興亡如此　飄零久　異地誰親　斜陽冷　殘蟬滿耳　斷續說前因

浣溪紗 再集紡稚園

重會高樓景物新　詞腸被酒覺秋溫　半酣得句淨無塵　風弄華燈山外轉　葉敲飛蓋

席中聞　夜深歸路月如銀

前調

兩袖西風小徑東　黃花搖曳暮煙中　夕陽之外幾聲鐘　記得昔年吟賞地　只今惟有

遍山松　更遮南下報音鴻

前調 蝴蝶谷醉歸

帶醉沉吟路幾彎　林篏明月滿秋山　未逢車馬覺心閒　墻外行人何太急　樓邊闌檻

自回環　西風才過笛聲殘

江城子 己亥除夜選緋桃一枝翟秉文伴之回齋用稼軒韻寄興

彩燈換市喜新晴　繞花明　萬枝橫　花底遊人　爭和踏歌聲　如面緋桃君賞識　花共客

並肩行　東風爆竹報江城　又春生　不勝情　歸向樓頭　相對話承平　彷彿武陵

新渡口　塵世外　且深傾

臨江仙 丙申除夕依永叔體

乍聽東風吹滿世　柳絲飛入樓西　宵來詞筆送冬歸　可憐三月後　春又往天涯　待

勸落紅休亂舞　應留一半花枝　江南十月見春回　匆忘今日約　雪裡訴相思

離亭燕

風過閒雲將斷　透出斜陽如線　小立江濱花意倦　底事相思重展　綠水送春歸　未許扶春登岸　枝上新蟬聲亂　葉裡黃鸝聲轉　同是心中無舊夢　誤把多情眷戀　天外有歸帆　曾否和春相見

清平調二首

題春山白雲圖

燕子重來對對輕　白雲散處見山亭　東風匆把行人誤　多少黃鸝喚客名

路轉仙臺認未真　山花閒坐笑忙雲　日邊回首僊峰遠　散盡泥塵策杖人

鵲鴣天二首

題畫

一

席散溪邊緩緩遊　長蘆短荻白煙浮　密雲接地迷江岸　疏柳斜腰引素秋　潮漸長　興難休　幾家樓上下簾櫳　風中歸鳥穿桐畝　多少漁翁繫釣舟

二

一夕新霜草未凋　扁舟篷短夢蕭蕭　蘆飛月岸驚鷗起　詞入秋空怕水漂　秋思長　夢痕消　何堪更聽咽回潮　風聲怨盡西風急　日上丹楓滿覺橋

江城梅花引

幾株籬角倚輕煙　對江天　寫江天　若問天涯　人世是何年　重記當時紅片片　綺窗畔

逐春風　入紙邊　紙邊　紙邊　蕊千千　霜壓肩　恨鑄箋　怕也怕也　怕月過
竹外階前　斷想壽陽　樓閣換晴川　定有倉庚枝上說　春漸薄　路東西　夢未圓

附　江城梅花引　憶舊用應良韻　梁藥山

簾外黃花罩晚煙　對霜天　隔雲天　伊人小別　轉眼已經年　似火江楓紅片片　吹落葉
逐回風　去那邊　耳邊　耳邊　語萬千　韡香肩　疊瑤箋　夢也夢也　夢不到
綺閣妝前　雁魚千里　阻隔疊山川　待折梅花枝上老　春不管　情未斷　月難圓

憶江南五首

星辰換　春夢被花知　水也任魚逃世外　東風過盡捲簾時　江上釣翁癡
堤邊柳　一半潮模糊　今日臺城人已渺　休傳舊幔在江湖　知否鳥迷途
登臨處　千里浪浮銀　樹影東移天欲睡　群山閒盡獨忙雲　世事不平分
箋舊夢　燈下學填詞　心事盡移凹硯裡　始知墨底路參差　春在那邊歸
相思淚　灑向竹林前　他日新篁非個字　應如紅豆惹人憐　也可補情天

長相思

風滿城　日滿城　春入江山望故京　極天飛鳥輕　花有情　夢有情　號角長鳴人未醒　沉沙戟自橫

山花子 石塘晚眺

樓外秋山一萬重 繞山漁火接天紅 月送漁歌滿瑤席 大江東 錦幔鴛鴦才渡水
銀屏孤竹自迎風 多少平生惆悵事 淺杯中

前調 冬日登紫霞園探梅

數點寒香破晚煙 天涯相對佛燈前 夢入羅浮春正好 太平年 漫說中原長笛換
更看隔水夕陽殘 山外征帆低又起 幾時還

前調 冬陰

漠漠寒雲弄午陰 軒堂小集勝登臨 談到興亡詩思換 短長吟 窗外疎篁青入紙
几邊水墨惜如金 日暮壁間隨點舞 近商音

錦纏道 春遊

似筆垂楊 寫一幅中和景 最多情 得春山嶺 連綿青入江南境 爭送行人 更懶通名
姓 滿庭芳草心 又侵花徑 與東君 舉杯乘興 盡歡時桃李都同醉 帶煙搖曳
高意誰來領

鷓鴣天 赤柱探春

送客垂楊欲過亭 平分春信入潮聲 一雙燕子林間沒 三五漁火水上迎 知有腳

歎無形　斜陽細雨樹爭青　暮雲移嶺塡心坎　歸向樓頭畫雨晴

浣溪紗

欲問斜陽已過廊　春寒依舊滿軒堂　坐聽雙燕話滄桑　人散夜深爐尙暖　畫燈照壁似秋霜　酒醒還又怯更長

眼兒媚

管弦聽罷欲黃昏　風緊閉重門　危闌怕倚　清尊獨把　飛魄消魂　前因休被黃鸝說春盡也無文　晚霞紅處　新蕉綠際　橫斷乾坤

十六字令

一　春　攜手郊原記得眞　斜陽暮　花影送行人

二　秋　冷月穿簾滿畫樓　星辰換　還自夢楊州

三　涼　入夢湖山只斷腸　人何處　雙燕又辭梁

四　風　吹出秋聲遠近同　天涯路　多少落梧桐

訴衷情

沈吟扶醉夜歸遲　燈火爲誰稀　隔簾人在歌裡　弦冷再彈時　情黯黯　夢依依　可曾思　舊遊風月　舊寄鸞箋　舊折花枝

南鄉子

燈火漸連城　入袂西風已不輕　小閣臨江餘返照　前汀　潮打歸舟卻未平　長記是
春晴　桂棹同登話去程　豈意如今魂夢隔　人情　恰似秋雲不定形

好事近 自題江山秋思圖卷

灘畔起西風　吹醒夢中楓葉　千里江山如錦　暗秋雲重疊　倚樓長望雁南飛　爭奈
暮天闊　返照徘徊蘆葦　趁寒潮嗚咽

虞美人 公園見鴛鴦

日高還向花陰臥　不放春閒過　樊籠深鎖興無多　猶勝相思迢遞隔山河　江南如夢
君休問　又是清明近　華年一瞬自成塵　寄語小樓簾下繡花人

蘇幕遮 半山夜行

平林中　明月外　細踏紅塵　塵裡寒風起　落葉飛來無地寄　期訴相思　未諳行人意
屋如雲　燈似水　眼底香江　畢竟多情地　今古繁華如夢耳　世外樓頭　那有秦民
至

浪淘沙 舟中寄懷吳邦彥英倫

憑檻氣清新　鱗浪篩銀　回頭不見舊征人　隱約當時離別處　散盡鷗群　山外起浮

雲　橫入江濱　望中眞個是桃津　心事誤隨飛鳥去　尋遍前村

秋蕊香　採菊

窗外誰彈前調　又向故山微笑　今朝正比當年好　歸去淵明閒嘯　晚來更有斜陽照

愁難了　卻憐寂寞東籬繞　折得幾枝秋老

長相思

風滿城　日滿城　春到江山望我京　極天飛鳥輕　花有情　夢有情　號角長鳴人未醒

沉沙戟自橫

憶江南

登臨處　千里浪浮銀　樹影東移天欲睡　群山閒盡獨忙雲　世事不平分

清平調

聞道故園花未殘　回頭煙雨滿青山　春寒換盡宵來暖　夢裡遊人不敢還

菩薩蠻

白雲移岫迷東海　心中故苑梅還在　雪後倚欄干　新姿不怕寒　相思書未了　鴻雁

江南少　無語對斜陽　夢和山水長

祝英台近 白杜鵑花

近清明　飛紫翠　庭畔擁煙睡　雨歇層樓　剗地峭風起　夢中初試新姿　乍青還白　自醒後　詩懷如水　冷吟味　共月移過欄干　重拋又重至　莫問蜀宮　曾換幾人世　而今躑躅江潭　誰憐春盡　送春去　不成紅淚

憶江南

箋舊夢　燈下學填詞　心事盡移凹硯裡　始知墨底路參差　春在那邊歸

昭君怨

春盡餘寒未散　柳絮因風瀰漫　蹴起杏泥香　燕雙雙　羈客飄零無著　怕比野僧蕭索　北望是江南　雨煙酣

憶秦娥

春將去　徘徊簷下憐飛絮　憐飛絮　江南一樣　綠楊煙雨　滿懷舊恨無由訴　相思夢隔天涯路　天涯路　微波未起　倩誰通語

相見歡

參差樹影湖中　月如弓　舴艋不知何去　載西風　霜葉落　驚孤鶴　又驚鴻　畫裡秋心應在　短牆東

調笑令

春好　春好　薄霧透簾太早　簾前滿院殘香　誰惜萋萋草芳　芳草　芳草　春去夏來私老

搗練子

漁父去　鷺群回　潮上蘆邊舟自開　水浸斜陽人未渡　西風送盡雁聲哀

醜奴兒

鳥聲啼上東山日　八表同明　簾卷空清　閒步東郊看犢耕　垂楊左右因風舞　滿沼殘英　綠水多情　但願人間如水平

清平樂

風吹葉去　何處天涯聚　燕子不知身在旅　念否霜侵故宇　秋霜情重誰知　替花穿上黃衣　無奈花還似夢　年來又望春歸

擣練子

歸路靜　白雲忙　回首江山半夕陽　塵夢由來容易醒　不如林下置書堂

東坡引　用稼軒韻

倚欄誰自怨　相思背春面　羈愁待訴傳書雁　那知音信斷　夕陽乍過了　畫樓東畔

更怕月　窗前滿　好花夢裡還相見　醒來秋已半　醒來秋已半

清平調

隱隱平林閉玉關　蒼茫滿地鳥爭還　斜陽似筆非隨意　寫出前山又後山

一斛珠

梅妃句也明皇令樂府付以新聲度之號一斛珠誦之使余傷懷感事棖觸無端倚聲成此

柳葉雙眉久不描　殘妝和淚濕紅綃　長門自是無梳洗　何必珍珠忍寂寥　重重簾幕　逢秋難耐風蕭索　征鴻歸燕還相約　北去南來　悵幾番搖落　心上眉間情似昨　疏狂也擬填溝壑　思春日日登樓閣　待得春回　又怕東風惡

編者按　一斛珠乃原唐代教坊曲名關夫子此調與傳統一斛珠格律不同想必有所據

南鄉子

遊道慈佛社

舊客踏新春　天外浮雲人近津　此際神仙尋夢去　無溫　滿眼飛花笑又顰　燈下說前因　纔覺虛名只誤人　向晚江山風雨急　紅塵　勿繞枯禪佛後身

望江南

題畫用清真韻

三月暮　飛絮滿橫堤　旅夢新隨斜月淡　蟬聲欲到畫橋西　燕子蹴香泥　青林下攜手踏幽蹊　潮長忽驚原野薄　春歸仍愛鷓鴣啼　門掩意淒淒

浣溪沙

甲申四月自題橋亭午飲　用吳夢窗韻

雲淡風輕認舊遊　重逢深盞洗離愁　長橋闌外好垂鉤　雙燕受風斜作態　一溪涵草

曼含羞　酒酣花下夢春秋

臨江仙

自題江亭話蒨圖　用楊升庵韻

水墨丹清臨紙上　千秋誰是豪雄　飛泉丘壑雁橫空　長林秋影醉　綠葉間黃紅　一

棹高歌迴野渡　幾株蘆葦驚風　幽人把盞又重逢　去年今日約　還似在夢中

附　對聯

兩入花心　自成甘苦

水物器內　爲現方圓

附錄

雲外樓詩詞集附錄

一　學畫的經過

我在七歲的時候，已經有寫畫的興趣了，但是可惜家裡沒有人來指導我，幸而也沒有人來呵責我。到了十歲的時候，才入校求學。校裡有圖畫一科，使我很高興，普通在堂上學的有蠟筆、鉛筆和水彩等，那時候我寫畫的機會更多了。

光陰過得很快，當在小學五年級的時候，有一天我忽然看見盧鼎公先生寫了一幅很精妙的山水畫。於是我便生了模仿的心理，回到家裡便默寫起來。但是，所寫的筆墨，卻不能表現我的意思。那時我便帶了這畫回校，請教於盧先生。他說出了這畫的壞處，並且說出了很多畫理。我聽了他的說話，便想著「無師不服」這句話，於是便拜了他為師。從此以後，我天天便從他學習國畫。經過了三個月，我才能寫一樹一石，一年後才能寫整幅的畫。一日無意中給我看見了一張苦瓜老人的畫。當時我覺得這畫草率異常，沒有甚麼好處。後來，經盧先生說了一遍青湘畫理，我才認識了石濤山水畫的好處。

後來我又知道寫山水畫的名家，各有他的面目。我學過文徵明、董其昌、王石谷、王原祈、藍瑛、八大山人、梅瞿山、倪雲林、龔半千、石溪、石濤等。而在此許多作家之中，我最服膺的就是石濤，因爲石濤的畫，筆簡意深，千變萬化，離奇蒼古、純任自然，集各家之法而自成一派。彷彿和寫字的王羲之一般。

其後，盧老師又介紹我到梁伯譽先生那裡學寫青綠山水。初寫的時候，覺得很困難。後來，總算學會了一點兒設色的方法，但是費梁老師不少心血來指導我了。我學畫的歷程很短，我的畫實在是幼稚得很，希望大家不吝賜教才好。（華僑日報，一九五一年六月九日）

二　周士心畫展序

昔年讀士心先生畫而慕之，逮中國美術會成立時，始獲接席，覺其謙謙焉恂恂焉，與其畫風無異，讀其人之畫，識其人之行，庶幾至言矣。先生之畫疏而不薄，淡而有致。山水花卉均能變化古人，自出機杼，不與徒叫囂創作而無理法同也。蓋六法之諦有二：或以無韻勝，而筆墨出於無形，望之元氣淋漓，神秀之趣，溢於畫表，是爲上乘；或以技法勝，筆墨出於有形，墨中生巧，格律嚴正，神氣含於畫內者次之，然其極致，均需入神。昔滄浪論詩以禪理爲喻，余意作畫，亦何莫不然？今人論畫，每多濫言，至云墨分五色，黑之爲墨，有神而明之耳，焉止五色？意到處無色便是無色，山水中汀洲煙盡，自然是水；峰巒高下，雲自互之；然水與雲可不著一點墨者，何色之有？龔半千云：山厚雲自厚也。蓋皆以意象爲之，所謂意到筆不到，瑩澈玲瓏，不可湊泊。如空中之音，鏡中之象，豈區區於筆墨技巧者哉？今先生以其近作公之於世，屬余爲序，謹書讀其作品之積惑，先生之藝，無矯飾以悅世。先生之言，無矜誇以動眾，可謂品藝互貫矣。語曰：人品不高，用墨無法，先生於此，已悟解脫法門歟？

三　師生畫展弁言

丙申秋，余謁伯譽師於寓齋，時師方授徒，循循然善誘，不減昔日。旋出示同學近作，余覺其一樹一石，皆不背古人法，是能掇吾師之志者也。後一二年，有三數同學請於師，擬舉辦一師生畫展，而師以爲未可。蓋毛羽不豐滿者，不可以高飛；文章不成者，不可以誅伐。倘貿然自陳，徒貽識者笑耳。今春有復請於師者，師笑頷曰：夫一藝之成也，必切磋而得之。君等習畫之年，以時驗之，或有寸進者歟？故陳之以公於世，亦佳事也。門人等稟命而行，茲已籌劃就緒，謹定於十五至十七日，於聖堂舉行師生國畫聯展。惟冀大雅君子，有以教之，是所厚望焉！

四　梁伯譽與中國傳統繪畫在港之貢獻

梁伯譽先生，別署一峰，廣東順德龍潭人，因自號龍溪居士。初名伯輿，伯譽爲其字，後以字行。生於清光緒二十九年癸卯年（一九零三），父從事教育，書香世家，少慕丹青，長更精於六法。四十歲以後，摒絕世務，潛心寫作，十六歲時，即從族伯育儂先生習花鳥，對圖畫之基礎功夫做得十分穩固，丁卯年（一九二七）加盟廣州國畫研究會，於是與諸前輩觀摩磨啄，得到了他山之助，又從中山李瑤屏先生學習山水畫。

梁先生的山水畫，從清四王入手，繼而上溯明四家。三十年代後期，廣州動蕩，避地來港，及香港社會秩序又起變化，於是蟄居九龍，不問外事，專志於寫畫，是時則由清（四王）、明（文沈仇唐）、元（倪黃王吳）、以至宋（二米）、五代（荊關董巨），皆深入研究繪寫。我們在他的代表作「萬里尋師圖」中，可窺全豹。

梁先生於丙子年（一九四六）與葉觀盛先生在友邦行天臺花園，舉行書畫聯展，傾動一時，又於己丑年（一九四九）舉行個人畫展於港島遮打道思豪酒店畫廊，觀者慕名願從遊者眾。梁先生平居恬淡，以課徒鬻畫度日，我就是在他舉行個人畫展之後，從他學習山水畫的，緣起是我原有的老師盧鼎公先生（一九四八年從盧老師學習中國書法和山水畫）對我說：「我的畫講求意境，水墨寫意居多，至於筆墨的傳統技法、顏色渲染，則我不及梁先生，如果你要在這方面得到更深厚的根基，你應該追隨梁伯譽先生學習。」梁先生是盧鼎公老師的摯友，每個星期日，他們都有雅集，與會者有張紉詩女士、黃高年、梁藥山、黃思潛、林千石、陳千畝等先生，他們除了寫畫，還寫書法，行書、隸書條幅、對聯，時時看見他們振筆疾書，梁藥山老先生、張紉詩女士則負責作詩、塡詞。我做書僮，周旋其間，幹著研墨、洗筆、傳遞詩稿等工作。一九四九年夏天，我正式拜梁伯譽老師爲我的山水畫老師了，同學們有李松光、英湛垣、郭麗碧等。

自此以後，每週禮拜天，梁老師都來盧鼎公老師家中教授我們，風雨無間，梁老師的山水畫用筆健挺，出入唐、宋諸大名家間，教學生時態度輕鬆，面露和藹之色。有一次，我寫了一張四尺宣紙的大中堂給盧鼎公老師看，盧老師說：「這幀畫的墨色和層次有問題。」我問：「是甚麼問題？」他繼續說：「近處石塊不夠重，遠處的主峰，層次又分得不夠細緻，有上重下輕之感。」我不知如何是好，便道：「那怎麼辦？」盧老師說：「很容易，梁老師來上課時，你問他老人家如何處理？我肯定他必有辦法的。」我記在心裡，待得禮拜天，見到梁老師，便細說端詳，梁老師笑說：「問題不大。」於是拿起筆來在近處樹腳下輕鬆地鉤下數筆，半皴半擦，再加上幾點深黑色的苔點，又在遠峰中把層次略爲分清楚些，整幀畫便改觀了，使我佩服得五體投地。又有一次和梁老師討論用墨問題，他說：「用墨之道要黑白（白即淺淡之義）分明，你黑我就白，你白我便黑，即互相映襯的道理。」

梁老師作畫，細心經營，六法中的「經營位置」，他很能做得到，對山石樹木的大小遠近，他是絕對能掌握得到的，至於用筆，他經常提點學生的是，寫線條要「骨實」。骨實的意思，即「骨法用筆」也。的確，在他許多作品中，尤其是中後期的，他所寫的線條，眞是斬釘截鐵般寫出來，那些線條，落地鏗然有聲。

我在梁老師循循善誘下，不斷練習，亦臨摹明代沈石田、文徵明、龔半千等大家的作品。到了五十年代初期，已轉往九龍梁老師私人寓所上課，新同學不斷增加，有黃兆顯、黃兆漢、劉麗如、陳謙、陳華英、鄭社光、梁仕釗、王熾基、譚美容、梁願才、張永華、白龍淮、劉唯適、謝聯珍等。大約在五十年代末期，梁老師自置了九龍山齋，新弟子續有梁不言、何石、邱可兼、仇啓雲、羅醉山、羅文山、楊錫鏘、楊學仁、何思樵、林北河、吳子昌、梁靜妹、關山曉、鄧袓立、毛文福、曹金國、黃文龍、李道徹、馮秀雄、蔡振華、陳威華、陳威東、李兆禧、張慧玲、鄧秀媚、鄧曼姬、黃錫儒、陸颩綿、林湖奎、鄧萬松、李雄風、郭文祺、江峰、馬舜華、馬淑華、胡建華、李旭初、黃能、王子天、黃英、李華、羅文達、潘小嫻，日籍人士則有尾賀須美子、尾崎光子、松元都等。還有許多同學，一時恕不能盡錄。

梁老師的代表作「萬里尋師圖長卷」，就是在辛丑年（一九六一）完成的，原因是經濟穩定，又有足夠的空間放置大畫檯。

「萬里尋師圖卷」：縱十八吋、橫四十呎，絹本設色。卷首由于右任先生題字，卷尾題跋有趙少昂、吳天任、陳荊鴻、黎心齋、蘇文擢、何竹平、潘小磐、陳秉昌諸先生、還有筆者。據我所知，梁老師由構思、初稿以至完成此圖，是兩經寒暑的。畫內景物用八家筆法寫成，分春夏秋冬四季景色。春景以宋代「李唐」、「范寬」、夏景以元代「王蒙」、宋代「米南宮」，秋景以元代「倪雲林」、明代「石谿」，冬景則以宋代「夏圭」及「梁老自創的筆法」。換言之最後都是師法自然，寫出自己的面目來。

圖中故事，描繪一位畫家，帶領著一群學生，不知經歷幾許艱辛，作萬里之遊，希望尋得眞正的老師，結果明白到眞正的老師就是大自然。整幀長卷樹木千萬、人物數百、亭臺樓閣、田野川流、雲山疊嶂、舟車騾馬等，無不各盡其態，觀者如置身畫中。（此圖現爲順德羅景雲先生所收藏。）梁老師在國畫方面的用筆、用墨是一脈相承地接受了傳統的精粹，特別是晚年，（約有十年時間）細意觀察、思考、理解到「氣韻生動」的境界，創出了自己的筆法來。但是梁老師在指導學生寫畫的時候，仍一定是授以傳統的基礎畫法，所以由四十年代開始，先後隨他學習的同學，沒有一個不是繼承傳統的，接受傳統、變化傳統，是通向創新的一條康莊大道。

梁伯譽老師數十年來在香港的國畫壇上，切切實實地作出了他的貢獻，我們一大群同學，受到了他的影響，直到現在。雖然有小部分旅居外國；但大部分仍然居住在香港，繼續他們的藝術活動，不論寫傳統的或參以新技法的，所作畫幅，均穩健而有畫意，因此，確要深切地感謝梁老師給我們的指導。

一九七八年，梁老師爲二豎所困，兩度入院，藥石無靈，終於在七九年九月十四日與世長辭，享壽七十六歲。梁老師早年間作人物畫，晚年作品，筆墨沈雄洗練，以山水爲最，花卉、翎毛亦偶有爲之，而牡丹則揖讓雍容、色彩姸麗，不亞於山水也。（中立報，一九九九年九月二十日）

五　介紹劉麗如小姐的山水畫

凡寫一幀山水畫，最重要是分清楚山石樹木的賓主位置；其次，便是遠近、向背、濃淡、疏密等；最後添置一些人物屋宇，作爲點景，但也要安放得體。

初學的時候，無論樹木、人物和舟車，一切都應該面對著古人的善本，從一筆一畫的基礎做起。如果罔談創作，到頭來便會一事無成。譬如畫樹：先是寫好了樹幹，然後添上小枝；等到技法純熟以後，又加上各種不同形的葉子。畫石也和畫樹一樣：先寫輪廓，再在輪廓之內加上數筆，這叫做石紋；石紋畫好了，再用皴法。這些話說來似是很普通，但都是初學不二法門呢！

劉麗如小姐這次展出的作品，過半數是我親眼看見她寫出來的，一點兒也沒有離開過我上面所說的辦法去做。遠在八年前，他便追隨著梁伯譽老師學習山水畫，只問耕耘，不問收穫地去寫作。故每成一畫，裡面都含有很多古人的道理；和那些僅得學習了六七個月便高舉藝幟來獲取聲名的人，眞是不可同日而語的啊　因爲她不好名利，所以知道她中規中矩底作品的人也不多；而這次公開展覽，鵠的是把多年來寫作的成績，供給大家來批判一下，希望能多收些客觀的意見。（華僑日報）

六　潘筱雲的畫

中國畫在宋代算是發展完備而且發出光芒萬丈了，後來元明清各朝都有他們的創展和面目。但都過不了宋代的法則，無論用筆、用墨、著色、章法等都是。因爲社會進步，所以各家也會隨著時代另創新的意境。

創新，有人認爲是了不起的大事，以爲除了天資卓絕，名人大家外，平常人幹不了。其實不然，畫之有面目，彷佛和人有他的臉孔一樣；又因人的生活環境與遭遇不同，所以思想見解隨之而異。作畫是表現性靈和情感的，創作者有了基本的不同，那麼，寫出來的東西自然不同。又有甚麼好奇怪呢？不過，在用筆用墨時，盡量去接受古人遺留下來的優點，再把自己所讀的書，所看見的大自然景物和做人心得等的各種經驗，與意境合起來，寫在紙上就行了。

切忌只懂模仿和守舊，我們生活在廿世紀的社會裡，政治不斷革新，科技不斷發達。就身體而言，體內的細胞也不斷新陳代謝。爲甚麼寫畫要被那些模仿主義者拉著鼻子走呢？用筆的家法是我們體內的骨幹，世世代代不會變掉的。但是，畫面恰好如細胞一樣，永遠在轉變的啊！

在一群女畫家中，我覺得潘筱雲小姐最有自己的一種風格的。她是鮑少游、梁伯譽、趙少昂和梅與天數位老師的高足。這幾位老師中，有取了時代的維他命而用在他們的作品中，用他們的筆，把工力寫在紙上，自然成家；也有寫古畫的專家，對古人各派各法，都研究得很深入。潘女士恰好是數位老師的中和，而不是時下所說的新派畫家所能步武的啊！如果沒有了筆墨，沒有氣韻，背叛了古人的理法而另作高論，絕對是無根

之談。例如甚麼寫生新法？甚麼走新方向創作？他們自以爲意見高超，我卻笑他們是粗惡叫囂罷了！（華僑日報）

七　關應良老師紀念集

一池春水付丹青

香港著名書畫家關應良老先生，日前突然因心臟病在醫院去世。之前，他一直鬧腿疼，行動不良，並受糖尿病困擾多年。近兩年偶然在藝文雅會上見到他，需輪椅代步，由他侄兒陪同出入。這些片斷中最恆久的景象，當然是他竟日終年背窗伏案，在燈下筆墨耕耘。

關宅在西半山堅道。我曾多次去他畫室晤談請益。他是我敬佩的香港著名書畫家之一。準確地講，他是優秀的傳統山水畫家。也是少有的詩、書、畫皆能的傳統派畫家。

丹青五十載　詩書畫俱能

關老兩歲由澳門來港，丹青五十載。他是出道甚早的畫家，可以說是少年得志，詩書畫齊進。然而，營商爲業的家族並不贊同他的從藝志向。

他憑著熱愛繪畫的天性，發奮不輟，涓水長流，藝事日進。關應良二十三歲舉辦個展，吸引中外觀眾，成爲香港畫壇一顆新星。上世紀五十年代初，關應良先後結識盧鼎公、梁伯譽、張紉詩三位由廣州南遷的老師。盧氏和梁氏對傳統書畫的修養造詣令他受用終身；張紉詩的詞直叩兩宋，在她的提點下，關氏能於雅集唱和之中畫畢詩出，難能可貴。

第一次拜訪主要是瞭解他的治藝歷程。關老擅行書和小楷，於《聖教序》、《蘭亭序》著力最多。歐陽詢、智永，亦屬至愛，故而書風秀麗遒勁；更對《張黑女碑》、《張遷碑》、《董美人墓誌銘》等北碑研究多年。他主張以北碑筆法寫右軍，發願臨寫一百次，以期不斷超越自我。

關老的詩詞以七絕最佳，得李白、王漁洋神韻。配合氣韻流動的山水，格貴味厚，耐人賞玩。

關老的山水畫平實而高古。他初學沈石田，龔半千，繼師石溪、石濤；近追四王，遠朔董源、巨然，融諸家精粹於筆端。如作品《黃葉打窗秋欲深》一幅，畫中每一筆每一劃，代入暢遊自然的心境。可謂處處古人而不似古人，由近及遠，傳達出寫畫的愉悅過程。又如斗方小畫《沙頭角山色》，以「生不遇於當時，死後卻遇於千秋萬世，藝者應抱此志始可下筆」的心態寫就，是對中國傳統繪畫精神瞭然於胸的山水畫家。

研古人佳作　煉自我筆墨

後來兩次拜訪是送書和他發表在內地報刊的剪報。問關老最喜歡誰的畫，他說黃賓虹。然而，在關老的作品中，可以感到黃賓虹的蒼潤渾厚，卻沒有筆墨的符號化。他寫名山大川，抑或平沙水草，不捨物象，穩守傳統，沒有痴迷做黃賓虹第二。論者謂關老作品「亦古亦我」，指的就是由古人優秀作品提煉自我的筆墨，達到與古人神韻相合的境界。

另一次是應邀去看他保存多年的老照片和舊剪報。關老當時正揮毫寫畫，於是談起以書入畫，意境由詞章入的見解。還提到張大千作畫磬染，藤黃研墨的講究；強調山水畫忌水多，過濕則滯凝，並以石溪「濕中見乾」，石濤「乾中見濕」的畫風，論述「帶燥方潤」的辯證關係。我問他如何能蒼潤華滋，他說全在水和濃淡墨的控制，包括醮取的順序。這正是其作品最大亮點和最難摹擬之處。

最後一次是友人買了他的兩張書法條幅，讓我去送筆潤。他又提到雙腿的老病，談起養生和保健。之後我爲他拍了數張生活照，就匆匆告辭而去。

今日關宅樓空人去，但尚存於畫室的尺素墨硯藏書詩信，篏着數十年治藝求索印記，飽含往昔師友唱和雅敘的溫情，還有厚厚的早年《大公報》和《新晚報》剪報集和

舊照片相冊，不知何去何從。寄望其親人師友出手相助，整理研究，總不會一切戛然而止吧。（二零一七年九月二十三日，大公報）

附錄

雲外樓詩詞集跋

丙申年，先生詩詞集刊行，設宴於銅鑼灣南華會中菜廳。先生諸棣紛至，攜兒帶女，喜氣洋洋，或題辭、或留影，各各緬懷舊日之情。余即席誦先生詩詞，有委婉者、有慷慨者、有寄意者，當今之下，如先生詩詞成就之士，屈指可算。余忝爲先生專集主編，排印期間，凡有疑問者，逐句而檢校詢問。先生豁達謙和，不欲煩擾編輯工作，命余自主更正，其信賴之情，至今難忘。不意先生越歲而生病，且急促惡化，吾探望先生時，已不能言語，只眼神相交，心意盡在心頭。丁酉夏，止善先生駕鶴而別。追想先生詩詞集初付梓，余嘗題一詩，欲置於篇末，後恐過陋，有損先生專集清雅，棄而不敢用。先生西去，戀戀之情，無以表示，惟以此詩述吾心意，詩云：「釣客橫舟臥，茅棚隱士閑。流雲千里樹，輕羽萬重山；壁削垂松插，驚濤急浪彎。浮生如有夢，清魄入圖難。」先生高棣廖仕強兄曾語余，謂於劉仰文夫子家曾見先生之「觀瀑圖」，有詩云云，倏忽五十載矣！其詩已補於是刊，期能完先生生平之作。

庚子年夏楊永漢謹跋於寢書樓

松風歲月

老瑞松著

作者簡介

老瑞松，廣東順德人，一九五八年出生於香港。年青時已成詩書畫名家，一九七八年畢業於孔聖堂中學。曾師事名詩書畫家黃維琩先生、吳天任先生、關應良先生，學藝造詣甚深。其後專心書畫，桃李滿門，亦是多間學校校董。發展藝術與教育，不遺餘力，先後於一九八八年、一九九五年、一九九九年及二千零一年分別在香港、澳門、廣州及順德舉行個人書畫展覽，並於一九九九年出版「老瑞松書畫集」流通世界。

序

摯友老瑞松先生，耽於詩、書、畫，知早歲曾從吳天任先生治詩、黃維琩先生習書、關應良先生學畫，俱各有所得。二十多寒暑以來，三藝創作不輟，書畫展覽無數。雖不爭露圭角，而眾咸謂能。近歲眼疾日重，視力殆及常人十一。然瑞松不因而頹唐，且堅守三藝以善其身，復蓄徒作薪火之傳。其奮發如此，足爲世範。瑞松今以其篋中詩稿付梓，曰「松風歲月」屬餘爲序，並謂當年隨其師天任先生學詩，有筆記「學詩四講」一併付錄，俾能彰其師之學。尊師如此，寧無數語以應？是爲序。

時甲申年初夏趙炯輝序於香江之半山草堂

甲部詩鈔

己未詩卅

憶遊黃花崗

青天白日滿地紅　浩氣長存繫心中　碧血黃花七十二　中華天下永爲公

訪友

天朗氣清風微涼　秋山綠水白雲鄉　雞鳴犬吠迎生客　酒逢知己醉歌長

登太平山

雞鳴疾步太平山　太平山路彎又彎　彎彎路上煙霧罩　霧煙半鎖女羞顏
欲速登峰從捷徑　徑藏道隱撥草菅　草紅岩赤朝霧散　如見廬山現一斑

無題

花開花落歲華遷　雨洗秋顏色色鮮　寒食家家吹飯火　天狼處處斷人煙

除夕

聚首天倫會一堂　珍饈百味酒醅香　連綿話語歲除渡　熱透華筵共舉觴

除夕郊遊

颯颯北風相競侵　花香鬱鬱奈君尋　孤鴻斷信春歸處　淫雨霏霏濕客襟

花市

處處映紅春萬千　人人買花渡新年　歸根落葉誰來羡　遺恨桃英遍地塡

妙法寺二首

一

彌勒迎賓坐殿門　壁間萬佛靜無言　分陳十六阿羅漢　敢問何因缺二尊

二

對聯首尾倒何因　高處樓臺謝客臨　菩薩尊尊尋奉養　結緣無處是來賓

太空穿梭機

名利當前水火爭　眞眞假假失升平　文明科學求其次　軍事紛爭禍眾生

雨中園讀

霪雨減常客　亭陰放浪吟　知音常自得　尙友卷中尋

母親節

孝道日衰微　倫常亦漸非　盲從歐美俗　反受蠻夷譏

閱報

中國語文信箱

工具何其多　光陰莫蹉跎　成功自努力　塵世幾偏頗

山火

多少十年樹　今朝化作薪　青青遭赤化　紅焰遍山垠

香港屠夫 閱報有感

倫常日漸破　道統亦趨亡　燈滅誰來復　何方露曙光

聞雞書感

馬鳴似笑可情眞　若哭驢嘶如有因　曉起雞聲啼滿室　莫非爲我報昏晨

客至

千里逢君帶雨來　蓬門早啓酒樽開　與君醉入黃粱夢　夢裡繁華共一回

送友人環遊世界

作客天涯君自珍　海隅知己若居鄰　大千世界不遊殫　湖海山河處處新

讀報有感

少年同學相菲薄　小雅國風日息微　俗世附庸多不肖　未能自愛反相譏

與某君小飲

平生自覺遠塵囂　知己相逢更自驕　昔日詩僊醉投水　今我相知雨逍遙

渡海

憑欄仰望上弓彎　低首難尋舊日顏　滄海茫茫添我恨　不知何日大刀環

曉起山行

屈指焉知幾度攀　雞鳴遲步太平山　手持一卷憑高嘯　回首雲山共往還

送人遠行

君作天涯客　相送感知音　望望人去遠　誰聽伯牙琴

歲暮懷人二首

一

當年共學加山麓　此日追懷舊雨哀　風度翩翩稱俊士　音容渺渺悼英才

二

凋零文化又塵灰　往事依稀蝶夢回　同別門牆沾化雨　重溫舊學有餘哀

庚申詩艸

香山寺

山寺際伊邊　靜朝郭外田　八年修心性　羨他白樂天

晨遊動植物公園

落葉似秋顏　雲煙雨裡山　樹搖風始動　新綠潄潺潺

遇湘潭二首

一
阡陌綠成茵　霧煙鎖早晨　衡山皆赤土　不似湘江春

二
丘陵千里地　赤土蓋湘潭　蔬果布梯田　魚蔬下嶺南

夜讀

斜陽仍習文　他日顯功勳　不惜時光過　但須筋力勤　晨風驚我夢　狗吠未驚聞
衣薄不勝冷　慈親備暖衿

過汨羅江

端陽話屈平　投河表忠貞　今日有緣過　離騷見此情

次黃河

水平壓柳邊　東風發天然　清心憑高眺　喜見河靜天

鄭州

縱橫道康莊　梧桐夾道長　田間盡小麥　來往用驢騾

嵩陽書院

傳經五百年　弟子化三千　一夕凋零後　鳥飛周柏前

過洞庭有感

一線青山一線天　茫茫湖海玉生煙　風雲半掩江山面　待出英雄十八年

謁宋陵 眞宗永定陵

氣朗天青謁宋陵　當年父老望中興　石人目證風雲變　莽莽江山袖手登

過武漢長江大橋

武漢長江共一天　流經此地不知年　滄桑永鎖風雲地　待日澄清籠岸煙

龍亭 萬壽宮

龍亭萬壽帝皇家　宴飲歡騰不厭奢　玉砌雕欄猶有在　春來猶發舊時花

中嶽嵩山

中州嵩岳鎮諸方　峻極群峰氣勢昂　落日墟煙行客至　會登絕頂覽蒼茫

過衡山

今日過衡山　正因謁聖顏　奈何峰頂雨　遺恨未登攀

掃墓

暮春三月倍傷神　未報劬勞慚謁親　道德淪亡香港地　清明不盡掃墓人

梅

一夜寒來花滿枝　淡妝濃抹各相宜　無情風雨殘紅落　底事春來異昔時

嵩山少林寺三首

一　武藝世稱楊　達摩源濫觴　滄桑一夕後　四處野庭荒

二　山門久頹壞　塔林影漸長　樓臺遭火滅　菩薩待燒香

三　斜陽寂寞霧煙飛　舍利滄桑靜翠微　七級浮屠朝幻海　一坏黃土坐禪機

天后誕

夏春佳節古猶今　人海人山帶雨臨　多少馨香奉神客　漁民水上最虔心

鐵塔

琉璃寶塔不沾塵　一上眼開界大千　欲窮千里不勝冷　阿彌陀佛現身前

中嶽廟

將軍凜凜你軒昂　中嶽行宮鎮四方　秦漢樓臺隨逝水　更堪閒話宋滄桑

相國　又名建國寺陵君故宅

信陵公子舊門庭　變幻千秋幾度經　殿閣樓臺猶有在　當年陌上草青青

洛陽伊水龍門石窟

石窟浮雕希世珍　眼中菩薩亦風塵　龍門劫後迎生客　鬼斧神功見佛身

密縣打虎亭漢墓二首　漢弘農太守張伯雅之墓

一
己進傷心地　何須發我邱　他朝君入土　恐有效尤不

二
入土爲安長作眠　阿彌陀佛許吾見　青山忍爲群盜發　白骨成灰恐復然

齊雲塔

寶塔齊雲白馬東　滄桑歷盡苦甘同　燭香無待遊人進　落日依稀笑北風

釋源白馬寺　漢明帝永平年建

釋源白馬永平興　淨土眞言互繼承　何日東西鐘復應　遺僧猶誦金剛經

觀音誕謁觀音寺二月十九

因緣偶合拜觀音　句句阿彌動眾生　五蘊皆空同照遍　慈航普渡禱昇平

公園曉坐

新綠遍東風　鵑花吐豔紅　人情何所淡　春色爲誰濃

感戰

十里風雲五里煙　臨江猶覺岸無邊　重重炮火聲聲哭　幾度殘垣五度禪

舊居

閒遊適舊居　往事一唏噓　歲月如流水　鄰人笑語誰

辛酉詩艸

大陸來客

卅年饑餒倫常廢　文化殘催道統亡　醉夢繁華逞兇性　東方幾度現紅光

地下鐵路

直闖黃泉非昨夢　往來地獄水晶宮　人間天地無分別　馬面牛頭處處逢

選美

鬥麗爭妍逐利名　牡丹宜俗不宜清　良駒不食回頭草　鄭衛色聲損美情

己丑詩艸

浴佛誕大雨

天降甘霖浴佛身　佛身何處惹埃塵　澄清世俗炎涼態　向果回因不用陳

己丑九月十九日千人誦大悲咒於遮打花園

天降甘霖浣俗沉　佛光普照耀衣襟　千人祈福大悲咒　般若慈悲觀世音

己丑深秋遊

坐臥禪修善養眞　山行身在遠紅塵　靜觀天地資源博　開發宜然利澤民

己丑中秋

思親亭內忘思親　孝順從來有幾人　獨賞中秋明月冷　頻沾果品懶紛陳

己丑中秋

劉伶酗酒自風流　妻告神靈還未休　合抱金樽門外去　追隨傭僕負鋤頭

己丑國慶

陽光驟雨送炎天　白露秋分應自然　建國興邦六十載　繁華昌盛澤民先

乙未詩艸

乙未遊襄陽

田舍江邊柳色新　南陽風土醉遊人　雞鳴犬吠隆中對　三顧草廬得宰臣

遊襄陽外青龍江畔

諸葛茅廬何處尋　襄陽城外柳陰森　青龍江水流瀾處　竹屋三間抵萬金

漢襄陽侯習郁建蘇嶺神祠　刻兩石鹿　人稱鹿門廟

鳳凰山抱習家池　日月映泉發古思　漢不封侯出將相　襄陽市外鹿門馳
漢江環抱衛襄樊　敗瓦頹垣歷戰翻　老柳古槐依舊在　仲宣樓外欲黃昏

乙未新春奇燰

春風撲臉百花芳　乍暖還寒化雨涼　又近清明煙鎖柳　思親霧夜夢回鄉

雨傘運動

重陽令節怨翻翻　舉傘開花招鬼魂　政改分歧國慶日　天人共憤雨雷奔

補篇

元朗大樹下得句

媽祖誕辰慶出巡　旗飄鐃鼓滿聲塵　龍獅舞接祥和至　甘露滂沱洗俗身

三月三

三雨登晴三月三　祥雲善信滿青嵐　求財祈福償心事　願棄紅塵俗世貪

眞武山

眞武山前見洞天　消災散盡買香錢　當知孽債償還日　百跪狂呼贖罪先

無題

無題不可入詩中　反璞歸眞情意衷　瀝血何須肝腸斷　笑臥花間尺三童

偶作

爲詩首在意先通　情達詞華有淡濃　日久葫蘆頓悟破　從心所欲媲天工

無題

死生名利美人關　眼裡英雄似等閒　不似逍遙聖人過　浮雲過處盡閒閒

雨雹　二月十四晚

朝聞雨影急　眺望蒼天泣　睡眼送行人　雹飛無數粒

過青山　正月人日

颯颯東風綠滿山　屯門建設海西灣　塵埃染出繁華色　習靜何方得小閒

春雨　青年節

白雲深處有人家　霪雨霏霏見物華　千古風流人已去　春來猶發舊時花

聽雷

雷送春聲活眾生　千紅萬綠各爭榮　叢叢花艸叢叢竹　空山靈雨自太平

公園閱讀

山雨欲來風滿林　花飛蝴蝶淚沾襟　猿猴隔樹哀來客　未覺綠空動我心

觀雀

孔雀閒遊飲啄間　含情鸛鶴逐池灣　吱吱雛鳥誰來盼　緬邈遊人各自閒

賞鳥

比翼鴛鴦日困籠　自由失去戀池中　此身何似逍遙樂　那管春暉西復東

輓梁校長隱盦居士

傳經絳帳有餘思　杖履追隨學道遲　木鐸聲沉人已渺　緬懷化雨失良師

養病

枕上時間落葉頻　眼花起坐信由人　痛時頓悟健康貴　名利從來誤此身

越嶺南

疊疊崖嵬杉樹林　大庚梅嶺氣蕭森　近江山色澄心影　遠客閒來消濁沉
夾道桃枝皆新綠　巖崖宿鳥噪舊音　但悲李杜不曾到　遺恨此情有未吟

立秋郊行二首

一　連袂郊行一徑深　立秋風雨競相侵　烏雲環鎖群峰頂　白浪騰翻四海陰

二　雨洗青山詩意鮮　久經熱浪潤田園　人間不少炎涼態　仰望浮雲別有天

廣州行十二首

海幢寺

寶刹鐘聲舊五羊　公園幾度歎滄桑　閒來退食無聊語　殿閣誰教作廠房

六祖殿

明鏡菩提何處尋　來依佛地自沉吟　塵埃不惹莊嚴相　香燭煙中淨客心

光孝寺

達摩南渡種訶林　六祖歸禪斷發簪　歷代更新號光孝　南宗響遍木魚音

五仙觀

大雨滂沱鎖道場　全非面目減濃妝　閉門多少尋常客　暫寄空門一柱香

六榕寺

東坡題額顯神鋒　古寺森森護六榕　多少黃泉人不見　忍看佛國白雲封

菩提樹

光孝夕煙迷　海幢聊暫棲　衆生未渡盡　誓不證菩提

中山紀念堂

不求聞達仰先生　盡粹邦家覓太平　正氣浩然存天地　丈夫何必論功名

瘞髮塔

煩惱三千斷　菩提長作伴　浮屠七級坐　禪心不離散

花塔

花塔疊重重　爐煙日漸濃　炎涼觀不盡　幾度聽殘鐘

羊城二首

羊城到處換新妝　鬟髻衣裳異舊鄉　自由市場充道路　物資豐盛價高昂

五嶽三山雜廣州　求生異地運才謀　人前賣藝強爲笑　掌相橋邊閒客留

廣州市府

長爲政治地　易主平常事　日日自生暉　那教誰在位

順德行七首

清暉園

名園吾粵首清暉　殿閣樓臺擁釣磯　名木嘉花隨處植　繁華昔日逐塵飛

清明 大良順風山

佳節清明客不愁　人人乞假祭先邱　舟車處處無邊遠　九眼橋中難去留

玉棠春

帝王名木賜官臣　戰火年年幸保身　花落花開時世改　更名不改玉棠春

西林寺

西林不復名　殘劫尚餘驚　化作閒遊地　人來幾送迎

鄉居三首

曉行坐翠微　午睡依釣磯　魚蔬最鮮美　日暮詠而歸

家家堂堂坐觀音　處處揮春不用尋　地主門前香燭盛　管教批孔或批林

年青皆惡口　每飯一杯酒　交際喜抽煙　心慕香港走

雹謝杜鵑

春棄杜鵑去　青山無定處　歡顏難再得　轉眼化萍絮

日本竄改歷史教材有感

前者不忘後事師　春秋史記豈能移　行爲禽獸動公憤　教訓應垂後世知

壬戌粵北遊七首

金雞嶺

於粵北樂昌縣坪石嶺面臨北江

南嶺有金雞　無聲面向西　北江流不盡　誓不向東啼

丹霞山

廣東四大名山之一伽藍棋布以別傳寺聞世

四大名山首丹霞　別傳寶刹未可誇　叢林處處皆淨土　煙雨斜陽滿袈裟

金雞嶺谷中石窟二首

為嶺南最大者內侍有后羿射日女媧補天盤古開天地三古跡

一

辟地開天造四方　彎弓滿射金烏狂　女媧煉石補天闕　南嶺浮雕此擅場

二

踏石穿山過　崖嵬一線天　奇峰通別洞　飛水滴巔巔

獅子岩

位於粵北馬霸縣形如伏獅嘗為猿人居

獅子岩中別有天　鐘鐘孔石耀賓前　洪荒世外猿人洞　六祖曾參般若禪

南華寺

一偈菩提佛法來　南華寶刹不沾埃　東山法派庚嶺繼　千古禪門曹洞開

錦江

源自湖南越南嶺匯入北江

錦江遊子醉　灑遍行人淚　水自故鄉來　滴滴自含翠

順德碧江金樓二首

一

碧水丹山奇樹葩　江南春雨綠桑麻　金光欸乃桅檣動　樓閣書聲繞彩霞

二

碧江廿四詠　句句讀書聲　金櫃空餘架　焉能復美名

解心茶

閒來一盞解心茶　零雨其濛二月花　洗盡禽流瘟疫病　東風亂柳夕陽斜

清遠飛來禪寺

晨霧瘴北航　鼓鐘歎滄桑　飛來復飛去　禪院見佛光

同窗試茶

同窗對飲試新茶　煙雨江樓降碧紗　洗淨凡心留雅興　鶯聲滿樹影花斜

再進清暉園

斜陽樹影掃哀愁　寂寞歸心不待秋　花氣襲人留客處　苔痕漫壁上高樓

黃山夢筆生花

夢筆出奇葩　雲煙擁彩霞　東風來洗臉　草木蓋青紗

送上學途中

朝陽照走廊　蘭若吐芬芳　過客上班急　懶迎撲面香

言論自由

蟬雀各爭鳴　自然風有聲　任君歸故里　何日逐前程

遊園

蟬鳥歌聲繞樹巔　行人接踵各趨前　花香鳥語隨風逝　如是年年化大千

晨運

蟬聲滿樹叢　健體蔚成風　香港自由地　養生各不同

海南島南山寺

南山在望彩雲間　眼底叢林盡笑顏　法雨雷霆驚大地　凡心洗淨載經還

清遠飛霞山

南嶺飛來鎮北川　洞大福地訪仙賢　唏噓黑鷺迎生客　吐哺銀鯉仰問天
拾級參神連過渡　立碑簡體大同篇　叢林古刹不藏住　名利凡心眼底錢

天崖海角

長沙踏浪步蹣跚　海角一隅是天崖　哭罷長城心不死　南天一柱待客還

庚辰六月負眼疾遊海南島南山寺

南山在望彩雲間　眼底叢林盡笑顏　法雨雷霆驚大地　凡心洗淨載經還

辛巳清明晨曦大雨

雷霆法雨淨清明　洗盡娑婆怨懟聲　香港低迷經濟地　萬山遍野盡哀情

甲申暮冬

鳳城翰墨日滄桑　嶺內文風趨漸亡　僑慕名流商巨賈　聲沉粵海嘆香江

乙卯過摩洛哥尼斯海灘

石砌山城摩洛哥　海天一色泛清波　逍遙娛樂閑悠地　霪雨霏霏送客過

中國重修假期有感

佳節清明踏翠微　端陽競渡賽龍飛　中秋共敘天倫樂　重九登高待有期

丁亥歲晚憫民二首

一　歲晚臨春冬雨吹　思鄉逼切鎮愁眉　無良店賈暴謀利　有苦民工添渴飢

二　積雪連綿公路閉　供煤斷續電消虧　南來總理問寒暖　暖入心田歸可期

丁亥初冬

香城數月絕雞啼　夢覺傳來雀鳥嘶　隔道轔轔車馬響　開簾入眼濁煙迷

匯聚英才弘教化　賢招士子作良師　翁樹楷模垂典範　祐吾學子步青回
倫常道德春秋載　教化詩書日月傳　君子彬彬研樂禮　令人日日習詩書

丁亥歲晚長江以南雨雪

遺產文明風雪被　遊人謝絕不開眉　身心日夜遭蹂躪　能賴天災掃苦危

次韻彭建球詩

彭拜篇章三十載　建安風骨耀江東　球環正氣伸公義　詩酒琴棋笑語中

西元二零零四年十二月卅一日為群益之友作

群策群力爲童蒙　益人益眾顯大公　之乎者也不多說　友愛自強樂無窮

西元二零零七年十一月

嫦娥探月夢追求　難捨家鄉繞四周　玉兔吳剛仍在否　衛星測計早綢繆

梁廷枏先生

鳳嶺奇才第一人　詩書翰墨創維新　高瞻遠矚凌雲志　博古通今絕後塵

贈諸鄉賢

胡馬依北風　少年志無窮　渠成廿五載　紀盛喜重重　念力齊共勉　小石聚成峰
學海無止境　銀臺樂相逢　禧福澤鳳嶺　頌贊銘諸公

奧運成真 戊子

奧運成眞現眼前　林材培育百年先　匹夫智勇圓夢想　克苦克勤意志堅

寶地

寶地尋常皆淨土　林中禪定是菩提　敬業樂群研律理　詒傳技術習工程

樹仁大學正名紀盛

樹德高風卅五載　仁心化育多良才　大方得體精誠至　學冠中西獨後來

乙酉願望樹折枝有感

運綿火劫尚餘驚　歲晚祈求保晚晴　壯士犧牲遭斷臂　林村遺恨卻名聲

端陽節二首

一

端陽佳節蟬聲渺　往日吱吱擾隔簾　昨夜又翻風大雨　電雷霹靂映高簷

二

屈平憂國詩情重　世上誰人懂問君　今夕騷辭縈耳際　九歌山鬼閣樓聞

梁李秀娛沙田幼稚園創校二十周年 丙戌小寒

梁柱成材二十載　李桃化雨春風開　秀才輩出良師力　娛悅香江創未來

丙戌七夕登舊寨塔

青雲寶塔接天宮　舊寨玲瓏震八方　七夕登臨嘗覽勝　苔痕漫綠映蒼穹

感動人生書法賽

感慨千秋轉　動流百代川　人間今何世　生死樂隨緣

聞母校孔聖堂中學將結束有感

丙戌元宵

聖道弘揚五十秋　傳經振鐸育驊騮　可憐今夕猢猻散　何處能容謁孔周

次韻李錦標七十壽辰詩

世俗無常與願違　折腰五斗慕潛歸　心無罣礙平凡過　不息自強彊飯衣

次韻陳鳳蓮女士賀詩

鳳嶺清暉紫氣伸　蓮穿綠葉展紛陳　詩書畫藝表心意　草木松風悅客賓

西元二零零五年父親節於開心日報

開懷過日辰　心想事成眞　日夜都如是　報親養育恩

西元二零零五年五四青年節

青年五四話香江　後事之師永不忘　情繫中華志在外　後生可畏耀家邦

五四青年

五四青年方作詩　春秋卅載惜當時　後生可畏凌雲志　九十重來告誰知

甲申憶何竹平二首

一

世事求人難　斷鴻最苦艱　人前強爲笑　簾外雨潺潺

二

客山桂水老家鄉　此日夢回最斷腸　欲謁節廬眞面目　閉門謝客倍神傷

擬蘇軾望湖樓詩

烏雲潑墨青山染　白露明珠跳入船　捲地颱風吹急散　凌霄閣外海連天

贈順德碧桂園周炯南先生

周公禮樂好傳家　炯炯生輝春滿華　南嶺園林環碧水　鳳城福地煮新茶

和李錦標先生　庚寅正月

百折不撓大丈夫　更新屹立自參扶　隨心坐臥憑欄處　共賞嬋娟未許孤

日暮

日暮遲遲歸　落霹倚翠微　白雲掩不住　紅葉滿山飛

春暮

春暮鎖柴灣　舟車步蹣跚　天時趨煖意　自在日艱難

驚蟄

驚蟄吹寒風　重臨現冷空　雷蘇龍蛇動　雨潤百花紅

庚寅春霧

霧鎖春山寂　雲浮抱月宮　珠擎荷葉處　諸友喜相逢

神州名樓二首

一　蓬萊閣上觀神州　燕子樓中燕子囚　黃鶴樓頭黃鶴去　岳陽樓記岳陽樓
滕王閣序滕王閣　北固樓亭北顧愁　鸛雀樓臺觀雀樂　潯陽樓月客悲秋

二　蓬萊閣上覽蜃樓　黃鶴樓觀鸚鵡洲　燕子樓空關盼盼　岳陽樓記鴛鴦浮
滕王閣序承天色　北固樓亭北顧愁　鸛雀臺中鸛雀樂　潯陽樓月客悲秋

乙亥冬嚴寒梨山嶺積雪

寒流襲港路冰封　賞雪遊人狹道逢　滑倒凍傷迷絕望　消防正氣見歡容

丙申端午禽流感啓發得句

風聲有淚濺禽雞　回首怕聞悲苦啼　虎口餘生當馬路　難逃車禍命歸西

丙申徐州行

盼盼樓頭燕子飛　徐州韻事日消微　樂天聊引鴛鴦淚　細雨斜陽照北歸

黃士俊狀元

丙申秋

園林南嶺亮清暉　順德狀元驚榜闈　光宗耀祖黃士俊　錦袍玉帶在腰圍

丙申中秋

中秋奔月建天宮　對望神州重九逢　幸得仙居三十日　人間天界音訊通

丙申冬至

冬至雨綿綿　小寒春暖先　霧霾掩不住　詩意薛濤箋

梧州　丁酉

梧桐山畔夢猶新　報喜雞聲破曉辰　飽暖報民眞福地　春暉雲岫抱天眞

丁酉端陽

紅棉飄絮雪花飛　祭祀龍神漸式微　競渡船舟端午日　炎天驟雨搶旗歸

農務轉商

冬暖春寒氣變遷　秋收下種歷經年　政商利欲不曾減　孽禍民生忍賣田

四川懷古　丁酉夏

絲茶馬路古　蜀道艱難苦　天府錦宮城　千年耕作主

夏至

夏至炎炎暴雨天　夏荷片片出紅邊　輕雷閃閃電光爍　夏夢酣酣醉會仙

丁酉遊古寺青山禪院靈渡寺凌雲寺得句午膳於妙法寺

青山有路步禪林　靈渡緣來杯渡尋　妙法齋廚涓俗膩　凌雲琴韻解茶心

丁酉九月山東濟南泉水文化研討會

大明湖上傲舟遊　趵突清泉品茗甌　四海嘉賓來聚首　歌歡月滿柳梢頭

禮佛二首 戊戌年

禮佛回頭臨岸鷩　群鷗飛海樂翔迎　爭鳴百鳥歌松壽　耳順濤聲滄浪情

浴佛炎炎已禮天　而今熱浪破空前　甘霖洗盡凡塵垢　酬答天恩必報先

戊戌倫教尋根

兄弟同心尋個眞　老家蒼口話前塵　喜逢親屬誠招待　北海滄桑世說新

憶友

忌日生辰共一天　良朋知己斷琴弦　太平寶塔同登處　七夕重逢夢有緣

六祖二首

六祖開南禪　惠能常在邊　壇經一品受　漸頓悟誰先

阿含五蘊經　色修厭離情　煩惱慾滅盡　無漏靜寂聲

清暉園

清暉鳳嶺市中棲　榭閣亭樓翰墨題　金榜榮歸營府第　門庭依舊夕陽西

堪輿術

堪輿風水蘊天機　形勢多方觀斗微　龍穴山川尋脈絡　吉凶禍福是和非

大嶼八景

鳳凰觀日吐丹陽　禮佛寶蓮撲鼻香　靈隱羌山千手拜　長沙踏浪白沙長
洞天探礦銀天洞　飛瀑梅窩消暑涼　大澳棚寮斜夕照　鹽田壩上鳥高翔

詠北滘碧江金樓 壬辰端陽

碧水月華清　江南譽美名　金輝斜日照　樓閣讀書聲

壬辰端午神九與天宮相接

神州三傑探天宮　宇宙穿梭再度逢　憶惜無緣仙點化　回頭夢覺寄塵空

中秋禮佛

仲秋禮佛鳳凰鳴　日落汀洋鴨蛋紅　月出雲天如鏡滿　嬋娟盡入眼簾中

七七政客詩

七七蘆溝逢小暑　國民教育如何處　炎天暴雨汗淋漓　政客風雲誰允許

詠水

天水無根雨雪淵　江湖大地開河川　中泠玉露分南北　譽滿神州第一泉

唄偈

鳥鳴梵唄唸彌陀　領唱維那三寶歌　法器齊聲鐘鼓奏　眾生響應遍娑婆

癸巳四月

蟬鳴荔未足　翳悶炎天焗　雷雨瞬間來　風雪仍繼續

詠扇

摺扇東來七寸長　一人搧動二人涼　天年傲骨十觔拉　定向不隨順道張

癸巳七月雨爆水管

夏雨連綿滴答聲　忽明晦暗放天晴　蕉芭夜月無人語　破地水龍夢覺驚

癸巳悼何叔惠老師

傳經絳帳雙薇中　翰墨詩書譽滿隆　何日鳳山重立雪　臨將歲晚待春風

孔聖堂木棉　歲在上章困敦穀雨

百年屹立英雄樹　化雨春風蟲不蛀　守護杏壇七十秋　花開紅遍加山路

詠雲南

雲南大理古都齊　瑰麗江城金榜題　披雪玉龍施利水　崎嶇茶馬踏川泥
納西氏族源流遠　文字東巴象鹿龜　湖畔蘆菇神女閣　摩梳鬟髻疊崔嵬

丁亥冬月羊額八景懷古

竹澗書香翰院題　鳳灣夕照青雲西　東洲旭日荷塘耀　夜月湖長柳岸迷
後洞梅紅攀綠瓦　帶河松古倚橋棲　三元晚望桑田外　魚唱潭頭到曉霓

壬辰春雨一首　時香港特首選舉

綿綿春雨浥樓頭　日夜煙霞霧不休　斗室琉璃明鏡上　舒懷寄指淚先流

贈香港電臺第五臺　壬辰春

清風送歌音　晨起聽雅琴　爽口茶一盞　利神復利心

近聞石柳上現相如吻文君面印得句　壬辰春

千年一吻卓文心　彩鳳求凰綠綺琴　賦釋長門陳后怨　當爐賣酒有才人

遊青海湖

三月報春黑頸鵝　長雲青海奏驪歌　湖開眼界無人識　百鳥回巢暢綠波

竹簡告地書

竹簡告地書　死生夢何如　天堂與地獄　人鬼兩同車

甲午新春

春暖花開復一元　東風綠遍江南村　龍蛇已過天氛豁　馬到功成福滿門

贈吳晴波畫友

吳帶當風道子宗　晴花績水露華濃　波光帆影山川秀　畫意詩情翰墨功

梧桐山春遊

破曉寒蟬喚晚春　梧桐山色醉遊人　浣紗婦女聊天樂　汲水泉清煮茗新

甲午秋夜

白露迎秋半夜涼　懷愁孤客倍神快　聽曉禽鳴難入夢　唏噓往事蕩迴腸

丙申端午

無影立竿兩度驚　急雷六月現東瀛　裂牆塌頂涵天地　暴雨洪流命轉輕

丙申端午禽流感

風聲鶴唳滅禽雞　幾回奔走悲苦啼　虎口餘生當馬路　難逃車禍命歸西

丙申遊徐州

盼盼樓頭燕子飛　徐州韻事日消微　樂天知命鴛鴦淚　細雨斜陽照北歸

己亥驚蟄

白虎星君去小人　滂沱驚蟄祭雷神　毋爲一惡心常樂　諸善奉行利萬民

修禊　己亥三月送關應良老師作品與博物館

暮春三月修禊時　送贈家鄉關老師　暢飲醇醪六百載　解憂惟有杜康知

水塘

大潭篤水塘　百載歷滄桑　第一亞洲壩　往來車水忙

己亥大寒

心清鮮欲自長春　几淨窗明遠垢塵　吐納易筋善導引　禪修素食抱全眞

封城　歲在上章困敦春瘟盛

封城鎖國礙低排　注視衛生習慣佳　共享天倫家室樂　春來計劃好生涯

庚子春新冠狀肺炎流行禍及全球二首

循環果報肺炎刧　貨物流通舒困中　野味佳肴樂口欲　病毒流傳奪命窮

鼠來豕去肺炎侵　無妄之災武漢尋　協力同心齊抗疫　香江福地雨甘霖

附詞

初試十六字令

秋　夜讀寒窗月滿樓　書生問　何日占鰲頭

蟬　破曉端陽隔帳傳　炎天夜　雷雨打窗邊

贈梁魏懋女賢女士

小童群益會六十同年紀盛

魏群六十載　懋益萬千賢

香港小童群益會金禧紀盛

西元一九八六年　小心培育我兒童　童叟無欺貫始終　群學群生五十載
益人益己萬千窮　會流四海精誠至　金石爲開德望崇　禧告香江安定地
頌聲響應太平風

基督教女青年會幼稚園創校銀禧紀盛一九九零

女牆之內　青出於藍　幼人幼己　稚子雄心
園林校舍　銀臺良朋　禧神賜福　頌揚主恩

順德聯誼總會李兆基中學銀禧紀盛西元二千零四年

李桃春風　兆業日隆　基礎牢固　中興黌宮
學貫西東　銀臺相逢　禧楊德信　頌文行忠

順德聯誼總會何日東小學創校廿周年紀盛二零零四

何氏善長 日興教場 東西文化 小心傳良 學風廣被 廿載名揚
周創佳績 年獎盛倡 校務精進 興同自強 中華文化 國粹弘揚
書香墨妙 畫意呈祥 涵蓋六藝 受業精良 大成滙集 學海無疆
順天應時 德望益強 分庭抗禮 校譽芬芳

胡兆熾中學卌周年紀盛

胡笳高奏 兆業鰲頭 熾烈鴻圖 中柱砥流 學無前後
卌載名修 周全設備 年正春秋 紀事本末 盛舉同籌

贈保良局張凝文小學乙酉年畢業同學

保幼依仁 良師多聞 局藏福祉 張其芳芬
凝聚願力 文采紛陳 小心謹慎 學貫古今

對聯

自題

瑞雲拱日光寰宇　松幹參天照江河

贈統戰部翁榮盛先生

榮華錦繡多風采　盛世清明一壽翁

贈劉樹榮先生

樹德春風皆化雨　榮華錦繡好前程

賀盧秉禮先生與愛文小姐新婚

秉傳統成就嘉禮　愛彼此永卜誓文

贈蒙偉鴻先生

藝升公司東主

偉業雄心傳國藝　鴻圖大展日高升

贈游永滿先生

永昌美景公司東主

永留美景傳金藝　滿譽環球萬世昌

贈葉美好區議員

美滿環境齊創造　好施樂善爲人群

贈徐錦榮學長

錦繡前程是吾願　榮華富貴非我求

贈徐俊祥學長

不倦誨人培彥俊　春風化雨致和祥

贈樹仁學院

樹德務滋　有教無類

仁風廣被　作育多方

贈陳子民先生榮休

小童群益會中心主任

爲兒童雄心赤子　陳利害造福居民

贈聖十字敬兒童會

聖道倡明弘楊教化　十字徑裡作育兒童

贈吳紫棟先生

紫氣東來凝翰墨　棟梁北負藝文壇

贈順德華僑中學

華夏文明同啓迪　僑鄉教育共關心

贈凌權弟兄

凌雲傳道志　權量播佳音

黎子流

鳳城多學子　宦海一清流

贈關正民弟兄

家庭孝悌倫常正　譜牒綿長澤四民

贈通濟商會

通匯財經興社會　濟貧扶老惠蒸民

贈陸煥方先生

煥發一新尋理想　方圓千畝任縱横

贈寶盈賓館

寶地君臨添富貴　盈門客至倍增輝

贈宣傳部梁惠英

宣傳鳳嶺民承惠　傳播文明化育英

贈梁滿昌鄉先生

宏圖千秋滿　厚德萬世昌

贈梁餘生老師

梁棟成材春化雨　餘閒願力育群生

贈小童群益會社工李碧琦

碧雲北斗昭香澥　琦樹東風化李桃

偶得

芳野人耕春雨後　小樓花綻晚晴空

贈倫教小學

倫常六藝時時習　教化三才輩輩多

贈培教小學

培育桑麻春化雨　教成學子作英才

孔聖堂六十周年

孔道昌明弘揚聖教　堂風廣被化育英才

贈孔聖堂李金鐘校董

金聲木鐸重威振　鐘鼓齊鳴報李時

贈張洒強先生

洒張主德施仁術　強固福音積善因

贈蔡詠貞女士

基督福音常讚詠　耶穌信仰永堅貞

贈黃安年校長

安貧樂道培君子　年富精強作令人

贈中央社會主義學院黃易宇副院長

易禮詩書傳世界　宇寰國際播炎黃

賀胡少渠紀念小學創校三十周年紀盛

少壯精英齊奮進　渠成卅載耀香江

賀陸嘉樂　湯敏寬新婚

嘉禮欣成天倫樂　敏功巧婦吉慶寬

贈梁廷枏

廷宛籐花春正茂　楠材梁棟貢鄉邦

贈循道衛理中心

循道而行遵義法　衛存正理播佳音

贈杜鏡初

恪恭職守懸明鏡　杜漸防微見日初

贈何獻英　何少梅新婚

己丑三月十六

少及梅香添喜氣　龍翔獻瑞綻英華

贈林超男醫生

超明聖德施慈愛　男播佳音遍杏林

贈林哲玄醫生

哲賢妙手施鍼石　玄聖仁心照杏林

贈盧文謙

文質彬彬成嘉禮　謙恭穆穆孝摯親

賀盧文康表侄新婚

文韜武略成家室　康體健身立德功

贈獅子會許世光先生

世道清平倡禁毒　光宗耀祖作先鋒

贈深圳孔聖堂周北辰堂主

周公禮樂通南北　孔聖春秋耀日辰

贈佛山統戰部黃澤熙先生

黃帝施恩澤　祖宗祐福熙

賀吳學明　湯惠心新婚

惠賢懿德心相印　學富才高明志堅

賀吳家樂　郭齊欣新婚

家庭幸福天倫樂　齊結同心慶喜欣

贈吳漢良理工學校

理論科研多好漢　工程建造滿才良

贈梁寶財教授

寶德承傳　恆常教化

財源廣集　樂育群生

賀老昶禧　曾佩詩新婚

昶德禧春成美眷　佩賢詩雅詠關雎

賀岑鈞博　侯凱齡新婚

鈞情執手恩深博　凱愛同心渡百年

賀尤世豪　陳思敏新婚

世紀良緣豪情萬里　思成美眷敏愛三生

賀何應雄書畫展

應時風貌倡環保　雄健書香遍鳳城

贈白札初　白希素夫婦

希神賜福償素願　禮敬耶穌復當初

贈斯佳國際美容協會

斯文雅慧身心美　佳訊頻傳悅己容

李兆基中學三十五周年

繼往開來卅五載　春風化育萬千才

佛山祖廟博物館

佛祖加持　地靈人傑
山神廟庇　文博物豐

德正教育集團

德參天地弘教化　正氣浩然育英才

題青雅苑

青山依綠水　雅舍樂安居

題北區花鳥蟲魚展

花笑籠中鳥　蟲欺水裡魚

題均安奎福寺

奎星朝鳳嶺　福德澤均安

題龍江紫雲閣

紫竹林中觀自在　雲崗嶺上見如來

贈盧明聲

明月華僑賞　聲威邑彥聞

贈順德千色企業

千紅萬紫迎奧運　色彩繽紛領潮流

贈名苑粵劇演藝

名伶薈萃鶯聲曲　苑閣笙歌和唱時

贈勞悅強

悅耳細聽簾外雨　彊身博覽古今書

贈陳俊仁

俊彥懷厚德　仁風善紛陳

賀李兆基中學卅周年

李桃萬千　兆顯吉祥　身心修內外
基創三十　中興傳統　學藝貫東西

贈湯恩佳

恩教詩書承孔孟　佳傳禮義繼成湯

贈方潤華

仙露明珠方朗潤　松風水月乃清華

贈孫頌強建築師

頌揚新建構　彊固舊根基

賀陳瑞霞榮休　戊子小暑

瑞氣盈雅舍　霞彤耀香城

贈吳慶添

吳家當餘慶　善業壽福添

贈曾健成　阿牛

健康社會齊建設　成就將來樂安居

贈順德青年企業家協會

順道而行　弘揚企業

德風惠暢　培育青年

賀屯門梁李秀娛幼稚園三十周年

梁棟李桃三十載　秀才娛樂萬千群

賀老敬堂　陳展紅新婚

敬老尊親　滿堂吉慶

展枝散葉　盛茂花紅

贈深圳水鄉田園覃煥林先生

煥發嘗新　水鄉風味

林泉美食　田園品餚

順德清暉園　壬辰年

順道而行　天人合德

清華滴翠　日月生暉

南海世老村　壬辰春祭

世代高齡　詩書祖德

老彭嫡裔　禮樂家風

賀元朗超凡地產擴張營業

超值樓房　風水寶地
凡人貴客　健身安居

贈名伶新劍郎 原名巫雨田

巫山煙雨潤心田

賀文桂媚校長榮休 何日東小學

杏壇玉桂　文翰娥媚

賀梁寶珠女士榮休

寶地時年　繁榮香港
珠光閃爍　朗耀保良

賀徐港生校長榮休

栽培港士　化育生才

贈聯德聯誼會青年部丁亥年

順風順水迎新歲　聯德聯心接運來

賀廖漢輝先生名列世界傑出華人兼獲芝加哥大學博士銜

漢德聲威傳鳳嶺　輝煌駿業耀香江

贈大良文化站陳雨佳先生

雨後生機春潤筍　佳期即達牡丹開

賀勞武寧　盧旺蓮新婚

武略文韜寧就嘉禮　旺夫益子蓮生藕佳

贈鄧卓莊校長

卓越多才　容人有量
莊嚴睿智　任用無私

贈黃立人　劉淑芬伉儷

立功立業　達人達己
淑德淑賢　芳潔芳芬

千里駒故居

區家有子　聲聞千里

倫教良駒　動聽一鳴

孔教學院創校金禧之慶

孔道綿長弘廣大　教興學藝達功成

贈順德博物館新館開張 西元二零一三年十二月二十七日

順道而行　文明博物
德高譽滿　館列珍藏

贈寶源行陸國源先生

陸海求國寶　山川滙財源

南海西樵山寶峰寺 甲午三月

寶地樹叢林　因緣一切
峰巒藏古寺　福慧雙修

賀順利時先生任哥斯達尼加總統 西元二零一四年

順道而行歌詩達　理和國政利嘉時

賀衛伍晃端小學劉煦元校長榮休

和煦春暉沐桃李　掄元體初光鳳城

安善堂

安貧敬老　和順家堂
行善尊親　德施鳳嶺

老飯店存念

老少咸宜皆吃飯　店名遠近滿嘉賓

贈雷偉基

偉才排九流以上　基礎列十家之中

贈楊文先生

楊柳春風清俗氣　文章教化挽狂瀾

孔教大成何郭佩珍中學

孔學薪傳　闡揚博大
教興中港　化育功成

恩平大槐中學

恩立聖人功德大　平和教育品高槐

賀香港倫教同鄉會成立

倫常福德傳鳳嶺　教澤同鄉會香江

賀湯恩佳先生獲銀紫荊勳章

恩惠儒林弘孔教　佳銜銀紫譽成湯

贈李進秋議員

進步社區齊建設　秋光維護耀康民

贈深圳市順德商會成立

順道同行　聯誼四海

德風廣被　商會三才

偶句

白雲翠岫金光耀　處嘯風生紫氣臨

輓聯

輓關老太夫人 關應良先生母親

福慧雙修歸淨土　因緣一切念彌陀

輓鄧又同鄉先生

又近重陽　愔惜幾度聯歡曾聚首

同臨珠海　唏噓一彎新月念詩人

輓趙老太夫人 趙炯輝先生母親

持家有道　教子有方成大器

含笑無求　待人無愧致小康

輓王國良先生

國柱斜傾　翰墨壇中驚慟震

良才萎謝　文娛界裡響悲歌

輓誼母潘銀寬女士世壽九十三載 丙戌初夏

百秩預同歡　噩耗傳來悲痛哭

千秋垂懿德　音容宛在憶儀型

輓周維明老師　西元二零零五年八月十七日

維道傳經四十載　明心絳帳育英才

輓父

耶穌奇賜福　有緣曾肩十字架
約瑟巧同行　無悔奮學魯班師

輓蔡伯勵如夫人劉寶活女士　己丑十一月十一日

寶山恆疊翠　活水永長流

輓鍾偉明先生

一

偉日初昇　青山綠水潺潺響
明星殞落　碧海蒼天夜夜深

二

偉略雄才憶昔日　大哥擔沙塡苦海
明心見性悲今朝　誰個練石補蒼天

代亞洲藝術聯盟輓羅冠樵會長

羅帶當風　飄揚鳳山港穗市
隱儒翰墨　冠蓋南海東西樵

輓梁德老先生壬辰冬九十七歲仙遊

德高望重　壽享天年

輓何叔惠師

望重德高　傳經絳帳
惠風和暢　翰墨詩書

輓關止善應良老師

應物逍遙　憶昔兩度　從遊神州大地
良師益友　唏噓三番　闡述藝海荊關

輓何沛雄老師

沛志育英才　傳經絳帳
雄心振木鐸　化雨春風

輓胡大池

大道無言　胡公傳心法
池清俗世　駕鶴返歸眞

悼小童群益會陳英偉先生

英年悲早逝　葵青大眾追思北斗
偉業恨遲來　群益同工弔唁南葵

輓譚源基學長

源同孔聖堂　書畫藉誰傳法度
基建丹青閣　李桃何日沐春風

輓蘇錦平同學

錦繡人生悲強渡　平凡過客憶加山

文錄

飛霞遊記

甲申暮春之初，余與長者五六人、冠者六七人遊於清遠飛霞之山。先訪飛來禪寺，後探古洞。飛霞前者臨江而座，玉帶環腰；後者擇山而藏，蒼松疊翠。蓋二者皆洞天福地，人間仙境也。自南朝以降，遊此聖域者，唐宋有退之、東坡等風流人物；宋明之間則有朱熹、海瑞之聖哲賢能。正所謂人傑地靈者，才俊輩出之士，古有張九齡，近出朱九江，文風之盛可見一斑耳！今余適此地，有感而歎曰「憶黑鷺愁鎖而唏噓兮，迎陌客於江邊。惜銀鯉仰天而吐哺兮，供放生而得脫。悲眾生拾級而參神兮，祈富貴而榮華。至於其至極者則以簡體字而刻石兮，即立地而成碑」夫豈不令余立地而成悲哉！

先祖父事略

老則寬，生於甲戌年八月廿三日子時，卒於癸未年八月十六日丑時，享年六十九。以老寬名行順德倫教，從事木匠謀生。在香港上環三興隆爲長工，有妻陳氏、妾何氏。西元一九二三年生獨子金垣。寬公多在港謀生，每年清明回鄉掃墓探親。西元一九三四年攜子金垣來港，時金垣年十一，守居於三興隆。寬公身裁高大，親朋中又爲長輩，男尊稱之寬叔，女稱之大老爺。西元一九四三年病逝於東華醫院。祖寬公有二妹，長妹適曾氏；子金垣。

老金垣行狀

老金垣，字元璋，西元一九二三年生於廣東順德倫教。母何氏，早喪。交姨母管教至童蒙。八歲入書塾，十一歲隨父來香港，寄居於三興隆，爲車衣學徒。後因不喜車衣，轉業木匠，隨林廣鑄先生學師於中環加咸街十三號廣成。時林先生剛創業，已有二徒，金垣其三也。依行規，遲入門者，需管炊三年。曩者，林先生與金垣乃父寬公於三興隆爲同事，寬公且長一輩。先是，金垣學藝於三興隆，父子同鋪，故避閒言，金垣轉投林先生學業。金垣勤奮，曾從中環行至筲箕灣取木材作燃料，來回數小時。三年滿師後，作小工，工錢每用三元，凡農曆初二、十六鱸額外發放一元半。西元一九四六年，金垣創業於士丹頓街，號垣記。民國三十五年娶妻，長女早夭、次女瑞明，三女瑞桂，四女瑞鑽，五女瑞森，長子瑞松，幼子瑞華。

跋老瑞松先生松風歲月

歲次甲申，時維孟夏，草木滋長，百花爭妍。　瑞松先生因暇日輯其詩稿成集，顏曰《松風歲月》，將以付梓，藉資紀念，誠佳事也。　先生性喜文藝，少歲隨　關應良老師習繪畫，獲益孔多。歷年於香港、澳門、廣州、順德等地舉行展覽，成績斐然。西元一九七八年，先生入樹仁學院研讀中國文學，蒙湯定宇、溫中行、翁一鶴、何覺、石磊諸學者授業。又承詩家吳天任老師教以詩學，黃維琩老師傳文字學及書法心得。凡此陶冶　先生學藝雙修，精益求精矣！書畫者，心之圖像，而詩以言志。是書甲編爲先生雅制，多即景抒情，托意遙深，得風人之旨焉！乙編錄存吳天任老師所撰「學詩四講」，志飲水不忘其源並公諸同好也。近年先生目力稍遜，舉步提筆，難免障礙。惟於藝事尚勤懇不輟，持其志，復專其能。今時世風頹墮，斯爲足式者。　先生粵之順德人，乃步武鄉賢，致力乎文教事業不稍懈。語云：「依於仁，游於藝，成於德」，然則，　先生之文與行，蓋著明可見者歟！

甲申夏日徐錦榮謹識於香江

楊永漢著

寢書樓詩詞集

廖舜禧題

作者簡介

楊永漢先生，祖籍廣東海豐，一九五九年出生於香港。現任香港新亞文商書院院長，孔聖堂中學校長，曾任樹仁大學、新亞研究所助理教授。一九八二年年畢業於香港樹仁學院（今樹仁大學）中國文學及語言學系，旋入新亞研究所攻讀，跟隨經濟史學大師全漢昇教授，得歷史學碩士、博士學位。一九九四年負笈英國諾定咸大學（University of Nottingham）進修教育學，先後得教育學士及碩士學位。回港後再進修，獲香港大學社工系碩士、中文大學宗教及文化研究碩士及北京師範大學文學博士學位。曾任教於香港城市大學、澳門大學、樹仁大學、香港大學專業進修學院、新亞研究所兼碩士生導師。學術著作包括《論晚明遼餉收支》、《虛構與史實》、《觀瀾索源：先秦兩漢思想與教育》（合著）及數十篇已刊研究論文等。創作則有《四知詩詞集》及《寢書樓詩詞集》。爲《新亞論叢》、《承先啓後——王業鍵院士紀念論文集》、《全漢昇百歲誕辰紀念論文集》、《宋敘五教授紀念論文集》、《紀念牟宗三先生逝世二十周年國際研討會論文集》及《孔聖堂詩詞集》主編或執行編輯。

庚子編序

自初編至今，人事倥匆，吾師張少坡修士已歸主懷。當日淚雨淋漓，涕泣交頤，感人生之無常。先師虛懷而憫世，護弱而憐窮。嘗囑余當思人人之不幸，其行爲劣者，必有其因，應以憐而憫之，以仁而輔之，以愛而導之。今日思師之言，仍激盪不能自已，師果超凡之修士也。吾內兄梁文基先生，慷慨磊落，惜不假天年，臨終仍眷念同枝，痛惜未報劬勞。此時此刻，親嘗「黯然銷魂者，唯別而已矣」。吾倉倉皇皇，數年之內，歷人生離別，事業糾結。詩言志，怨而不怒，哀而不傷，斯之謂也，故愴慟未必呼天而喚父母，卻沉吟而思齊一，禮佛以悟生死。哀樂之餘，發而爲聲。願響傳而情動，祈諸賢能共振而發余之所感者，心意綿綿。求學至今，匆匆數十載，吾嘗閱歷文史哲各部，盡得當世名師教誨，此人生之大幸也。惜吾師等多已歸道山，獨余在此濁世混溷，祈願吾詩詞尚有可誦者，能知吾隱於詩而不欲張提於外者，亦冀諸君子於五濁塵世，同仰首而哭笑，知人生無非盈缺而已。今吾昭然而明者，世也，無順道者也。耳順之年，卻心耳不順，常懷歎息。凡遇鬱結，多以詩歌以抒之，惟發言必溫柔敦厚。故六十以後詩作，顏之曰〈逆耳詩草〉。〈少年詩草〉乃少年之作，詩句青澀，故列於篇末，以記學詩之途而已。

庚子仲秋楊永漢序於藍灣半島寢書樓

初版自序

余學詩於順德潘師小磐先生。潘師，號餘菴，性格隨和，創作詩歌，信手拈來，自成一韻。潘師之名遐邇仰慕，吾得追隨左右，實快平生。師嘗命題作詩，博我以風雅之旨，傳我以賦比之巧，朝觴夕詠，晚唧晨吟，同硯相磨，至今仍懷思不已。每至師家，嘗示近作，指點關鍵之處，益增吾爲詩之興。詞學則追隨溫師中行，師字必復。其父溫肅，曾值南書房行走與大儒王國維同奉召。溫師儒雅，言辭幽默。或謂詞乃鍾情之作，寄意者，則枝葉盪而成諷，鵩鳥號而思遠；不遇者，則雙凫一雁以喻己，惡鳥啖喋以比奸。情動而偏鬱郁，至於豪邁如東坡、稼軒者，另一蹊徑也。余每於閒暇，有感於日月遷逝，景變風雲，當花對酒，哀樂之餘，隨興而塡詞，亦人生快事。余家只可容膝，少年時，購書甚豐，惟置於床側，日夕與書爲伴，故號吾室「寢書樓」。某年遷家，得舊作詩詞數百，誦之果敝帚自珍，汗顏甚。故去百餘首濫情之作，只餘今貌。是爲序。

癸巳年初冬楊永漢識於孔聖堂

寢書樓詩集

悼胡欣平老師

一九八零年七月五日追悼會

杏壇師忽邈　夜盡夢闌珊　家國長吟恨　新亭細唱酸　清流迴世濁　剛魄逼人寒
慷慨歌相詠　懷鄉淚獨彈　孝親情熱赤　育幼憫凝丹　酒罷嗤狼藉　肴佳思聚餐
精魂消索易　秀骨傲霜難　筆勢黃河浪　文章翠谷蘭　寸心瀰寂靜　四野泛狂瀾
志向三川疾　胸襟萬里寬　焚詩隨野馬　伴爾到仙壇

詠酒

吾喜烈酒一日葉玉樹老師囑余至其家已備法國匈牙利紅白酒若干瓶並特設多士小食若干款至時逐瓶品味但覺此味只應天上有不辣不刺香醇馥郁葉老師曾賦詩「沾唇不忍飲飲罷思茫然」要余品評 吾曰「勾魂奪魄」回家賦詩以記

太白詩千首　東坡問月來　江湖落拓載　耄耋隔籬偎　何止勾魂去　也曾奪魄回
愁腸舒百結　低首謝良媒

留英詩草

留英贈內

一夢也無憑鸞鏡舞　青氍悵立背秋風　今年隻手天涯路　何處靈犀暗可通

二　我頻寤夢思雲鬢　愛把眉梢畫遠長　綺陌短叢餘獨步　芬馨良夜更神傷

三　淚眼憐花難解語　欲題紅葉竟成灰　天寒地凍都不管　誓把蓮心細細栽

諾定咸校園

清風綠草編如織　長夜思量廚裡心　誰似一身零落態　偏憐孤樹立荒林

宿舍閒坐

眉梢心上閒愁盡　夜夜相思忍淚漣　默禱青君乘我便　因風送語到窗前

夜歸

夜歸惆悵臨幽徑　褪色香魂只斷腸　悄立階前頻望月　為伊憔悴幾回傷

校園春景二首

一　清芬疏雨斷人魂　掩映芳菲影月昏　一夜溫柔揮不去　餘香無奈尚留襟

二　幽香風送竹簾寒　瘦影瀝思覓句難　此地蘋花梨葉舞　何如窗外一枝繁

長日留宿舍

徹夜繞梁聲漫漫　隔窗鵲噪近朝陽　唧唧不休松鼠語　千鳥歸林樹數行

遊平原

黃氈盡處冰盆掛　傾倒流光染一襟　欲持醉眼觀人世　大塊原來可共吟

威爾斯海岸二首（Wales Coast）

一 長灘百里飛鷗怒　浪尖粼光湧不停　岸幘披襟狂叫海　急風暴雨細徐聆

二 嚇破鷗鷹崩巖石　猶疑桅櫓怕成灰　敢將隻手推前浪　洶湧潮流撲上來

上課遇霧

沒入林中迷霧處　乍疑王母落瑤臺　驟聽雙成歌五褲　天安門外細徘徊

諾洛定咸森林遇雨

擎天樹木羅賓漢　霧集身寒四野煙　且把狂狷成底線　漫天風雨思悠然

小街雪景

可憐皚雪窗櫺積　履踏寒風口裡煙　幾處商燈人跡杳　偶傳耶誕妙詩篇

千禧詩稿

二千年有感

清暉流素月　光影襲來人　信步霓虹內　總惹一身塵

清明懷師 癸未年清明後數日

黯然惟別矣　此日意闌珊　艱苦道傳切　憐愚訓語繁　精魂何處是　瘦骨敵霜難

五濁浮沉倦　長思清杳壇

宴罷夜行

一　車光撩眼影　風過一襟清　杯盡愁還滿　牽衣看月明

二　悄立無人管　霓虹照影憐　我歌誰起舞　長夜淚續漣

三　飲罷千杯酒　狂揮一段情　可憐經鑄骨　從此永留形

言志

天地何寥寂　輕雷一地驚　風狂猶聽雨　浪濁且浮生　仗劍平胥害　依仁睥魑獰
指點江山處　推犁盡日營

良夜懷人

清夜長唧唧　低徊獨自悲　絲蘿終他託　從此不展眉　相思何日極　日日憶芳儀
醉鄉能會汝　終生酒爲期　長淚頻呼爾　惘然失所居　今夕更何夕　共此良夜時
思思復思思　癡癡復癡癡

戊子（二零零九）年生辰翌日　年已知命內子勉余以詩記意想德業無進學養寸行日居月諸　實有愧於心詩云

浮漚鏡夢人紛沓　天地寥遙寄一程　回首忽然諳五十　也驚風雨也希晴

賀偉佳兄五十華誕

蘇辛是友阮劉朋　醉數桃枝舞落英　一曲無端傳錦瑟　幾回伐木頌嚶鳴
南圖鵬鳥青雲向　迷路漁人粉黛程　千丈紅塵游五十　舉杯飲罷續營營

附偉佳兄贈詩賀五十生日

五十年華歎錦瑟　有涯曉夢枉多情　千禧管鮑懷濟世　快意閒時會劉伶

辛卯（二零一一）年中秋夜二首

一　銀鏡鯨波風海舞　微霜鬢染桂枝香　杯空就醉情還熾　笑斂愁腸任酒量
二　輕狂年少幾杯酒　有淚長歌笑醉翁　我若情癡經醉死　幸餘蝶夢誦莊公

佐敦夜宴

癸巳（二零一三）夏與二兄逸先生三兄滔先生四兄全先生並瑞忠澤端等諸賢侄宴於佐敦和記酒家

案牘停刀今夜放　攜鮮領爵酒樓喧　霓虹燈暖故園遠　說話鄉音此地溫
家釀鄉烹催淚腺　蓴羹鱸膾慰愁魂　杯杯宜盡思桑梓　醉覽紅塵卻累煩

註釋　是夜諸侄備家鄉菜式並自釀家酒分甘同味余雖長於香江然過去數十年常往返家鄉頓生思鄉之情

二零一三年九月十四日順德佛山之旅並序

二零一二年余居孔聖堂中學校長之職特念於聖芳濟中學任教近三十年得張師少坡修士及諸前輩放縱使余可與諸棣肆情於學習活動中師棣交誼與道德俱進嘗欲報答惜人言可畏僅懷心底自轉職後可豁然回報諸先生期每年與張師及諸賢外遊癸巳秋與張師少坡修士並聖芳濟諸賢共十八人訪順德佛山覓美食其難忘者有四人抬大魚及松記服務式火鍋由侍應代客涮珍肴

徘徊俯首堤前水　嘆息流光去不回　八手抬魚肴山現　一匙調饌味蕾開
感君心匠勤培善　容我杏壇亂植梅　珍重今宵歌百首　更邀明月舞清醅

癸巳（二零一三）年新春　醉眼看月明海浪　賦詩二首以寄意

一
綠蟻盈觴三祝酒　東君獻罷戽天心　恆將美酒流江海　冀與群黎盡此杯

二
行遍風霜方惜暖　不除蛛網只關情　尋花逐月香猶在　回首身旁是落英

癸巳（二零一三）年中秋感賦四首

一
月華一碧洗如練　我浴銀光卻拜塵　環伺天孫齊抃舞　靈光蕩漾接無垠

二
振翮摶風飛皓月　雲端竟遇老蘇翁　終宵狂飲千回醉　羽化銀杯睡彩虹

三
嫦娥寂寞逢佳客　纖手殷勤侍酒茶　我與吳剛搖玉桂　香風但願遍天涯

四
瓊樓朱箔玉欄杆　催醉香醇怯酒寒　今日飛身離玉兔　一身清白混漚瀾

秋夜夢李白

濁浪排空三萬丈　上窮碧落逐青蓮　騎龍飛越九重天　亢氏尾心躍步連

彎身直奔昴畢宿　向眼長庚誦詩篇　果逢謫仙白帝子　手捋長髯立雲顛
停杯但問今何世　倏忽已然千三年　慕君詩才凌日月　羨君言諾輕五巔
欣喜喧呼逢李白　怎不狂飲復開筵　蟠桃奉上雙成責　白墮調觴不敢眠
酤醑醍醐飲復飲　椒漿香蟻嘴角漣
君歌將進酒　我續蜀道難　歌時風雨默　唱罷天地瀾　提毫疾筆如煙事
書罷雙瞳淚涓涓　銷魂不在酒　長夜歎凋零
咄　嗤　噓　前世今世崎嶇路　山上地上峰巒盤　詩成鬼神動　大地也含酸
問君何事仍悲切　披襟仰首立雕欄
蜀道難兮人間天上路漫漫　將進酒兮巉巖得意死杯端　不爲明日苦　盡君今夜歡

秋瑾頌

辛卯春初臨西湖遊人如鯽只西泠橋畔秋瑾先生像前清冷風迴余年少已喜先生詩及為人嘗恨生不同時仰望良久忽思帝制至共和賢者烈士前仆後繼烈血蔽天屍骨盈野然殘賊無恥之輩卻不絕於史後成詩一首因用辭偏激有失詩教故藏之抽屜歲杪偶翻舊作竟淚流不已因之略改數辭以存

秋風秋雨愁煞人　聞君此語更銷魂　少小不分求解放　青春有夢可競雄
官蠹豺狼爭吮血　八國侵凌掠奪窮　無端吾民成雞犬　仰首蒼穹只煙硝
手持玉劍衡日月　不隨暖意任風搖　一聲珍重血流熱　拚擲頭顱任火燒
哀我京城成盜藪　哀我長城幾度焚　哀我諸黎不是人　斯時斯國斯人也

豈甘受辱不還呻　斯時斯國斯人也　豈有旁觀不成仁　國喪國恥縈胸膈
披上兜鍪誓斬鯨　典盡釵環求學問　凌波萬里赴蓬瀛　同學爭鋒輸國體
首燃義幟贊同盟　白話女報開風氣　大通師範創潮流　革命要死先灑血
潑向山河開自由　死則死矣留剛魄　生不生兮甘斷頭　軒亭碧血凝炙手
好暖春泥護九州
壯哉女俠　悲哉秋瑾　細誦君詩忙拭淚　淚罷開卷聲咽震　今飲鑑湖酒
長憶鑑湖人　西湖四野尋烈骨　癲狂文革痛成塵　臨風酹酒招魂返
好在尊前舞劍狂　三杯濁酒黃泉路　與君隔代醉茫茫　一腔熱血仍珍重
低首沉吟獨徘徊　百年有幸能相遇　自當執竿死相陪　西泠橋畔風長舞
長揖英雄巾幗身　君如有知應流淚　君血果使大地新　西湖依舊風和月
秋風秋雨愁煞人

奉和張兄萬民韶關詩

五蘊盤纏轡失飛　餅茶棒喝奈馳暉　禪門誰解慧能意　晚照斜燈探極微

附張萬民兄詩一首

一
料峭初寒卻北飛　韶州古鎮靜朝暉　暫脫俗務纏身地　六祖禪庭參翠微

寢書樓詩詞集

二　賢相驛坡古道藏　將軍詩壁激情揚　梅關嶺上雖分界　南北神州皆我鄉

懷鍾期榮校長

海角南陲儒脈續　清奇鶴立競鳧趨　寒雲時雨栽桃李　冷日微陽照杏株
國陷隻身排亂石　崖危孤影領飛雛　程門雪印今重現　仰首蒼穹謝碧梧

蒙古遊甲午（二零一四）年夏

一　格根塔拉大草原

歡迎下馬酒　高唱入雲端　天地三杯獻　草原一片寒　斑騅愁力竭　急雨策韁難
野外存孤幕　溫茶品奶酸

二　草原策馬

驊騮馳短草　回首逐輕煙　繞石敖包祭　踏淺水曲川　飛奔擬盜寇　呼喝仿軍聯
一遂輕狂志　身如脫線鳶

三　庫布齊大沙漠

滄茫驚入眼　無際起嵾嵯　電舺流荒漠　長虹似擲梭　天藍翔白電　沙褐淹黃駝
邊極赤貧地　竟然轉索訶

四　庫布齊大沙漠響沙灣

廣漠聲聲響　其音似海螺　登高無礫石　細土齒相磨　滾脊疑綿就　高翔似涾沱
凌空飛踼遠　忽復少年歌

五　昭君墓六首

其一

甘作寧胡使　夢魂憶稊歸　可憐霜漢月　不肯照明妃

其二

落雁天然色　斑爛耀草原　明珠存大漠　星夜獨銷魂

其三

從今披左衽　不復穿襦裙　策馬匈奴地　紅顏息戰曛

其四

君心不可知　良使抑閼氏　惆悵青墳上　低徊滿腹疑

其五

青塚黃沙土　誰憐漢女心　忽聆出塞曲　哀韻尚留今

其六

心儀青塚久　今日始登臨　舉國平城恥　無端付女襟

六　成吉思汗陵位於鄂爾多斯市伊金霍洛旗甘德利草原

藍檐黃頂白牆基　天下縱橫自草陂　斡難河邊成大汗　野狐嶺卅萬乾屍
鐵蹄迦勒迦春碎　的里河污是血池　壇照斜暉閒馬踱　腥膻縈繞若游絲

註釋　迦勒迦河今烏克蘭日丹諾夫市北的里河今伏爾加河之突厥名又譯亦的勒

七　成吉思汗二首

其一

勒馬踏歐洲　抽鞭中亞愁　一身鮮血染　雙腳盡屍球　開口戰人髓　射眸變髑髏
誰評身後事　閒話江邊叟

其二

漠北成司汗　狠酬殺父仇　遼金匍匐犬　歐亞斷頭酋　功業懸銀漢　天嬌逐水漚
只餘幾瘦馬　仍踏綠方州

八　山西懸空寺二首

其一

天界營臺閣　瑤璋落翠屏　兩樓一院建　三教五臺馨　蛇恐纏泥壁　欄危捉幼繩　徐行如履薄　回首覺眩瞑

其二

金龍壓削壁　懸髮建丹墀　奇觀出太白　吐舌是振之　三檐凌霧靄　六殿掛參差　從心表禮敬　長跪天人師

註釋　懸空寺位於山西省渾源縣恆山金龍峽西側翠屏峰之峭壁間壁上「奇觀」二字據說出自李白手徐霞客曾到此地以「吐舌」形容此寺之險要

九　雲岡石窟二首

其一

奇功曇曜斧　五窟開雲岡　萬佛莊嚴境　千姿肅穆場　融和南北學　復治華夷傷　忽訝笈多服　風沾大漢香

其二

一鑿千秋後　仰看仍斷腸　低眉輕說法　腰直教心忘　頻勸眾生善　莫纏五蘊狂　廣長舌且盡　六道依然忙

題賀陳偉佳兄華誕

閒點江湖兵器譜　山中籌策廟堂驚　塵封珠櫝從無怨　銀鏡今年特別明

附陳偉佳兄贈詩

永夜籌謀孔聖業　漢唐風雅鷺夢鄉　五弦清商看彎月　陸海珍肴醉高粱
生性當懷九天志　日新常願四維張　快哉晉德同修業　樂兮詩賦伴酒香

甲午（二零一四）年中秋夜

一　負手魚磯思往哲　貂裘換卻釣蓬肩　三千世界皆秋色　醉看明月舞蹁躚

二　龍珠浮一島　皓月掛藍灣　風細香飄遠　堤長影笑顏　耆年尋舊緒　齠齔爭纏蠻
狼藉餘歡盡　身搖帶醉還

三　清寒桂殿餘孤寂　我羨冰君不染塵　銀漢飛星疑在眼　人間誤落幾多巡

四　滄海扁舟轉　碧天圓皓航　感君年月日　夜夜照人行

五　**聞習近平肅貪**

長霾闇日經年月　濁水回清貪蠹修　願借天孫金較剪　好裁新月送神州

甲午（二零一四）中秋贈內

岸直風微濤碧湛　人間天上兩名姝　心頭曾許千千世　閒話湯羹入味無

悼莊玉雅同學

夢裡青春歸夢裡　仙帆影落臢寒霾　中通外直愁風折　俠骨柔腸寄玉街
待用潛龍魂已斷　精芒鋒劍痛淹埋　人生果是如朝露　酹酒斯人哭輩儕

二零一四年九月二八日佔中行動

逶迤青衿怒　誓將禮運宣　激情奔鐵馬　聲震裂藍天　忽聽驚心炮　已沾催淚煙
良知出太學　搖首候三咽

甲午（二零一四）秋與德國中學諸師生Eckard及Gillian等再遊西湖

一　一湖煙靄靜　幾樹風紋新　葉動延天韻　心閒滌俗塵　蘇堤歌水調　峰塔聽蛇呻
裹袖盈香滿　相期贈戀人

二　久聞西子俏　十里桂飄香　德國來嘉客　橋亭賞淺塘　槎浮連島寂　影落照漣黃
薄褶金風耐　夢迴待熟粱

三　青黃間入眼　瀲灩起銀光　舟楫隨風動　浮漚逐浪張　斷橋聆婦怨　三潭印月霜
倚樹思前哲　臨風續舉觴

四　芽嫩留春住　芬芳似酒醇　愁魂蕭瑟地　怒髮鐵錚臣　日暮蘇娘塚　斜曛秋瑾襟
翬飛隨晚靜　惆悵幾多巡

與陳玉群老師並諸生初臨黃河壺口

一

婉轉出青海　陝晉斷壁留　隆隆出怒吼　呼喝千年愁　九鼎沒泗水　秦漢一萬州
應是仁義至　又再屍塡溝　兩漢連塞漠　三國盡略謀　掩卷嘆兮人間忽然成地獄
拭我淚兮百世仍聆鬼夜啾　隋唐開功業　集思定國籌　十國南方定　五朝盡血湫
趙家憐小域　舉國皆詩儔　風流傳一代　功過付低謳　可憐中國地　竟與一蠻酋
洪武立專制　氣節幾失修　清人入關已　漢族皆是囚　是非誰評定　春秋也優柔
百年屈辱恥　於今恨悠悠　新天以爲換　赤赭寸寸浮　今日臨壺口　濁浪滔天遮吾眸
嚇嚇嚇　開我中華民族地　儒道墨法建華樓　寒霾飄飄身雖冷　心念黔首有餓髏
一腔熱血混河水　誓澤蒼生不住流

二

蒼龍從天落　氣勢斷壁崖　石靜水蠻奔　煙寒飛鳥絕　汗漫前路迷　走獸驚心裂
爲恐誤生民　金鞭制其烈　急流不擇方　金堤見屍轍　起舞逐浪尖　狂歌震天徹
隨風上雲霄　遙望黃河舌　銀川是鳳凰　魂夢情絲擷　水底覓河圖　手拿開山鐵
騎雲出大江　蛇鼠急避穴　潛水戲龜魚　徜徉相摩悅　宓妃淩波至　飄然淚晶澈
齊遊水殿宮　世情多詭譎　瀑湧驚濤聲　自潔如霜雪　濁浪頻刺肌　誓護心腸熱
滾滾經春秋　迴腸總百結　水轉三九回　裊裊餘音咽　萬古亙流川　纏繞霧靄屑

浩瀚映殘紅　滂洋仿似血　功過和是非　留與後人說　河清下九州　長使英雄折

二零一四年耶誕遊澳洲塔斯曼尼亞

一　卡德內特峽谷（Cataract Gorge）

一行鐵纜沿山繞　氣勢蜿蜒魄蕩馳　天壁鑿開容猛瀑　竟流玉液洗餘脂

二　薰衣草園（Brigestowe Lavender Estate）

百年古樹灌園叟　萬朵薰衣斷客魂　借問幽香何沁骨　思君入夢有淚痕

三　瑪拉庫壩鐘乳石及螢火洞（Marakoopa Cave）

虎豹龍蛇姿百態　螢洞細數幾多蟲　億年滴滴成灰柱　萬點藍藍比碧穹
襲襲微寒吹入定　涓涓細響鑿愚聾　人間常醉混溷濁　可有高僧啓禪蒙

四　搖籃山國家公園聖加爾湖（Lake St Claire, Cradle mountain）

嫦娥明鏡失加爾　倒看山天似畫延　影落閒波人寂寂　聲傳漫草鳥翩翩
露兜樹刻武陵誌　染水青岡王夢椽　心醉道邊留足印　藍湖信步棄弓弦

註釋　露兜樹（pandani）酷似手掌是搖籃山特色植物以晉武陵人喻此地乃桃源　水青岡（fagus）是一種落葉山毛櫸（Nothofa gusgunnii）屬於塔斯曼尼亞特有的地域性樹種每年四月下旬到五月山毛櫸的顏色會從金色變到深紅色詩以王珣夢椽喻樹幹　心醉步道（Enchanted Walked）是著名步行徑

五　生蠔場

倏忽人生愈半百　臨風容我放些狂　飛身欲奪群鷗食　再啖生蠔五十場

六　酒杯灣（Wineglass Bay）

一杯二百年前酒　不是銷魂是斷魂　哈澤德山凝半月　寇斯灣畔竹籬園
水清沙白形匏爵　鯨骨豹脂聚血盆　依舊腥膻縈海氣　啼聲隱隱聽魚豚

註釋　哈澤德山脈（Hazard Ranges）是欣賞酒杯灣及寇斯灣（Coles Bay）最佳之地方　二百年前漁民引鯨魚及海豹等入半月型之酒杯灣捕捉屠殺海水染紅遠看如盛紅酒之酒杯故名灣外有海豚游弋別是一境不期有如此傷感之歷史

七　平安夜遊碼頭

碼頭旁有小店品生蠔並嚐澳洲白酒微醉而行賦詩

長堤屛語鷗帆靜　比肩迎風月更清　似酒梨渦窺醉我　兩心紅線繫長行

八　野生動物場（袋獾）

袋獾魔鬼冤名久　六道群生苦有情　低首輕憐幾絕跡　君家有淚應盈盈

九　鮮果園

斜崗影動鮮萬點　杏淡厘香嘴角沾　瑤殿蟠桃疑在手　天孫拈上十分甜

十　亞瑟港（Port Arthur）

英倫囹圄瑤池地　盜跖時遷共此場　亞瑟港開原伐木　失名孤島蕩冤亡

寢書樓詩詞集

自憐隻影又憐骨　有夢孤窗更夢鄉　如此風光曾泣血　微風細雨斷柔腸

十一　菲利普島觀企鵝（Philip Island）

斜曛搖影樂　列隊更謳吟　欲踐逍遙願　先憐小匹禽

十二　十二門徒石　坎貝爾港（Twelve Apostles, Port Campbell）

穿梭鷗鳥薄天際　颯颯清風拂草長　波誦使徒傳內事　雲開救世主慈芒
黃泥削壁成孤柱　激浪衝腰斷熱腸　十二門人齊仰首　願隨霧靄到天堂

註釋　十二門徒石於今只餘七柱其餘已塌二十世紀五十年代易名十二門徒石時只有九柱而已

十三　疏芬山（Sovereign Hill）　舊金礦場址

疏芬山是淘金地　競逐瘋狂死欲淫　博物館藏人類血　丘陵礦內眾尸尋
離鄉萬里因窮苦　歸國何時帶玉金　只恐六塵纏染淨　劇療無奈欠砭針

註釋　疏芬山於十九世紀五十年代發現金礦人口與商業發展急速紙醉金迷此地亦有華人淘金致富但時有傷亡亦曾發生暴亂染淨乃第七識末那識別稱

二零一四年十二月卅日與張師少坡修士並陳偉仲梁萬成黎文軒馮漢明王良創等諸先生共遊潮州並嘗美食

一　遊湘子橋　古商埠

鐵蚓飛馳到海濱　師徒耳語頌青春　湘子梭船驚啓閉　古城輻輳覺軒轔

揮汗栽桃忘歲月　催鞭駕馬莫逡巡　偶擲春風溶秋意　仰空披髮立邊潸

註釋　高鐵達潮州約三小時遊湘子橋古商埠與張師細數學生往事回味無窮

二　訪日日香鵝肉店

殷勤一閤圓檯聚　小店名揚越海邊　群士感恩芳濟詠　張師酬答麗君咽
鵝香老嫩眞鮮始　酒味淡濃知遠年　珍惜莫辭齊放醉　情歌唱徹碧雲天

註釋　日日香名動香港店主親自介紹始知鵝肉有老嫩之分店長讓出小閣供余等聚會余志雄棣贈三十年汾酒以壯行色席上眾人站立唱校歌張師喜唱鄧麗君歌曲尤其是何日君再來在小閣數小時歌聲不輟離店時店主贈送當地蕃薯亦一番情誼

三　陳慈黌故居

駟馬拖車陳故居　雕梁金漆世稱奇　五百平房四院落　百年盛宅六親私
苦盡天涯歸舊里　好移西築立邊陂　石刻楹聯皆高手　堆金窗壁贍猿悲

註釋　陳慈黌故居是陳黌利家族所興建有四院五百零六廳室佔地二萬五千餘平方尺內中西式建築名人楹聯刻碑目不暇給其風水地稱駟馬拖車

四　宴大同建業兩酒家

臨海之鄉饕餮地　大同建業兩奇葩　龍蝦血鰻海烏飯　魚蟹珠鮑皮炙鯊
橄欖清湯香撲鼻　鮮蠔煎烙脂凝牙　長搖食指頻加酒　眾抱肥腸笑斟茶

註釋　旅程尚有魚蛋河及全牛火鍋宴等眾人大快朵頤馮漢明老師謂此程終生難忘

五　白花尖大廟

九天玄女慈航渡　勸善圖彫廟內尋　佛道圓融齊化眾　閣簷隱約聽悲音
浮屠遙望蒼穹遠　苦海潛游感受深　難得師徒言不盡　暫辭抑憤逞豪吟

題宗兄永可先生《霜菊雪梅集》

萬卉爭芳甘寂寞　驟來霜雪更清香　結廬人境愁觴盡　放鶴孤山趕棹忙
淡淡嫩黃彰愫抱　飄飄幽屑傲心腸　寧留大塊凌風雨　不肯卑身入畫堂

乙未（二零一五）新春病中作

一
病臥床前仰看天　倒持彩筆蘸雲顛　山河萬里塡新色　笑擁羅衾入夢眠
二
力拔山兮愁病困　輕寒無力一飢身　桃花風送千千瓣　強爲新春勸酒頻
三
身弱微風難奈久　卻憐群棣拜年馳　高談仰笑輕狂事　續飲連歌忘病孜
四
飛絮寒漣灘外日　鳴禽萬木浪推移　悠悠天地皆歌韻　雲外飄來片片詩
五
吹開霾霧翻天碧　病裡看花特別妍　一卷殘雲幾急鳥　身如迷幻入天然

乙未孟春濃霧

一
幾疑身在瑤臺閣　手執爛柯覓老莊　氣吸愁雲尋大道　力揮汗血醒黃粱
好花栽後褪香馥　迷眼無由見性場　輕拍窗臺身患有　一聲聖號一迴腸

寢書樓詩詞集

二　霧鎖香江紅日怠　茫茫高廈陷波濤　高響郵輪愁短接　悲鳴飛鳥失群逃
隔岸聞聲人影杳　天槎誤道入凡漕　好景原來多厄困　祛寒新暖白醇醪

三　游絲汗漫盈天宙　織女嬌嗔傾萬筐　布綠東君塡色急　負泥精衛覓洋忙
高崖撥霧尋金鏡　濁世驅塵學臂螳　探道倚牆先有淚　失舵孤楫海中狂

乙未（二零一五）與諸內兄弟沖繩遊旅

一　琉球夜宴

風吹銀羽迴天際　身在瀛洲萬事忘　泡盛三杯魂蕩漾　夷姬一曲魄飛翔
燒豚香蒜搖指欲　湯墨魚鮮嗜酒狂　牛飲山呼歌復舞　拚吞綠蟻掃愁腸

二　萬座毛

海角臨危洗熱骨　象崖如我敵風孤　群鷗無礙遊天地　孔聖嘗思覓楫桴
萬座草香尋植菊　三年耘耔嘆還珠　人生到此隨緣度　莫數春秋似蟪蛄

註釋　三年耘耔謂任孔聖堂中學校長近三年校譽日隆然分歧漸現故云

三　首里城

琉球尚氏王朝創　幾度烽煙痛毀城　贈木薩摩延漢韻　稱門守禮證華盟
明清諸帝書匾額　南北中山立國旌　抱廈重檐中國勢　登臨無奈已東瀛

註釋　十五世紀初尚巴志統一三山建立琉球國　首理城曾被焚日本薩摩藩贈木近二萬根重建　琉球國曾受明清諸帝所封城內有明清牌匾　首理城正門稱中山門

四　沖繩歡宴

圍爐盤足唐風再　招飲沖繩醉夜長　對座勸杯心煦暖　燒串數竹嘴難涼
群呼吟釀吞拿送　鍋熱肥豚玉液嘗　心事從來同酒說　叮嚀應世好佯狂

五　圍床夜話

傾情飛盞醫紅紅　小食嘉肴浴酒熊　醉裡渾忘身是客　憑窗不讓日升東

乙未（二零一五）內子芳辰遊泰

一

何以稱良夜　憐君在我傍　手尖搔背癢　嘴利品湯薑　挽臂指明月　倚肩說短長
結褵三十載　猶是小鴛鴦

二　登Red Sky慶芳辰

遊泰國寓Centara Grand Hotel其五十五樓Red Sky乃泰國地標之一　綺芬生辰子夜輕歌嘉饌海鮮美酒二人共醉於此

雙燕臨飛閣　霓虹亂客叢　傾樽紐澳白　復品法蘭紅　分食憐情送　對看夢囈同
思卿如弱柳　日夜揖長風

三　臥佛寺

臥佛寺內臥佛像長四十六米高十五米每腳腳底長達五米上刻有一百零八個佛像圖案現存世界最大臥佛

已盡娑婆責　側身入涅槃　仍留一線眼　不捨眾生難　大藏存悲願　六根戀欲殘

慈風能護我　飛躍入洪灘

四　四面佛

匍匐復蛇行　叩戀名利棧　四面皆悲心　眾生無分限　如何解迷愚　八目有淚潸
珠櫝價辨難　富貴纏心綰　日夜濟急人　如何留編撰　惟送有情風　吹酸六道眼

五　唐人街

相識似曾五十年　層樓矮閣戶窗連　兒時影像面前掛　搜索零錢店內纏
嘉饌細烹師古法　鄉音碎語續桑緣　棲留百載仍狐首　幾度徘徊有淚漣

題蘊莊師妹上善若水畫

願落凡塵融五濁　卑身柔弱石摧開　河渠溝洫也經過　依舊清新潔白回

孔聖堂乙未（二零一五）八十周年紀念有感

一　新學西來欺道統　群儒艱苦續陲巔　貧窮至死黨榮耀　批鬥摧殘誤治平
三面墓林餓鬼叫　十年煙雨血絲纏　痛翻舊史驚歧路　收拾殘羹理孔筵

二　九丘八索煙塵蓋　學者南來聚講堂　山河愁望詩書喪　孤島絲懸六藝亡
寒陰凍盡栽桃角　微力尤溫植杏場　沛然天地行時雨　重振鐸聲濁海航

詠孔聖堂校園

一

何時氣節返中華　孔像愁看低嘆嗟　游藝依仁求悟道　躬耕礫土植儒芽

二

角亭疏影宜斟酌　直樹高風愛苦吟　聖學繼承如藕線　名山典籍細鉤沉

三

狂雨北風朱硯斷　壁書重懷痛津亡　荒林萬里栽新樹　好待麟蹄信步揚

四　春景二首

其一

春陽驅枯葉　芳歲接微寒　去鳥回翔悅　新芽破土繁　幽風入懷袖　輕羽落時冠　翹首雲端處　低吟倚石軒

其二

環堂樹樹碧　飛影地交遷　高閣一杯酒　棋亭三百篇　風來芳徑秀　雨滴半坡煙　大廈如峰伺　尋思理學玄

五　夏景三首

其一

菠蘿樹壯茁　池綠襯潺聲　草動蜈蚣窒　風迴促織驚　青蛙聖像憩　蝴蝶角亭迎

天籟頻相應　嫣然萬事輕

其二

又聞草氣舒人意　畫角飛檐見暮鴉　飄來棉絮擬鹽雪　隨緣送暖到人家

其三

迴影覓新宇　螳螂戀舊盟　振衣愁立石　攀條探斜坪　雪衣追飄絮　蜻蜓逐落英

醇醪猶未進　魄已在蓬瀛

六　送秋

昏黃落葉知秋遠　朗讀盤旋記腦中　明歲期君能踐約　再貽吾棣一庭風

七　讀書四首

其一

辰昏振木鐸　日夜讀書聲　棉樹愁鸚鵡　飛檐倦老鷹　隔窗招晚照　高杉仰清晴

教育賡洙泗　舞雩師棣情

其二

六經懸一髮　誰復誦蒹葭　高唱搖身影　正襟立禮葩　南陲延指火　海角續賢嗟
夢寄英雄樹　飄然入萬家

註釋　越絕書載當此之時見夫子刪書作春秋定王制賢者嗟歎決意覽史記成就其事　校園植木棉樹又稱英雄樹小思老師當年曾勉諸生為人當直立翹首行為如英雄樹花直落而不隨風搖擺

其三

喜鵲高堂聚　微晴放眼明　秋泥迎落葉　細雨覺蟲鳴　小室詩書誦　高樓孔孟旌
居仁迎濁世　植杏樹儒行

其四

春來先寄語　秋盡香還留　瀑漉草聲響　密叢披綠油　黃昏小蟒倦　入夜飛蛾浮
捧讀傳書典　殷勤互唱酬

孔聖堂中學頌

青春有夢尋理想　終生孔孟儒道伸　勞餓空乏仍推義　顛沛造次堅守仁
世事明知多艱險　忠恕誓持日日新　假我富貴無廉恥　寧願終生都食貧
達則兼濟大同建　退則守道樂爲民　親親日夜孝爲本　檢點行爲思潔身
重執傳統由我起　再使中華風俗淳

諾定咸大學同學廖緼莊鄧麗萍Amy Molly Sophia Rose聚首留家廚房

五年　時畢業剛二十載

高樓回首英倫影　驚倒朱顏沒雪侵　廿載波光流指頰　三樽紅釀助謳吟
參天葉落頻頻數　述古磚痕細細尋　推棹鵝飛花亂放　青春忽訝逐風霖

乙未（二零一五）絲路行

一　初臨絲路二首

其一

百里奔馳眼底妍　江山依舊許多嬌　浪淘湧走人無數　還是風流爭一朝

其二

風光臨塞外　憶昔漢唐功　破石留名將　單騎逼敵瞳　牧羊冰雪地　鎩羽陰山戎
當日持戈地　提杯一笑融

二　鳴沙山月牙泉

萬里黃沙彎半月　數聲蘆葦響晴空　金龍蜿轉逼天際　銀鳥無拘掠壁崇
短橈滑翔嘯入耳　轡牙徐步熱侵瞳　嘈嘈之外無音線　細聽駝鳴入冥窮

三　莫高窟

宕泉河畔斷鳴沙　萬道金光樂僔哇　顧我神馳迷洞窟　何人不醉古瓊葩
低眉七佛憐愚器　婀娜飛天展羽紗　壁卷夷車囊括盡　明珠無奈碎天涯

四　戈壁灘二首

其一

灘頭歲月頻相斫　黑石無風尚帶腥　萬里捲雲無去路　伶仃孤鬼哭幽冥
耳聽鳴鏑膽先怯　身喪樽棺目不瞑　多少家書塵滿面　良人沙上骨丁零

其二

箭聲寒戍士　霜月照閨人　沙磧埋屍骨　土焦記馬痕　隱聆楊柳怨　更染玉關塵
滾滾黃河水　懷疑壯士呻

五　天山天池三首

其一

一泓碧湛懸流白　疑是仙人醉後涎　尖白擎藍爭奪目　懷雲摘露手揉舷
臨風如聽葛天韻　擣藥能求棗雪蓮　周穆梅前皆淚影　暗香縈繞九州延

其二

仙姬何處去　妝後鏡浮游　痛飲腸盈熱　輕撩嶺外綢　幽魂淪上戲　香氣踐痕留
身在梵音境　仍然懷百憂

其三

綠針浮白海　銀線印藍天　仰首飄雲髮　微寒觸敬田　不盡千山脊　綿延訪客肩
投石訊天界　何時結道緣

六　火焰山

激沙皮欲脫　極目骨潛寒　萬里無輕羽　絲風竟赤瘢　玄師拚骨裂　法相始波瀾
久立人迷惘　登臨覺肉剜

七　嘉峪關

侵身當憶明時土　獨立烽臺只欠煙　雄翼張開連壁漠　城壕重疊守邊顛
咽喉關鎖北絲路　臂指一墩東酒泉　九眼湖邊澆煙草　仰身城郭看祈連

八　張掖大佛寺

木胎泥塑涅槃相　西夏嵬咩立願延　繞柱飛龍羅漢侍　金經千卷大雄傳
流蘇白塔風玲響　聖旨碑文銅鏡連　翹望邊關名古剎　佛前低首意誠虔

九　丹霞地質公園

斑斕如傾彩　千姿天際延　紅爐泥滓裂　鏽鐵風箱煎　峻嶺疑凝血　礫砂若赤塡
信步頻回首　天地一豐妍

十　雷臺漢墓

雷臺古墓漢圓井　曾是風流傾一時　銅騎鐵兵軍威勢　風神龍雀馬飛馳
琳琅明器空餘恨　富貴浮雲費冗辭　有淚臨風惟奠汝　穿梭瑩道聽輕嗤

十一　蘭州黃河

明師逐北驅元虜　始建浮橋兩岸旛　鐵索凌空輸客渡　羊皮逐浪斷人魂
泥黃急浪眾生葬　石像慈顏齠齔喧　今日臨河千古弔　春風滿眼是傷痕

十二　白塔寺

七級浮屠八面立　圓基綠頂記高僧　銅鐘皮鼓人仙逝　法語梵音佛大乘
清木幽林尤發響　石碑古寺探無憑　感念和尚慈悲願　頂禮前賢表戰兢

註釋　白塔寺鎮寺三寶是象皮鼓、紫荊樹及青銅鐘紫荊樹已枯青銅鐘是清代複制只餘隨僧而來之象皮鼓白塔水為明代建築群惜文革後多處被毀

乙未中秋贈內二首

一　燈始暝延天碧淡　銀潮去後覺非還　人生得意能攜手　醉裡偷閒入夢閒

二　倦極高樓寒澈骨　年年此日最關情　清風日夜總隨我　凡島今宵月更明

乙未中秋夜超級月亮

值地球與月球相距低於三十四點五公里即稱超級月亮較平常月亮大約十二巴仙前次見於癸巳年

數載相逢日　懸鐶半壁山　風清憐燼熱　雲起掩熅難　奔兔汗流急　嫦娥酒氣殘
金光持手贈　清照細憐看

乙未季冬香江歷五十九年來最寒日

西元二零一六年一月二十四日下午三時四十分香港錄得攝氏三點一度低溫是五九五七年以來錄得最低氣溫自一八八五年有紀錄以來全年第三低溫觀塘及九龍城氣溫罕有地低至一點九度新界各區普遍只有一至二度新界北部局部在零度或以下在太平山山頂氣溫降至零下一度出現大範圍結霜和結冰的現象山區氣溫降至零度以下二十五日清晨四時大帽山跌至零下六點七度是該山一九九六年有紀錄至今以至香港境內的歷史最低值路面、草木以至全港多區和山區皆出現廣泛結霜結冰雨夾雪消防人員在大帽山救出被困賞霜人士及越野賽參賽者愈一百一十一人

一夜冰盈國　雪苗何處吹　風凝前頰赤　凍裂指尖垂　山岫寒侵骨　徑斜霜入肌
相逢將六十　長綠白離離

二零一五年十二月三十日與張師少坡修士並陳偉仲梁萬成黎文軒馮漢明王良創余良益等諸先生遊恩平新會享溫泉並美食

泉林溫水煙瀰漫　懶臥擎杯睡意濛　藥膳鮮魚來罕地　陳皮新菜自深叢
今宵清月同翹首　明歲青山再接風　祈願年年雲水處　與君閒話洗聵聾

題《棣萼詩詞集》

載協飛芳文海漾　醍醐詩句化鷹鴟　生輝棣萼贏青眼　燦爛珠璣勝白脂
揮筆沈吟師李杜　行文錦繡挺葳蕤　花間縱有千千樹　爭看春來第一枝

賀內子丙申（二零一六）芳辰

無語倚高樓　相依看海流　醉人豈是酒　沁骨是溫柔

凌晨夜雨

光影連絲奔四野　愁雲暗雨草昏昏　人因有夢情常在　樹縱無枝氣尚存
擊浪急風疑歌韻　凝牆白露似啼痕　驚雷此夜何時寂　枕上思量動靜幡

丙申（二零一六）年先母遷墳

先母遷墳在即夜竟夢母歷歷如真窗外風雨屋漏如泉母子執巾清洗母知我喜燒肉午飯備之飯後離家母叮囑多加衣醒後整天不能言語思母之情未嘗稍減恨母生前未能盡孝

遷墳夢母悵依依　屋漏風搖火又微　囊盡仍供烤炙肉　叮嚀還是勸加衣
餘生何事酬恩典　惟教來賢侍母幃　不管三千如濁浪　尚餘一線透春暉

丙申（二零一六）夏冰島格陵蘭之旅

一　雷克雅未克（Reykjavik）之藍湖溫泉（Blue Lagoon）

連綿白雪遊人逼　地熱溫泉水若咽　恐是仙人曾浸浴　仍留餘韻洗憂煎

二 國家公園（Thingvellir National Park）

北美連歐亞 露天議政情 隨肩黑石矗 入耳清流鳴 長道尋懸瀑 教堂弔墓清
何時民主氣 繚繞北京城

註釋 北美及歐亞板塊在此會合

三 黃金瀑布（Gullfoss Waterfall）

鍛就黃金粉 白珠繡彩虹 斷層經鑿斧 流激若羆熊 霧氣沾霜鬢 輕塵逐靄風
驚疑世外境 銀漢落河中

四 間歇噴泉（Stokkur Greysir）二首

其一

身臨濕熱琉璜境 隱覺潛龍地底藏 志冀凌雲衝浩瀚 盡舒胸臆發清狂

其二

久盈摧壁乾坤力 就待時機噴浩煙 縱使眾生貽白眼 誓將騰氣送天巔

五 傑古沙龍湖（Jökulsárlón Glacier Lagoon）

感懷冰川落 溶溶成泊湖 兩棲船上戲 千歲雪藏壺 海豹寒崖喘 鱈魚靛海娛
可憐天地變 水淹見山孤

註釋　傑古沙龍冰河湖屬冰河潟湖位於冰島東南部環島公路邊介於霍芬鎮與史卡夫塔之間源自於布雷莎莫克冰河（Breiðamerkurjökull）藍色浮冰緩緩流經傑古沙龍冰河湖而進入海洋形成特殊美景

一九三二年接近環島公路之冰河口溶化快速因而積成湖泊湖泊僅有七十餘年歷史因魚量大海豹常現於此

六　高莎瀑布（Godafoss Waterfall）

古諾斯神歸急瀑　孤身冰島已無憑　閣浮回首低聲問　家在天臺第幾層

註釋　約西元一千年阿爾辛國會時代通過基督教為國教後將古諾斯神像投入高莎瀑布以示信主堅貞

七　胡薩維克觀鯨（Husavik）

鯤鵬千尺潛風舞　拍翼扶搖萬里連　捋袖騎鯨遊汗漫　飛翔高誦逍遙篇

八　野外策馬行

群雄聯馬踱　起步失三魂　氣急衝平路　力疲躍石礅　懸空險失足　環穴怕彎蹲
野外驚魂定　驊騮也汗臀

註釋　冰島馬矮小但耐寒長壽、是著名馬種

九　格陵蘭夜航冰川二首

其一

日照淩晨景　神魂未克安　冷風雲鬢亂　冰結一身寒　鷗瑟白崖嶺　鯨迷大海灘
偷閒清境臥　光鑽輕舟盤

其二

冷壁千尋寒眼線　飄來映面小銀花　守桃仙子忽惆悵　偷卻瑤池一抹霞

十　格陵蘭

身如無待北溟游　不盡寒川眼底浮　大地有情容萬物　人生不外逐飄蜉

滄茫極目盈盈白　火宅煩心密密收　庸鰈蘭鯊隨浪任　好持莊夢看塵流

註釋　格陵蘭鯊又稱大西洋睡鯊、灰鯊是大型鯊魚出沒於格陵蘭和冰島周圍之海域視力近盲可活數百年庸鰈為比目魚雌雄終生相隨

十一　冰帽遊三首

其一

琉璃敲碎隨光轉　染白流蘇障仙臺　十二樓中人隱隱　未曾陶醉意先狂

其二

水湧山崩聲震震　誰人吼怒酒催忙　群仙今夕參酺宴　急舉冰盤奉玉漿

其三

碧空橫水流千鏡　人在妙音似夢旋　魂隨野馬遊天地　只剩寒軀立悄然

題關應良老師　雲外樓詩詞集

釣客橫舟臥　茅棚隱士閑　流雲千里樹　輕羽萬重山　壁削垂松插　驚濤急浪彎

浮生如有夢　清魄入圖難

丙申與四兄永全先生共慶六十生辰鐵板燒宴於鑄日式餐廳並序

兒時家貧與兄共榻十數載兄睡前常說鬼魅故事使余終夜難眠中三時為破恐懼鬼魅半夜獨自到鑽石山墳場以練膽色少時曾將橙籽西瓜籽下肚害怕有事兄於床板繪圖謂是籽成形後我口有橙味及西瓜味不必害怕又嘗遭惡少毆打兄以身護我狂叫勿打我細佬後與三兄永滔先生同住兄弟三人常傾談達旦倏忽數十年兄弟髮鬢霜白此情卻永不銷

記得榻前談魅影　更欺吾昧樹生腸　挺身護弟迎諸惡　達旦撈蒲設論場
歷盡艱難肝膽照　偶然得意酒肴量　輕煙翻起無猜事　淚髮蕭蕭六十霜

二零一六年八月於鍋居火鍋店餞別港大社工系同學梁文治移民澳洲出席同學婷婷 Wing Viola Tiffany Margaret Karen

早將熱血薦青春　巔嶺嚶鳴相和頻　受冷耕牛難寂寞　倦疲良驥不呼呻
遷居他域導迷路　守璞同窗續恤貧　今日依然遊濁世　爲憐眾苦困風塵

贈諾定咸大學並張門同窗

一心容宇宙　兩目度千尋　橫翠輕風漾　激波逐水流　拈花思佛意　登石仰天幽
還我此身潔　隨緣濁海浮

丙申中秋贈内二首

其一

且將心事碎成灰　笑語銀光共徘徊　除卻今宵難好月　江風憐我澆愁回

其二

流雲銜桂星昏闇　依舊迎狂照海隈　半醉盈盈情更放　相看竟夕九腸迴

三十周年（二零一六年）珍珠婚紀念贈内

三十年來休共戚　已將心事互通融　春風桃李齊栽植　秋夜蟲燈話西東
晨興笑嗤情未已　晚來握手夢相同　對看默禱期千世　再與郎君織彩虹

永光同學畢業四十周年夜聚有感

芽夢遙遙驚四十　可憐霜鬢役三千　長年熙攘浮塵濁　今日相逢忽少年
沉醉青蔥尋雁影　偶翻情信惹心煎　如流歲月催惆悵　憶記朱顏抱蜜眠

西元二零一六年十二月三日大姐與姐丈治平先生金婚於彌敦酒店嵩雲廳設宴慶祝

青春相托付　髮白倚肩憐　塵世神仙侶　天寒並蒂蓮　對看情切切　執手意綿綿
今夜高樓宴　擎杯感淚漣

丙申（二零一六）年冬與陳玉群　葉海怡老師並諸生哈爾濱　漠河之旅

一　訪哈爾濱工業大學

興邦鐵道業　艱苦築天桴　校建乘俄勢　寇侵變日俘　化民科教事　振國宇航圖
悄立邊陲地　冰寒出亮瑜

二　北極村

眼底只餘白　東君匿熱泉　尋梅香不覺　修竹影無全　木殼欏盈眼　極光圈北延
砍柴供火爨　古道此中傳

註釋　木殼欏是北極村特別建築模式以木條建屋有地牢不藏食物過冬

三　聖誕村

北緯觀耶誕　鹿車銀髮嗤　芬蘭似在目　冰塑若眞姿　追影投銀粟　攀條落冷絲
競邀髫齔至　逐月共開眉

四　黑龍江

自古荒蕪流放地　黑鳶騰碧候屍愁　迫簽瑷琿終留恥　強搶江東聽敵謳
六十四屯仍繩縛　烏蘇里旁繫俄舟　臨江遙望思今昔　惆悵冰頭幾釣叟

八國聯軍侵華俄軍以武力進佔江東六十四屯

五　北極廣場

四野無顏色　空留舊軌痕　羽迷北哨站　馬瘦棲沙墩
澡雪寧魂寂　捕寒洗欲根　默祈南地暖　輾轉到邊村

六　哈爾濱

金京浮腦際　幻覺歐城規　俄日爭雄地　華民苦虐期
徘徊索菲亞　惆悵蘇聯碑　信步繁華道　隱聆死者悲

註釋　聖索菲亞教堂是中國境內最大之東正教教堂
蘇聯碑乃蘇聯紅軍於一九四五年佔據哈爾濱時立

七　極北觀雪

拜辭天漢飛旋舞　六角菱菱絕惡侵　我有清香人不覺　偷身自靜入荒林

丁酉（二零一七）新春與內子及諸生丹麥交流

一　居Sideporet Hotel, Holbaek 六首

其一

灰空微雨擾人愁　彎角玻璃放目遊　過盡繁華尋一靜　敞開心鎖看雲流

其二

船泊岸邊聲悄悄　飛鷗幾隻懶尋魚　商燈難得遊人照　偶脫纏絲手按書

其三

風寒促膝餐名店　淺酌堤邊洗累緐　且把心歌風裡放　盤旋佳韻入靈魂

其四

近晚傾樽連耳語　相攜少醉徑斜行　桃源借問知何處　沾首瓊香是落英

其五

濤聲木壁酒餚煙　短棧濃情我亦憐　車笛幾聲流夢裡　臥看毛絨小窗旋

其六

蕭然枯雪地　幽角現新芽　莫謂冬風冷　處處著情花

二　遊克倫波古堡（Kronborg Castle）二首

其一

哈雷姆特迷情結　醉酒佯顛報父仇　割斷恩親施殺手　此身無奈也隨溝

其二

古堡克倫波　岸臨瑞典戈　咽喉鎖海峽　量幣許隨渦　文藝藏華殿　莎翁記劇歌　臨風憑弔久　石圍細摩娑

註釋　克倫波古堡是大文豪莎士比亞名著《王子復仇記》哈姆雷特故事所描述之背景城堡　城堡所對海峽乃波羅的海及大西洋航行船集必經之處時任國王向路過船集徵稅是國庫最充足時

三　哥本哈根夜市二首

其一

夜來冷雨車聲沸　亂眼霓虹妄意隆　排闥商門人影亂　繁榮鏡內似孤鴻

其二

煤火赤然留小駐　願提樽酒對寒歌　六塵但願隨風去　歷盡浮華又劫戈

四　運河遊

橋頭悄立風掠鬢　低首河床塑像迎　長櫓攜雲終是幻　輕波趕舳會難成
客船連鎖排潮岸　舊宇彩筆繪新瓊　多少流星明晚照　碧光萬頃許燃情

註釋　運河河床有人魚像記述人魚相戀故事　運河旁多上百年舊居有新式外觀及圖案其中多港人物業　河接大海可觀看著名人魚雕像

五　國會餐廳

高樓遙望參差廈　百載興衰細細量　漢薩同盟城壘毀　瑞英悍戰萬家亡
憑欄但覺風常煦　舉酒微吟夜更長　相信聖人無地界　爲憐萬物破壁牆

註釋　丹麥曾遭漢薩同盟瑞士英國入侵城被破壞

六　哥本哈根老店晚宴

壁爐火影寒驅暖　悵對昏燈憶故魂　橫逆時權青史鑄　力爭公義百黎冤

唏噓古道思修節　緬懷膏餳夢北萱　對飲相看齊感悟　思量情性果一元

註釋　店名乃取丹麥古賢人名字反對暴政而遭肢解　丹麥好友Torus乃哥本哈根大學畢業兒時家住附近母親生日始得到此餐廳用膳是兒時盛事撫今追惜別有情懷

七　群棣戲雪

一展青春狂野態　迎寒擲雪舞翩翩　相推躍跳齊奔走　憶我當年也汗漣

丁酉（二零一七）與陳偉仲梁萬成黎文軒馮漢明王良創余良益等諸先生詔關遊惜張師少坡修士違和缺遊

一　南華寺

一角清幽成世外　凝神長煥五心香　無相即起菩提性　平等就如佛道場
求證請從遷過始　修禪宜就直中行　默然期與惠師印　勤掃五塵四見忘

二　小黃山

迎松裊繞寒煙鎖　千級石階足斷魂　倚樹攀條疑紫閣　開襟露襲若蘭軒
香隨薄霧薰衣領　風引苔痕到石墩　仰首尋仙驚在眼　更聞青鳥乳峰喧

註釋　小黃山頂峰稱乳峰

三　親水谷

臥龍壺峽風如羽　仙女亭邊訪宓妃　偶避鋒林輸劍客　爲迎新月脫戎衣

盡除瑣屑尋陶柳　洗卻煩絲覓偓圍　山水也知人事罕　頻差小蝶說依依

註釋　親水谷多壺穴地貌　偓佺古仙人　槐山採藥父也嘗贈堯松實出列仙傳

綺芬丁酉生辰遊杜拜

一　阿布達比大清真寺（Sheikh Zayed BinSultan Al Nahyan Mosque）

赤炎堆上無垠雪　閃閃金光逼首翹　八十頂圓圍禮塔　萬千教眾向神朝

晶燈已把彩虹奪　地毯偷將百卉招　疑是仙家爭賭技　凡間忽到逞功驕

註釋　阿布達清真寺有八十二圓頂全寺鋪上數十萬噸黃金及無縫地毯六千尺樸素中見金碧輝煌是宗教建築之代表作

二　詠沙漠

如箭黃沙飈野外　四驅疾走逐風馳　長居荒地甘寥寂　遠避凡塵不妖姿

灰隼炎風頻獵物　紅粉夕照若臨師　時霖假我翻焦土　天地如春香遍涯

三　與內子觀民族表演

腰如蛇蜿姿　火若流星遲　晴碧無雲掛　炎風灼粉肌　相偎鴻雁影　執手鶼鰈馳

但願有情雨　長窺連理枝

四　遊黃金街及香料市場

小船搖曳到金街　千果百椒列等排　絲路何曾薄杜拜　香風沿線入天階

五　哈利法塔

凌雲尖頂非虛事　入漢冰魂手可持　法塔摩天驕杜拜　千金如土潑天涯
人尋五欲皆迷惘　色幻迷樓竟自欺　就眼群黎多苦惑　身臨瑤殿細量思

痛懷張師少坡修士並序

二零一七年六月七日張師息勞歸主晚友生傳來往影重睹先師風範情動於中忽爾淚流披面盤旋腦際者皆追隨杖履之景擬七律以抒鬱結詩云

身教寡言傳博愛　誓持規誡死方休　捲書常憶獅吼訓　舉箸猶聆惜別謳
手澤重翻忙掩袖　醇醪怕飲奠聲啾　星塵今夜添君影　捋眼風前淚不收

悼恩師張少坡修士並序

張師安所彌撒所播片斷有修士培植大樹圖眾猴嬉戲其間此圖觸動眾心靈扶靈間只聞啜泣聲幾不能自已晚大雨滂沱有小蛾棲窗外內子已哭不成聲

疑張師附之雖茫昧無稽稍慰思念之情矣

已斷紅塵離幻境　了然俗累悟空花　難辭大樹點猴影　尤憶故園植杏芽

歸矣父鄉迎聖詠　魂兮窗外聽余嗟　期君掃席天階待　再續師緣共酒茶

張師逝世周年有感

臨風呼天主　仰首奠津瓊　歌罷千杯酒　詩成滴淚情　撫杯憐弱影　舒卷懷嘉行
隱約林高處　仍聆師訓聲

詠梅

憑窗倚閣俯人潮　嘗站崖邊敵雪蕭　縱使清芬人亂折　馨香留掌不曾消

連連霪雨　心潮不定　賦詩以抒意

天淚連宵窗滴漏　心潮緒亂怯風雷　可憐今夜愁如雨　掃盡千行又灑來

丁酉夏與四兄永全先生兄嫂　及諸內兄弟韓國遊

一　韓牛宴夜宿Alpensia intercontinental

數杯蒸米難辭酒　烈火紅爐餞熟牛　剪碎是非和玉饌　笑將閒話混時謳
剖心唱誦撩愁魄　奮翅宵吁覓蕙樓　枕雨眠風追皓月　青蓮到此也棲留

二　觀北韓潛艇並船艦

殺戮愁雲三八線　相煎箕豆痛無窮　頹危艦艇爭空勝　人命微塵逐細風

三　Alpensia intercontinental 水上樂園

盛夏逢清瀑　急泉童齔鬟　螺旋湫底泳　盪漾水瓶還　暢快欺炎熱　舒緩浸暖灣
盡蠲塵俗氣　還我少年顏

註釋　樂園多項水上遊戲設備如螺旋、如水瓶

四　牧羊場

斜坡茵色滿　白石困圍薪　長髯徘徊倦　柔毛覓食頻　混冰形雪影　採色踐泥塵
珍惜同舟渡　相憐盡此身

註釋　牧場多羊群一家老少以餵飼羊群為樂　場內種植時花奪目者為滿天星爭相留影　主人善制雪糕擾擾攘攘雪糕成形亦一樂也

五　海鮮宴

一掃繁纏事　傾樽在此時　愁腸容比目　空腹納魚脂　奪魄鮮鮑醬　銷魂八爪葵
情深麻浦宴　但使願無移

註釋　海鮮宴設麻浦水產市場內鮑片及八爪魚皆生食蘸以山葵醬油其味無窮

丁酉夏與中國文化院吳建芳女士　能仁學院單周堯教授　教大施仲謀教授　黃彥勳　招祥麒二兄河南文化之旅同

一　黃帝故里二首

其一

勇戰蚩尤攻涿鹿　結盟部落有能臣　養禽畜牧繅絲急　立曆指南創字頻
割地官雲五帝始　封禪冠冕九黎賓　臨宮仰首橋山遠　開我中華第一人

註釋　割地指分封　黃帝立官以雲稱之管宗族稱青雲管軍事稱縉雲等　橋山相傳黃帝葬處

其二

風雨三低首　浮雲一段情　徘徊始祖里　追憶族初盟　肅穆雲門舞　悠揚諸夏鳴
文明由豫地　永揖軒轅名

二　遊具茨山

具茨山上煙雲繞　四野青松競上天　斜徑牧童談治國　霧山隱祠寄天仙
帳裡挑燈承古緒　杏壇揮筆續經傳　壁畫石棺應有意　尋根到此忽茫然

三　遊殷墟

甲骨輕提心尚戰　文明由此入農笆　泥坑枯井皆人骨　玉器青銅若碎沙
愈百宮基成廢土　萬千文物露光華　縱使繁榮傾一世　回望不遷是落霞

註釋　出土墓穴多人殉馬殉只婦好墓已有十六人殉　殷墟附近先後發現愈一百一十座商代宮殿宗廟基址　超過二千五百座家族墓穴、手工業制作坊、甲骨貯存穴、族邑聚落遺址被發掘可謂古代文明大寶藏

四　嵩山少林寺

技擊聞中外　登臨覺芳馨　跋陀傳法地　初祖建禪庭　古刹曾災劫　重階歷風霆
摩挲思聖蹟　翹首望山屏

五　禮許慎墓

精研篆籀別條理　統攝六書意義清　開創說文天地號　破迷解字鬼神驚
十千血汗珠璣現　五百艱難部首明　到此群賢皆贊歎　長思萬古叔重名

註釋　說文有五百四十部首部首統攝字有九千三百五十三個　吾等後學仰先賢遺蹟油然生敬意俱行三鞠躬禮

丁酉遊墾丁高雄

一 墾丁鵝鑾鼻公園

孤零白塔朝藍海　放眼海鱗閃不停　幽谷攀臨好漢石　虬榕穿就迎賓亭
珊瑚礁石奇思境　窄穴排峰傲逸情　輕拂長條思五柳　待披散髮結鷗盟

註釋　園內風景有白塔好漢石迎賓亭等

二 高雄旗津島

紅磚短岸伸　機楫赴旗津　電騎迎風滿　急行逐影塵　離島連歧道　佳店品鮮鱗
處處皆天韻　迷人立海濱

三 六合夜市

滿頭燈影光如畫　一棧一窗百味濃　何必高樓伊尹液　提沾小碗宋娘茸
摩肩就說珍饈釀　閒坐暢談政客蹤　我想聖朝當如是　能歌擊壤道無壅

四 打狗英國領事館

風塵隱記百年事　牆拱石磚英國風　對景忽思鴉片戰　臨風有淚致遠窮
小樓閒坐鼓山日　圓檯淺斟古道蓬　足印沉沉緣弱勢　唏噓孤島仰蒼穹

丁酉與諸生訪西昌彝族之旅

一 遊大涼山

掩映仙姿逸霧林 隨風追聽草芝音 踐泥捉霧投山嶺 揮汗尋香覓異禽
西側美姑山起伏 東南金谷江水吟 遙望胸襟自開闊 追憶前賢好脫簪

二 西昌衛星發射基地

遙望銀河星百轉 果然六合換新天 嫦娥從此難寥寂 八十流星碧漢傳

註釋 西昌衛星基地先後發射八十多枚衛星到宇宙

三 遊邛海

斷陷成湖一碧收 遠山雲淡照荷浮 西波鶴影尋鰍跡 煙雨鷺洲逐鯉游
兩袖輕塵隨霧散 半腔抑憤和清流 諸緣鏡底暫存寄 好放狂歌踏柏舟

註釋 據研究邛海是因地震下陷而成 西波鶴影在邛海濕地北起邛海公園東連邛海岸線煙雨鷺洲地處邛海北岸南臨海河入海口西靠觀海橋北沿規劃環海步道東接新沙灘

四 觀彝族歌舞並嚐彝宴

向眼霓虹聲入韻 軟腰舞擺古風留 涼山白酒陀陀肉 百疊彩裙褶褶浮
捧酒主人勸客飲 連歌彝女邀同謳 相攜俄木高臺舞 更逐飛觴忘道憂

註釋 陀陀肉即豬肉彝族人用以奉貴賓 俄木・沙馬・牧璣是高昌學院教授隨團介紹彝族文化是電視劇《西遊記》彝族歌曲主唱人聲音雄壯

五　訪山區彝族小學

香風草影崎嶇徑　迤邐青蔥入眼量　群娃追逐驚稀客　百手調湯聚小房
參差矮屋隱豚犬　錯落橫田短宿糧　辛勞還未可裹腹　輕撫垂髫暗斷腸

註釋　訪山區小學吾生俱投入與山區學校諸生共午膳共唱和共舞蹈且作籃球比賽惜探訪山區居民吾生等不能忍受雞豚之味不願入內共話甚失儀

附　二零一七年冬　忽接李思晉兄（老狼）猝逝消息　悵然不能語

提杯當日語平生　醉倒尊前笑語盈　肯沽名駒酬白墮　追思粱肉謝寒鳴
攀懸俯伏寫眞像　問訊傳心掛劍情　瓊液瑤漿誰接手　臨風淚奠餞君行

註釋　老狼兄慷慨豪邁幽默風趣熱愛攝影曾說一是不喝要喝就醉一是不吃要吃就盡　一日忽接手機來訊道「總是想起你」使吾竟有暖意綿綿之感不數日卻接駕鶴之消息人生無常竟至於此

丁酉中秋

一　宇宙無涯懸淡月　都言天上是蓬萊　憐君孤寂頻傾酒　塵裡浮沉笑幾回
二　瓊漿不斷青蓮羨　也效狂歌肆飲豪　浮白隨光衝大海　爲酬佳釀送歸濤
三　繽紛瑤殿仙姬宴　訴盡煩愁伴酒眠　醉後微吟狼籍甚　明朝躍馬又揚鞭

丁酉冬遊西雙版納並老撾

一　勐泐大佛寺

佛寺密檐尖角頂　南傳經典見雲南　反思欲網五龍惡　學步修持一缽男

疊脊重階窺聖殿　青絛彩緒帶晴嵐　人生苦諦誰能說　八萬四千貝葉函

註釋　勐泐大佛寺位於西雙版納景洪市始建於明代是傣族王撥龍為其去世愛妃而建原名景飄佛寺咸豐間毀於戰火西元二零零五年重建　寺內有五頭龍喻五毒寺內有持缽僧人像吾仿其站姿　佛殿有緬式及傣式建築並不同類型佛塔　傣族有數百部長篇敘事詩稱傣文大藏經號稱八萬四千部主要刻寫在貝葉上稱貝葉經

二　西雙版納

西雙版納古南詔　萬頃良田十二開　水色瀾江如多腦　風吹雲貴似蓬萊
蔓籐古樹盤根錯　普洱珍粱逼目來　自古蠻荒融新浪　潮歌唱遍碧天回

三　野象谷

溝河交錯森林密　樹影侵侵帶煙霞　野象來回淺灘憩　獼猴巡逡綠巔哇
停留棧道凝仙氣　觀獸木圍品時茶　感慨眾生忙軀殼　已無餘力返梵家

四　熱帶森林

十度離經緯　叢林汗濕裳　參天喬木立　繞腳樹根長　傣女施涼雨　百蟲噪熱翔
人迎微雨境　不繫掃晴娘

五　龍坡邦皇室博物館

瀾滄皇室三頭象　十五角蛇換主人　草木樓前痕跡舊　萬千蝸角逐飛塵

註釋　皇宮高簷有三頭象及十五獨角蛇金徽　三頭象喻古代三國及吉祥智慧之意

六　龍坡邦普西山（Mount Phousi）浦賓寺觀日落

幾片雲霞金碧曜　嵐光掩映遠看齊　凝身期有清暉滌　漱罷胸襟不自迷

七　清晨佈施

匍匐佈施三寶德　好收狂態鎖心猿　晨曦默誦大明咒　長路徐忘五識喧

思慕莊嚴僧法相　來還歷劫債親恩　難培割肉餵鷹志　慚愧明前困欲樊

丁酉（二零一七）悼三兄永滔先生

兄年少為學徒每週只回家一次其孤獨可想常查看余功課作業並教余算學自立廠房後多失意難支吾兄脾氣不佳往往執意而行每遇困擾幾只得余與兄籌謀人生匆匆想吾兄一生未嘗暢意

君生命苦廢書業　少小人籬困活謀　憐弟魯愚教數算　此身窮運積牢愁

蕭然四壁憑誰問　力盡雙拳抗逆浮　來世再依林下約　分金共盞掃嗟憂

再悼三兄

詈罵咆哮作劫灰　舊痕殘夢剩蓮臺　期兄了卻前生業　西方參學見如來

逆耳詩草

戊戌（二零一八）春至

花落香猶播　霜消氣尚清　憐風不忍步　聽雨息塵聲

戊戌新春與陳偉仲梁萬成黎文軒馮漢明王良創余良益劉文光等　諸先生並伍于健兄

越南河內遊

一　西湖鎮國古寺

霪潭綠影倒浮屠　竹帛湖邊踏古衢　半島傳經留舍利　高僧說法掃青蕪
菩提佛慧越南繼　曹洞宗風鎮國呼　歷劫仍憐入世苦　以身覆地築安塗

註釋　鎮國寺旁西湖古稱霪潭又稱霧潭　寺處半島寺內多得道高僧舍利塔　印度總理曾致送佛成道時菩提樹之枝續植於寺內　十七世紀雲風住持遺言本寺宗風是出禪宗曹洞宗

二　舊城區

長街小巷舊痕跡　眼底層樓韻味濃　電線連天燈柱矗　銀鉤掛物少時逢
萬天烽火成煙事　今日遊人憶戰蹤　戕伐多方仇相殺　盡埋屍骨再栽松

三　水偶劇

憐君本是喪家舞　幾度浮沉嘉會呈　長笛提琴皮鼓震　火龍水鴨眾娃鳴
郭郎憔悴隨波湧　鮑老嬉哈結網營　咫尺人間眞夢覺　池淺彎角八垓成

註釋　偶戲古時乃用於喪禮　郭郎鮑老古時對木偶之戲稱

四　下龍灣

穿梭一葉千岩落　藍碧萬頃百趣成　相吻公雞情切切　橫行奇象嘆丁丁

和風倚洞閒雲住　短步憑欄意散停　鶴夢疑眞迷幻境　心閒天籟自然鳴

五　文廟

劍湖左畔聖人廟　儒學開宗李祖推　願借孔燄明黑夜　期張論孟顯天儀
庭園三進先師像　刻石雙邊進士碑　尋伺吾心仁至矣　身臨五濁覺清漪

註釋　文廟建於李朝太祖

六　海鮮夜宴

初陽鉤月逢河內　擊案謠歌不住喧　難爲往非輸氣魄　只因今夜醉人魂
傾心秬鬯憐殘滴　附掌天廚惜鱖豚　翹首披襟搖玉爵　流光掠過見霜痕

戊戌仲春遊三峽

一　登黃鶴樓

騎鶴留仙跡　荀環現醉容　飛簷思呂祖　高閣立蛇峰　三楚一樓著　群賢萬句題
千秋興廢事　且聽頂銅喁

註釋　《齊諧志》載仙人王子安曾乘黃鶴至此　《述異記》記荀環曾與仙人共醉於此　現存黃鶴樓古物只銅鑄頂樓

二　武漢東湖賞櫻

一放不收寧急折　人生長短若風笙　隨形飄落旋歸去　混和泥污再死生

零雁情僧橋踏破　斷腸蝴蝶夜悲鳴　春風輕挹貽冰魄　憐我窮愁舞落英

註釋　櫻花艷放而短促如流星光芒而短暫　蘇曼殊有詩芒鞋破缽無人識踏過櫻花第幾橋　蝴蝶夫人歌劇感人至深夫人堅信美國夫婿必信守諾言回日時至而夫婿竟已另娶夫人特以花佈置家居待夫想必有櫻花後與子捉迷藏而自裁讀之常耿耿於懷

三　油菜花田

本可春心翔萬里　而今搖曳入廚場　粉枝淬幹捐鮮血　更讓殘軀伴粳糧

四　遊荊州古城

映落城牆角　垂楊拂渚宮　靈均悲社稷　熊侶嘯蒼穹　古道桃花植　夕橋人影叢

英雄俱往矣　迎面晚煙風

五　張居正故居

慕君才絕倫　隻手挽危貧　鞭法增財儲　考成斷大臣　安邊選猛將　扶主握丹綸

千載一相閣　蕭條寂寞身

六　西陵峽

北岸青灘白骨塔　猶聞鬼哭冷添愁　仿佯壁崖疑燈影　激盪長溪是喘牛

寒月江湖彈劍鋏　停杯餔歠看吳鉤　西陵今日風如水　夢裡波濤不肯留

註釋　西陵峽北岸嘗有船翻側死者無算故云其餘尚有兵書寶劍峽牛肝馬肺峽黃牛峽燈影峽等參差其中

七　三峽人家

溪靜游魚隱　披風收網緊　倚欄驚雨落　坐石怕聲喧　縴夫擬搶船　賓階喬慶婚
歌旋幽谷韻　萬物自天源

八　三峽大壩二首

其一

蜿轉狂龍今俯首　壩橋停駐幾方舟　千年古蹟留江底　百億機樓積後憂
山嶂天然流水舞　平湖隱約峽高浮　天君搖鏡驚雷疾　恐怕凡間截電流

註釋　大壩之成諸多隱憂願天祐吾國　天君乃電母之名

其二

郵輪橫闊渡　風景已千殊　齊蘸長江水　重描建國圖

九　神女溪

筆峰棋布處　怪石映千奇　攀樹濕雲鬢　垂條走健兒　高尖阻日照　平靜集船齊
族女聲歌吭　停雲細聽癡

十　巫峽

游龍玉帶連天際　磅礡洪流擊樹椏　兩岸猿聲啼舊血　壁崖草木換新芽

回清山鬼遮層巘　峰影瑤姬掩霧紗　不必襄王憐入夢　餐風飲露衣天霞

註釋　瑤姬神女名也

十一　瞿塘峽

白帝城中多憾事　滔滔江水送夔門　白鹽赤甲銀光劃　地窟天關舸艦喧
愁煞漢唐關塞月　唏噓中國五星幡　憑舷午夜聽潮響　隱隱聲傳盡淚痕

十二　遊石寶寨

女媧失石孤峰現　木構飛簷十二層　築禦依崖能化米　建危玉印駭蒼鷹
螺旋雲梯眺江水　鬧海蓬萊仰佛燈　大塊茫茫迷蝶夢　流風逝歲足遄征

註釋　石寶寨初建時九層喻「九重天」後增至十二層臨江陡壁形如玉印故又稱「玉印山」有客見鷹從玉印山下層層盤旋向上飛遂以此意建成樓閣　傳說古剎後殿有一石孔口大如杯稱「流米洞」每日有米流出供養諸僧　閣頂古剎有「哪吒鬧海」浮雕及「小蓬萊」瓷崁

十三　重慶洪崖洞

重慶城開十七門　洪崖懸立勢如蹲　形態參差全吊腳　樓簷積疊若天閽
霧氣嘉陵尋日落　紅燈酒肆吭聲喧　指點風前思往事　城前屢變是旗幡

十四　遊三峽有感

夢裡長江翻急浪　眼前風靜入平湖　惟將熱血和清淚　再畫江山萬里圖

戊戌（二零一八）遊巴爾幹半島

一　塞爾維亞諾維薩德自由廣場、聖母大教堂

自由廣場位於聖母大教堂前教堂高七十八米廣場有行政大樓兩旁盡是商店

步行往建於一九零一年主教宮是拜占庭式建築其間有不少啤酒小食餐廳惜不接歐羅適巧主教宮旁之教堂舉行婚禮又一特別經驗矣兩旁樓房多不過三層窗户全向廣場導遊解説是父母遠眺自己女兒是否已有意中人之點想天下父母俱如是沿石板路向河邊處行就是著名多瑙河

終極人生夢　平權更自由　百年聖母護　此日商家遊　閒舉咖啡碟　輕撩啤酒漚
小窗愁望眼　盡是母心憂

二　塞爾維亞St Sava Church, Belgrade教堂

聖瓦薩大教堂是塞爾維亞最大之東正教堂聖瓦薩是塞爾維亞東正教之創始人西元一五九五年被鄂圖曼帝國首相思南柏夏（Sinan Pasha）焚燒其遺體教堂被燒三百年後（一八九五）計劃在遺址重建教堂至二零一七年外型建築基本完成

十字高懸基督愛　聖人環視憫群生　焚身灰燼留堅信　建殿輝煌記雪貞
五百年來墳幻泡　四千噸石立煙瓊　對看愁煞相屠苦　更纏憂患歎淚盈

三　塞爾維亞Belgrade Fortress

貝爾格萊特城堡是塞爾維亞要塞瓦薩河與多瑙河之交匯處穿過卡拉梅格丹公園（KalemegdanPark）就達城堡二世紀由羅馬人建堡千年來多國曾統治此處不同人種亦移居於此城堡除有軍事展覽外勝利者高柱彫像成為城堡地標

綠帶結雙河　草煙百鳥梭　岸船盈夜照　汽酒冀人呵　高像愁誅殺　夷娥哼艷歌
浮沉頻換主　閒坐賞鱗波

註釋　城堡有數十米高勝利像俯視貝爾格萊特近黃昏乃成情侶相會之處入夜沿河多船上酒吧

四 波斯尼亞首都薩拉熱窩（Sarajevo）情人

可憐信仰斷人情　雪落圍城四度驚　激波比目寧雙死　幽碧飛鴻不獨鳴
哭城枯骨流紅淚　抱柱精魂渴蝶聲　沉思知己身難報　就在長橋踐血盟

五 王子橋（拉丁橋） 奧大利王子被殺刺殺處

一九一四年六月二十八日為塞爾維亞之國慶日奧匈帝國皇位繼承人費迪南大公夫婦（Archduke Ferdinand）被塞爾維亞族青年普林西普槍殺　這次事件使七月奧匈帝國向塞爾維亞宣戰

一槍命殞驚寰宇　千萬英靈捲浪沖　高處狂風尋萬歲　窮途逐日舞浮蹤
不仁天地眞芻狗　屢盪洊雷振蟄龍　我立凡塵期悟道　冷橋尤發熱煙烽

六 薩拉熱窩舊城區（歐洲耶路撒冷）

我顧神馳思天主　清眞長立憶戰魂　東西禮拜承慈願　南北箕裘習藝喧
隱隱石階雄將士　幽幽銅店俏夷媛　提杯掩映追前影　鎧甲曾張十字幡

薩拉熱窩曾被奧圖曼帝國（Ottoman Empire）和奧匈帝國（Austro-Hungarian Empire）統治伊斯蘭文化土耳其咖啡肉批等是由奧圖曼傳入奧匈則將優雅的中歐房子傳入並建立藝術學院美化環境舊區有帝王清真寺廟猶太會堂聖心天主教大教堂和全城最古老之東正教教堂

七 薩拉熱窩希望隧道

孤城垂死續命芽　履險幽深若洞蝸　石壁千瘡存恨記　衡門鮮血竟成花

薩拉熱窩谷城三面環山塞爾維亞軍鎮守山頭以高射炮長距離子彈等不定時襲擊谷內的平民塞軍截水截電更封路阻物資薩拉熱窩城市民在極少資源下掙扎隧道外多彈痕以紅油代血蹟

八　黑山共和國（Montenegro）科托爾古城（Kotor）

城舊新人物　蜿蜒世紀程　教堂形雙柱　居室繞洪坪　直塹千年印　戟幢百戰聲
如煙亦似夢　注目遠山清

註釋　科托爾古城建城紀已二千五百年有約三百六十座教堂其中St. Tryphon大教堂兩邊塔豎中間平臺是古城地標內藏宗教祭器主教服飾聖人遺物等城外有石道達山腰可瞰全境

九　黑山共和國巴杜華古城（Budva）

年年白浪捲　歲歲不同人　交錯失迷巷　巍峨見聖神　鐘樓談舊雨　獅翼記前塵
回首茫茫已　圍牆且路堙

註釋　古城近二千年歷史全城被高石牆圍繞城內小巷縱橫交錯有著名聖瑪利教堂而聖約翰教堂始建七世紀今建築建於十七世紀另外有鐘樓威尼斯曾統治城牆有雙翼雄獅印海濱於夏時游人如鯽曾有歌星開萬人演唱會

十　克羅地亞（Croatia）杜邦力古城（Dubrovnik）

蕭伯納曾言此處是天堂與妻繞古城牆全城俯瞰一周小店休憩看海色湛藍銀波圍沙全城屋頂皆紅瓦烈日之下猶有清風一九九一年此地被圍城牆尚見彈痕

城闕聽風吟　高低紅瓦深　繞牆追足履　倚壁覓天音　漁墅寄情韻　彈痕刺素襟
繁華湮故蹟　迴盪只藍潯

十一　克羅地亞司碧古城（Spilt）

古城始建於西元二世紀沿海而建是羅馬帝國皇帝戴克里所建皇宮內有獅身人面像鐘樓皇帝塑像等離皇宮即見羅馬式廣場有穿羅馬古服表演者有唱民謠者其間有耶穌最後晚餐造像石柱多為大理石城內有著名教堂St Domnius Cathedral

空頂中庭光影透　千年獨柱立迷茫　皇宮精琢張豪貴　拱壁圖紋已芴芒
入耳民謠歌古調　動魂聖像熱中腸　潮聲已把遊人醉　只我躊躇撫舊牆

十二　札達爾（Zadar）

札達爾位於克羅埃西亞南部城市位於亞得里亞海沿岸扎達爾曾是威尼斯近郊的港口城市曾是達爾馬提亞國的首都舊城坐落狹長之半島上位於克羅埃西亞亞得里亞海海之中心點夏季時在札達爾港泊船隻雲集乃典型之羅馬城市有羅馬廣場人民廣場五井廣場是十六世紀時威尼斯人在此建築之大型儲水槽上方有五個井可用來取水聖瑪麗教堂聖法蘭西斯修道院等哥德式教堂

頹垣斷柱收羅馬　海港風迴擁霽霞　長岸奔波熙攘客　高樓檢點富豪衙
廣場斟酌皆文藝　五井來回集輿車　廓舊民非憐鶴叫　寒槽古道著煙花

十三　十六湖公園（NP Plitvi ka jezera / Plitvice National Park）

珍珠十六墮凡塵　翹翠迎風若酒醇　銀瀑小橋停數尾　石寮木屋寄飄淪
卵圓湖綠參差轉　岫遠水藍上下巡　倒影如真天地合　茫然心靜立溪漘

十四　Buzet採松露二首

其一

深藏地下奈君何　香氣天成四野歌　竟待癡豚方出世　人情膠轕付譏呵

其二

飲恨泥埋腸欲斷　遠播清芬動魄顏　玉筵一露傾心絕　我自成名動九寰

註釋　松露生長於地下其氣甚香與鵝肝魚子醬共譽為三大珍饈採集由雌豚或狗犬採拾方得出土

十五　碧湖（Lake Bled）

針樹綿延遠　長空間斷藍　碧湖浮小艇　遠島聚巒嵐　修院窗明淨　草坪綠氣涵
遙遙見影落　早欲寞玄澹

十六　克羅地亞聖母升天教堂（Katedrala Marijian Uznesenja） Cathedral of the Assumption of the Blessed Virgin Mary

歌德式建築始建十二世紀西曆八月十五日是紀念聖母馬利亞升天日此堂屢受戰火所毀共信一主卻互相殺戮

慈容常懷憂　碧目總生愁　圖壁升天徑　聖詩繞懷柔　廣場苦地震　歌德遭戰蹂
能奪黃粱枕　逍遙槐樹遊

戊戌仲秋八八年畢業諸棣宴請衆師於荃灣　時值颶風山竹襲港　豈真風雨懷人　一夜遣情　微醉復微冷　歸而賦　呈在席諸師斧正　並贈諸生

凡間散落爭春發　已染塵光三十秋　橫世當思芳濟訓　逆流猶誦子瞻謳
飛觴驚覺粱柯夢　擊樂長埋蝸角憂　鬢髮相看齊笑白　輕狂不減少年遊

戊戌（二零一八）中秋微雨

一　雲蔽清暉還濺淚　相思無語立邊涯　如何始得人長久　心事盈腔說向誰

二　竟夕傾杯餘夢話　山頭何處好吹風　波光隨浪難主宰　披髮長歌仰月宮

三　年年今夜光如練　剖盡心腸憶故人　忽訝歡聲如歎息　冰壺憐我共銷魂

悼文基內兄並序

二零一八年十月十日文基內兄歸於極樂內兄寡言情熱視兄弟姊妹如骨如肉不可稍傷終生拳拳於事業不懈於工作由廣告公司至恆生高層可謂歷盡崎嶇其同事思之皆黯然神傷吾亦悵然病榻中常思報答父母恩千叮萬囑內嫂宵旰焦勞護持至終誠動人肺腑內兄曾手記一生際遇以勉後輩恐成絕唱同氣連心壎篪相和想是家教使然每思泰山德風悠揚

頻杯搔首愁難盡　憶念平生淚雨絲　如此胸襟超北海　盡捐心血報烏慈

筵殘驚覺失鴻案　囊破恐難覓賀詩　怕聽壎篪音異調　塵緣再續會天墀

戊戌秋與直資議會諸賢遊絲路

一　再訪莫高窟

古窟森森十代人　吐蕃回鶻已前塵　涅槃行教慈悲相　狩獵婚喪怒笑真

浮影絲絲心血繡　畫圖筆筆魄魂掄　痛傷經典強夷奪　躑躅崖前數淚痕

二　重遊鳴沙山　月牙泉二首

其一

渺渺黃塵流四極　凌空鐵鳥翱翔空　渥漥影動能消渴　沙嶺駝行接熱風

虛谷曾埋商旅骨　彫梁移植貴賓宮　時光誰可算來日　雲狗海田變太匆

註釋　月牙泉古稱渥窪池

其二

十里沙堆彎一月　可憐熙攘水求難　登樓此日思時逝　經是銀驅四野盤

三　初訪陽關　玉門關有感三首

其一

隱隱修羅境　悲鳴立覆轅　披沙尋白骨　拔劍立煙墩　猿鶴隨風嚷　蟲沙爭戟喧

果然荒漠地　全是觸蠻魂

其二

關隘分中外　牧羊邊雁孤　折肱通異域　刭身棄匈奴　虎穴重重險　西天步步虞

登臺觀遠日　只念負經徒

註釋　玉門關有小方盤城現只餘數百尺舊城登臺遠望又是另一風情

其三

千古登臺同一慨　遠沙紅日落荒蕪　長煙風捲如飄血　淚眼吹昏再戰無

四　與直資議會招祥麒　關穎斌　封華冑　張玉忠等諸賢於清真店消夜

清眞夜店煙絲繞　日落人潮四面來　只爲珍饈馳十里　卻憐才俊舉千杯
舊醅新酒激豪邁　羊肉牛湯話謔詼　期望風雷盆西北　再無殘箭射煙臺

戊戌初冬與諾定咸諸學友聚宴尖沙咀狀元樓　自諾定咸大學畢業已廿三年與同學Antine Molly Sophia Amy Gloria Rose相見大多子女成人竟面容無改依然風姿綽約幽默健談時不留人青春卻長駐

尋夢香江思諾市　風姿依舊百花憐　青春廿載忘頭白　輕酌今宵續酒緣
追逐繁華仍本性　傾情授業守初虔　捫心清夜平生志　不愧筵前不愧賢

戊戌冬婺源　黃山　廬山遊

一　婺源篁嶺古鎭二首

其一

嶺外幽篁山接天　香雲薄霧放輕箋　飛簷掛日來詩興　群笪曬秋覺目旋
鐵索危橋觀物趣　梯田阡陌觸蟲蜷　身臨世外離繁俗　隨意輕歌五柳篇

其二

斜谷披黃綠　灰牆掛粟椒　火爐供細味　白日隱煙燋　拾級已千載　百年盡古寮
登臨凝靜氣　停步倚薪蕘

二　黃山二首

其一

重嶂翠巘煙繚繞　離塵極處滿松魂　瑤池失卻蟠桃地　誤向凡間露果繁

其二

黃山歸來不看嶽　此言迷夢數十年　登臨白雪掛枝椏　陣陣寒風身外連
遙望諸峰無邊際　萬頃波濤嶺上浮　又疑海岸纏高鏡　隱約帆船並扁舟
琪樹蒼穹眼難盡　鳳凰飛處是仙謳　一笑飛瓊仙鞋棄　擎杯醉倒臥松枝
再笑雙成遺腰帶　急爬天梯入雲危　不知何處飛來石　劉阮閒奕行知亭
趨前執手問年月　眼裡冰雪千度零　又逢牛女連理樹　星河今夜應安寧
有情不倘纏朝暮　只期魂夢曾留形　今日初臨眾仙境　巍巍群峰雲繞顛
魄盪魂飛睡龍爪　脫俗離塵共玉筵　執手喜逢杜康酒　君釀必然勝黃封
雩風霧影子喬在　喜上眉梢試酒濃　誰人依舊歌天地　醉眼迷煙太白詩
舉爵還邀張旭至　朦朧好睡碧綠帷　騰雲急飛呂祖劍　劍後黃龍定追纏
筆架棋盤與鞋靴　放在群峰不取回　蓮花峰上仰慈悲　臥龍黑虎左右司
光明頂上丹霞現　始信謷哉黃山姿　臨風稽首謝造物　容我疏狂夢天涯

註釋　詩內引峰石有仙鞋石飛來石筆架峰蓮花峰仙人下棋光明頂丹霞峰始信峰奇松有連理松龍爪松臥龍松黑虎松

三　廬山

我才難望蘇公背　到此情狂怎不詩　廬山隱隱煙雲裡　牯嶺庭林向巔推
一片迷霧疑盡處　失驚高湖浮石墀　急瀑無情搶下巖　飄霞長繞綠嵐癡
信是匡俗攜方輔　凝聚清氣建瑤池　痛飲金玉液　青蓮定共卮
醉倒湖邊柳　共覓李耳髭　好山眞箇鍾靈秀　我今歌唱歸去辭
好山眞箇奪魂魄　此心忽爾思惠師　花徑徘徊憶司馬　山水仍戀謝公詞
濂溪白鹿俱往矣　立雪情懷願永移　環視廬山餘歎息　三十三天待飛馳

四　登滕王閣

王勃驚雷騎日地　繁華幾度幾多哀　登樓驟雨無情繫　欹柱淒風冷峭來
孤鶩飛霞無定駐　寒江挹霧鎖隅隈　騰蛟起鳳高朋處　只落猖狂水狀洄

西元二零一八年除夕　代綺芬作

煙花怒放聲鼎沸　璀璨蒼穹點點愁　喧天樂韻如鄰笛　寂寞瓊筵欠玉甌
中庭桂樹亡嬌鳳　濁浪蘭舟困苦囚　長思我死誰埋志　清淚還君日夜流

六十初度

百折骨零餘傲氣　微吟攬鏡認霜濃　長持火炬燒心熱　不讓寒冰冷血壅
羿箭低彎期射隼　吳鉤輕按待屠龍　河清有日身還在　將執子喬覓赤松

戊戌與李尹森　梁卓華　冼卓犖　周偉經諸棣宴於日式餐廳賀余生辰

杖履跟隨愈三十　明珠璋圭照銀河　珍肴玉膾東瀛至　清酒香檳白墮呵
師棣濃情勤植壅　名廚藝饌勝浮荷　輕風吹醒少年夢　燈影長街笑踏歌

註釋　諸棣慶余六十生朝親邀日本名廚細弄來自東瀛魚生食物皆香港罕有之品香檳清酒一夜不停眾徒孫贈余手繪卡人生樂事也

己亥（二零一九）新春試筆二首

一　五濁塵浮一甲子　春來清氣格新奇　不甘趧輳陶朱軵　也避揚鞭晏子馳
思到天河看道典　心收容膝放嚬眉　隨緣應化離三毒　萬卷經藏指月辭

二　何曾誤落凡塵網　願就群魔鍛慧光　我抱狂風迎急雪　將身紅焰覺清涼

二零一九年三月三十日　怡東酒店開業四十周年　是日告別晚宴　與妻並偉達嘉穎同赴

一　推門四十流年景　鬢影衣香酒百鐘　樂韻輕狂年少夢　鎂光催淚戀情濃
玳筵急管陳王宴　玉膾金齏吳郡供　維港今宵風昨夜　吹零名廈逐流淙

二 陶醉水晶千幻影 迷人雞尾步蹁躚 周旋嘉客談佳釀 彳亍回欄覓舊煙
惆悵仲尼河逝水 可憐子受夜長筵 幾番風雨仍落幕 燈飾懸牆若淚涓

贈綺芬 並賀己亥芳辰 適新舊曆生辰同日

水影一簾秀 人間萬籟輕 倚樓鷹隼翺 仰首月星明 遠地留鴻爪 乘風趕落英
相看總不厭 長誦子衿情

己亥（二零一九）泰國清邁遊

一 素貼山雙龍寺

臨風長默語 虔意禮空王 白象如來骨 雙龍石級翔 柳搖如首敬 日照似心香
慚愧纏塵累 冥思細簸揚

二 白廟（龍昆寺）

銀光千道橫天際 似雪悠然舞逸翩 三界無安如火宅 五塵糾結入魚筌
一泓碧水船承白 數處危檐角接綿 持劍明王瞪目眾 騎龍善逝眼猶憐

三 九重塔觀音寺（匯巴杠寺）

九重紅塔觀音木 坐看凡間八苦煎 風送心經吹冷靜 聲如悲咒起癡眠
飛龍栩栩中華勢 金塔巍巍西藏傳 祈願真心離四相 再把六欲細磨湔

註釋　觀音主殿供奉六米高香木觀音坐像旁站金童玉女應是全球最高觀音木刻各寺建築揉合大乘佛教與南傳佛教特色而內部則採歐洲式裝修

四　訪長頸部族

竹棚寮舍古山農　圍頸金圈數十重　落雁沉魚無定數　西施嫫母豈關容
桃源何處供陶隱　避世如今嗜酒醲　小賣俏娘情款款　垂髫黃髮樂於喁

己亥（二零一九）初夏再遊成都

一　訪災後耿達學校　臥龍小學

高廈起頹垣　磚牆隱淚呑　當年傷心地　依舊暖風哼　沾霈嵐巒潤　煦陽總角暄
心期原野綠　溪水永潺湲

二　都江堰熊貓保護區義工

手執竹條爬短木　來回小屋戲同游　見我悠然無百累　那知仰首帶千愁
天地逍遙空萬里　圈圍寬展覺錐囚　堰鼠裹腹尋命盡　扶搖激浪御颼飂

己亥（二零一九）夏重遊桂林

一　灕江四湖

灕江此日無煙雨　一碧晴空照四湖　象鼻轔輑縈水柱　雙尖倒影接天衢
青綢舒卷籠香桂　翠壁連綿率畫摹　今夕醉人還有月　更攜素手笑傾壺

註釋　四湖即木龍湖桂湖榕湖杉湖　杉湖雙塔高四十一米為九層銅塔與高三十五米七層琉璃塔相屹立於杉湖島上

二　遊伏波山

躍馬提弓蠻敵避　淺灘竹筏繞江遊　百人鍋飯凡僧共　和碩鐘亭異族仇
洞曰還珠千佛坐　像依崖石三尊浮　可憐矢志死邊野　落得危言薏苡囚

三　遊駱駝峰

鳴沙山上見君身　不避炎風好競鄰　信步崎嶇英氣凜　力攀沙塔志難貧
無人知我求千里　牽縶拘身作役臣　昂首踟躕能出刃　當驚鋒急果超倫

四　龍脊梯田

田梯疊疊無言語　減卻蒼生負米珠　輕拂微黃將熟稻　暢心新綠仰飛雛
憑欄遠眺觀嵐舞　踏石挼娑搜蹏蝓　小店殷勤供濁酒　閒談菇筍再傾壺

五　靖江皇府

十四王孫縹緲跡　高巒獨秀勢崚峋　亭臺絳帳經師聚　金殿征戈國父逡
太歲威儀山洞刻　石符長護陰陽輪　龍樓今夕仍風急　誰說榮華似細塵

註釋　孫中山集師北伐曾駐節於此王府先後成立第二師範學校模範小學第三高級中學甲種工業學校校址現為廣西師範大學校址　獨秀峰內有六十太歲刻石傳說劉伯溫曾刻玄符於此以保明室永治天下

六　遊東西巷並逍遙樓

紅燈白酒串燒濃　麵細椒糜愛語喁　漫步鴛鴦情絲繞　高樓鶼鰈景纖穠

連珠水影暗聯岸　嶙峋江嶠立四封　如蓋蒼穹路似帶　逍遙濁浪洗塵洶

註釋　東西巷如夜市食肆排闥商品千色巷有歷代名人石雕令人難忘　逍遙樓乃古名樓臨江而建二零一五年重建登樓可見伏波穿山獨秀景色有顏真卿題「逍遙樓」石碑樓內有如屏風大之雞血石

七　世外桃源

佳境誰開魂魄蕩　遠山層疊水桃源　繽紛飄落圖人駐　石礫成圍作竹園

笑覓武陵尋誌記　夢牽五柳共忘言　浮生畢竟緣多苦　錯墮洪爐剩競奔

己亥季夏（二零一九年七月九日）與葉玉樹馮漢明諸師並伍于健兄訪名作家張愛玲於香港大學舊辦公室現為廖舜禧棣辦事處

陸佑堂中曾聽雨　幾回腸斷覓鐘笙　井庭高樹描生命　長桌蝸廬寫負盟

走佔浪頭多苦惱　肯將心事結哀鳴　團圓城戀先娃語　還了香江一段情

註釋　張愛玲女士曾就讀香港大學作品屬女性主義女主角感情發展複雜而不得善結其傾城之戀與小團圓均以香港為背景是張女士在港印記張愛玲幾乎終生處於窘迫生活中立其室前怎不哀感重重歎才人之運蹇　先娃喻張女士思想先同輩一步

己亥季夏賀葉玉樹老師生辰師生聚於灣仔留園雅敘

慕君才智奪群出　指點初心莫諂諛　應效鍾馗容魍魎　影隨孔孟起賢愚

獅吼一奮驚蟲鼠　彝訓疾書醒亮瑜　賀誕清雋頻勸酒　明朝醉眼看狼狐

反逃犯條例警民衝突有感

自六月十二日遊行反逃犯條例始幾每星期均有遊行與警民衝突情況令人憂慮林鄭月娥之管治受到莫大之衝擊至陽曆十月尚未有平息之態警

民關係甚劣且有學生為實彈所傷貫穿左胸

細數欄前催淚彈　銷磨豪氣漸成秋　強燈急棒堅初願　奔走猖狂拚死休
忍看青春求濺血　頻揄白髮傷時謳　當年風暴聲嘶竭　也向天庭搶自由

註釋　數月來警方已發放數千枚催淚彈而雷射燈及警棍更是必用之防暴器　時謳者學生自製歌曲「願榮光歸香港」流行於示威者之間

反逃犯條例二首並序

反修例抗爭行動持續超過五個月至十一月未平息科大學生周梓樂墮樓急救數日後逝世據知周同學成績優異乃科技界人才天不祐賢奈何十一月十一日早上警察向示威者開實彈槍最少一人受傷十一月十二日警察擬強入中大拘捕學生出現強力反抗段崇智校長出面調停未果校園一片狼藉十一月十四日再在理大圍攻十一月十八日中學校長們入理大接學生離開竟至六百多人

一

好箇清涼天碧朗　上庠無奈在深淵　萬槍連擊終人亂　千火淩空廢氣延
投石築欄崩浪湧　嘶聲揮汗眾離咽　踏過殘陽如踐血　滿城薄霧是淚煙

十一月二十四日區議會選舉建制派議員幾全軍盡墨民建聯由上屆一一七席跌至今屆二十一席可謂慘敗反條例者稱黃絲　反黃絲者稱藍絲香港分化已至爾死我亡地步

二

嘆息藍黃不是非　殘冬猶見血紛飛　青春自古情奔放　耳順沉思淚漸稀
酒醉瓊樓寒不勝　留神世道覺衰微　江湖彈劍無餘力　且捧詩書赴采薇

己亥（二零一九）中秋

一

爲憐寂寞放清暉　惜我艱難困霧霏　謝爾殷勤惟舉爵　銜杯精衛送天歸

二

斜陽隱隱山邊月　點點燈光照廣寒　傾語聲聲皆怨道　三臺今夜愧秋歡

註釋　自陽曆六月至今青少年抗爭行動未稍息

三

莫憑窗幔凝凝望　月到中天已他移　且把煩愁推冰魄　不留一點在凡池

四

金闕瓊樓皆錦帳　孤幃獨語自憐顰　偷將媚眼觀塵世　羨汝清狂勸酒頻

五

說是懸珠能解語　一年一度斷腸回　嫦娥知我眞寥寂　清夜謠歌醉舊醅

六　中秋憶文基內兄

去年此夜淚零零　今夕惺忪飲不停　好月依然橫宇宙　隨緣極樂會天廷

聞堂會將轉孔聖堂中學為私校有感

艱苦危場栽杏樹　恨將成蔭痛銷微　難推檀駕邀熊臥　急把殘燈照雁歸
遍泛江湖仍冠正　頻經顛簸卻腰巍　誠知此命因何至　恆澆清泉育九畿

己亥暮秋與宴於濟記飯堂　慶余退休　諸生俱有成就　忽爾近二十年　年華逝水　嘆時之欺人　不留情面

師棣風流二十霜　瓊枝玉璧競名場　早將熱血輸同硯　莫把青春混濁滄
寂寞夢魂思絳帳　艱難心事訪門牆　仰首高山行可至　顯我豪情一點狂

註釋　二十年來諸生來訪多有心事困難縈繞吾所教者止頂天立地不欺任何人而已道者甚遠期則可至與宴者黃新利陳家鋒盧頌智陳春程翔高康恆王國勇何保義陳展興葉敏銘黃鏗杰鄧肇威李鴻傑謝均耀譚銘哲杜淳博等諸棣

己亥秋肇慶拜龍母

一　夜宴賣魚仔

久別當爐情款款　路彎和暢帶輕塵　竹箸不停朋戲嚷　開襟高唱酒千巡
細味鯰鱸鮮可否　祛愁紅白烈爲因　回首百淩仍本色　人生到處必逢春

二　遊七星巖二首

其一

虬籐灰壁旋清氣　賢者東來記筆塵　千尾逍遙潛水道　七嶠星立接天旻
髮領清風聊古樹　袖攜香氣贈佳人　何日嶺巔聽蛙叫　更栽梅鶴作隱淪

其二

嶄崖愁獨立　風韻自然成　道直群榕擁　棧斜千級程　嶙峋皆蔓草　巉巖盡雛聲
嶺上寒枝發　淒然獨自榮

三　慶雲寺

蓮花峰上慶雲寺　疊翠連綿氣峻清　手摘浮雲聽雨細　耳迎梵誦卻塵情
凝思佛說皆因果　悵覓三心失戒程　過盡千帆仍戀望　何時攜酒獨餐英

己亥初冬與慈雲山諸老友雄　達　仙　德　強宴於濟記飯堂並嘗鮮魚忘不了

相識已愈五十載　笑看雙鬢已成霜　浪濤湧艇停搖楫　胸臆燃薪保熱腸
擊案痛心時事錯　舉樽齊憶少年狂　難逢今夜鮮魚宴　竹馬相嬉了不忘

西曆十二月七日結婚三十三周年　前夕於（Parklane Skye）慶祝

是夜名廚以朱古力（Chacolate）入饌

美味難描夜帶寒有「幻彩詠香港」鐳射燈出於各高廈念匆匆數十載不離不棄共渡苦樂內心且喜且憂

停箸移杯齊看月　斯磨擊節吐微歌　狂風履險思初誓　急浪搖舟折逆波
有淚身寒輕眼拭　放歡酒暖笑顏酡　高樓夜夜吹人凍　細看青絲拔點皤

賀劉卓裕賢棣區議會勝選

久在隆中翻竹汗　烹鮮學藝此中行　羹魚湯液傳心法　搖幟爐峰待氣揚

夜夢恩師張少坡修士　師徒於古堡晚膳　修士並出其新配眼鏡與余觀看　夢境平淡而真實　疑幻疑真　醒後再難入睡

天國人間兩地殊　可憐入夢見生徒　叮嚀絕學傳來者　細囑謙虛莫詐愚
閒倚女牆惜鈍眼　慢嘗紅釀論艱途　迷離竟夜驚粱熟　醒後城頭草尚呼

西曆二零一九年耶誕遊韓國濟州

一　城山日出峰

峰成於五千年前由海底火山所成之山島後新陽海水浴場土地與島嶼間沙子碎石堆積成為陸地而相連山頂凹陷為約直徑六百公尺之火山口

熔焰堆積成連島　斜綠壁灰盡自然　蜿蜒彎路追藍海　一往青蔥接碧天
木梯勤步散抑鬱　怪石迎頭脫困筌　山尖已到無高處　待放歸程著急鞭

二　涉地可支

如是藍天如是綠　分明幻色入魂圖　倚欄輕步將愁斂　接雨清歌把鬱沽

繽彩教堂連碧落　沉思黑石示迷途　人生處處都遺恨　峭壁迎風竭嘯呼

涉地可支是濟州海岸區由黑色火山岩石和紅色火山土構成岸邊多古怪石有扶欄燈塔及多彩教堂是韓國電影取景之佳處

三　濟州民俗村

石牆草頂旋門柱　爨具乾柴共一堆　瓦釀土埋甜似蜜　封年瓶蘊老陳醅

村前三柱知寮況　屋守二尊保石臺　當日黑豚溷濁飼　佳肴桌上汝身來

註釋　民俗村是韓劇大長今拍攝之地建築如古韓國古濟州屬窮鄉僻壤屋前放三柱示主人在否有二石公婆保村民

四　龍頭巖並向海女購即嘗海鮮

昂首浪頭年已億　欲離苦海向天騰　九垠縹緲任飛放　一石纏身痛自繩

嘆息夢回灘岸坐　歡聲繚繞海鮮蒸　人生究竟尋終極　來去無拘是老鷹

註釋　海女是濟州女性專以採鮑魚海鮮為業之群亦是濟州經濟支柱之一

五　觀賞塗鴉秀The Painters

蹬騰跳躍若輕翾　手繪沙堆變幻遷　秋夜三千蕭瑟處　此身疑在玉臺邊

六　與妻遊柑橘果園

橘熟經三秋　味甘親手酬　明年何處是　也選最心頭

己亥歲杪與與陳偉仲粱萬成黎文軒馮漢明王良創余良益諸賢遊梅州

一　永定天子酒店浸溫泉

草藥花香水裡漾　山巔直瀑百溫泉　輕煙瀰漫疑瑤殿　浹汗淋漓洗濁涓

虛懷相看無私隱　坦衷情懷脫牽纏　相知共憶前塵影　月旦來俊趁盛筵

二　火鍋夜宴

勒流三十年前景　鍋熱群雄汗濕巾　舉酌嘉肴隨臂盪　傾心小趣笑眉嚬

追思往境如煙雨　難得今宵醉郁醇　宴罷相呼迎月去　澄空似昨碧粼粼

註釋　約卅年前與聖芳濟廿多位同事前輩同訪勒流當時剛開放酒家簡陋清樸物價甚廉眾人相聚一夜盡歡而還每思當日仍有戀戀之情不期今宵火鍋圍爐重檢往思

三　訪永定客家土樓群

中原塗炭南陲遷　五十八家留閩巔　築寨同源禦惡寇　圍園護族共嘉籩

土牆四合櫺窗細　錦帳紅燈阡陌連　歷盡劫波仍舊井　飄零回首認苔磚

註釋　土樓可可追溯到唐朝陳元光戍兵漳州五十八家姓落户閩南築圓型土樓聚居以禦寇及野獸所訪振成樓振成樓八卦形同心兩環圓樓始建於一九一二年占地五千平方公尺為菸草商林氏家族後裔所建外環高四層十六公尺每層有四十六開間共一百八十四間房

四　橋溪古韻二首

其一

斜坪濕潤縈清氣　去燕徘徊覓舊巢　壞壁傳家留訓語　綺樓人杳剩空庖
門庭閒倚思前俊　香瓣沾頭仰樹梢　盛巷當年餘過客　階前石道認芳苞

其二

髣髴人影在　群鳥集高樑　牆掛古今訓　樓承中外光　憑窗嵐夕照　晚飯暖回腸
今日空床戶　信步鎖連坊

註釋　橋溪者百年古鎮曾極盛人家建書香之門樓壁鑄有家訓文革時去其半壁平樓是兄弟數家同住現已人去樓空斜坪石階廣植花木風景清雅頓生黍離之慨

五　訪雁南飛茶園夜宴　並遇港人結婚在此設宴

縱飲千杯難意盡　酒醇不及此情醇　歌臺邀眾吭金曲　綠蟻酬君賀百年
可惡熏風乘我醉　暗吹情淚逼瞳涓　好花好酒連新月　無憾人生是鏡圓

註釋　是夜港人在雁南飛設婚宴主人與劉剛稔熟並遇出席聖約翰諸同事喜不自勝邀余上臺歌曲人生期會難知

六　西曆二零一九年除夕

光陰一擲髮蕭蕭　悄立影叢看過潮　曾想孤身改日月　可憐隻手抗鴟鴞

風狂過笛音難響　高照紅燈火在燒　歌盡今宵舞不輟　偷將情酒送愁澆

七　除夕與諸前輩並劉剛老棣高歌二首

其一

放肆高歌意氣揚　迷離燈影積愁忘　千杯飲罷誰先醉　不是詩狂是酒狂

其二

一曲已銷魂　再斟淚暗吞　人生誰得意　槐夢正昏昏

贈蔡麗雙博士

誰言塵濁無清曲　遙岫一枝透細香　難得素心描眾性　情將妙手寫蒼涼
詩詞動魄回腸轉　字句入魂翹首吭　願把殘章呈辨眼　續尋佳日共飛觴

附　蔡麗雙博士來玉

曼麗雙輝

衷贈孔聖堂中學楊永漢校長

摯謳楊博士　專心治校不辭勞　弘揚儒學　賡續精粹　爲人品德崇高
手上長存興教策　心中頻漲振邦潮　氤氳花馥裡　百年大計路迢遙
明霞織錦　健手擎旄　惜取芳春永駐　曲曲高歌震雲霄　浩淼滄波湧
槳楫駕金舠　君握椽毫詩意奕　舒壯志　毅走征途赳赳步遒豪

己亥歲杪　新冠狀肺炎發於武漢　至庚子立夏　全球感染者超過三百多萬人　死亡人數超過廿三萬人　世紀瘟疫也

瘟癘無端延武漢　可憐口腹欲無窮　烹調伏翼稱佳菜　生嚼蝦蟆逞強雄
天地靈神懲過分　中西萬眾盡哀癃　香江祉氣祈盈住　澤雨時來領煦風

庚子（二零二零）夏夜醉賦並贈校長才俊共覽　為近日校務煩擾

仰月聆歌至子夜　無端淚湧到天顛　醇醪依舊療魂魄　細數樽瓶好自憐

二零二零年五月三十一日余退休前休假前夕感懷

一　忽訝時光超邁去　清風聊我歡香茶　烏金埋首鍛干莫　滄海勤游領玉沙
不想枯禪證寂滅　恆將熱血灌儒芽　五經暫且藏珠櫝　放足高歌步天涯

二　一生求證眞如境　天帝憐愚遣逆師　鷲嶺傳音離五毒　尼山訓語等千笞
輕舟看遍青黃葉　浮世經營順悖時　踏浪江湖親鬼蜮　歸登樓閣看書詩

三　倦馬蹄勤回舊櫪　籠頭鞍革放爐邊　窮山惡水恐難盡　猶按龍泉嘯向天

二零二零年七月一日回歸日賀葉祺焜方培儀伉儷水晶婚宴於沙田馬會

好風同證水晶約　暗羨纏綿仙侶姿　璋玉明珠齊奪目　鳳鸞牛女和情詩
持家追步梁妻案　軟語長隨張敞眉　桃花結子香猶播　絲蘿托木百年期

註釋 葉兄一家才俊兒子曉東將入讀英國名校伊頓公學女兒聰明伶俐

孔聖堂中學近日諸事紛擾傳媒不斷報導俱非善譽校監校董邀余續任校長一年有感而賦

一
我欲危崖觀急瀑　水寒無奈也沾身　八年奮進旗剛立　三月瘋狂道失津
揮汗植苗憐壯瘦　敗窗抗雨拒波淪　講壇勤拭離塵染　丹筆重提譜曲新

二
風流過後餘殘水　泡影聲光膹淚痕　心尺從來量俊傑　眉睛早已辨鸞鴟
當年執著明非是　今日隨緣接冷溫　仰首碧空明月在　何曾失覺稚童喧

註釋 余交職不足三月諸事紛擾見諸各傳媒余苦苦支持學校發展八年始有初成不期三月之內聲譽幾全毀

悼羅建邦表侄（二零二零年八月廿九日追思禮拜）

羞態青春如在昨　人生修短問蒼天　迴流濁浪源慈願　接引迷羊仰主憐
幽谷獨行竿杖領　凡塵暫了父家遷　炎風一瞬樑傾折　今夜問君怎入眠

庚子中秋 疫情所致熱鬧不似往年

一 **海濱漫步**

相對籃灣月　高樓已宿秋　餘光簷壁落　霜影滿磯頭　嶺染金甌雪　癘侵萬戶愁
輕敲橫海柱　何日破筌游

二
左右翻騰浮世繪　幾多爭義淚頻來　清燈十里放寒箭　掩映修羅隱角迴

三
中秋不是離人節　卻照千家疫裡愁　翹首月明甘寂寞　空街微醉緒沉浮

四
年年今日寒宮醉　玉兔吳剛戲碧窗　倚臂嫦娥屏語秘　幾時植桂遍香江

五　中秋贈內
攜手長堤嗔且怨　問君憐愛幾消磨　清暉手贈連魂魄　白髮猶哼初戀歌

少年詩草

少年詩草乃創作於求學時代屬少年時期偶爾觸景之作模擬古人難登大雅時對聲韻對仗等全無認識僅少年情懷之吉光片羽而已聊記青春後隨潘師小磐先生溫師中行先生學習詩詞始得入門匆匆四十多年矣

乙卯夜　為前途惆悵　同窗袂別在即　心煩亂草

一
三更眠不就　窗外處處秋　聊眼三千里　觸起萬般愁

二
落花隨水逝　夢闌心徬徨　歲月從雲去　惆悵路茫茫　爭纏復嬉戲　於今獨自翔
萬里無顏色　寒風吹薄裳

寢書樓詩集

三

兩盞美酒在　佳人別處歌　一闋離別苦　從此獨揚波　我思魂斷處　應是太情多
何字最難描　情字費磋跎

贈瓊清　丁巳年

贈君輕紙扇　期可表吾心　難道相思語　且看淚痕深

己未清明

荒塚茫茫煙杳杳　朝暉一抹影人斜　紙灰飛作銀蝴蝶　幻似尋人笑面花

贈瑞霞同窗

委身文翰求生界　欲出囹圄八苦深　不慕石崇錢千萬　且羨陶潛五斗心
無才偏爲世間用　懷志空餘一悲音　落魄路逢此故友　莫怕藍縷垢衣侵

風雨登樓　庚申年

信步鬧市中　忽逢風雨霎　轉身入高樓　憑欄眺景色　狂雨濕我襟　身亦受風役
人生抱艱難　世事總是逆　對景情難排　唏噓復嘆息　惟求雨和風　託言歸故邑
今羈此洋場　豈甘富貴逼　若能破樊籠　當思回舊域　玉體應自憐　免我苦相憶
流潦泛縱橫　疏樹聲淅瀝　不如歸去來　減我心悲戚　風兮更雨兮　相思何時極

文革感賦

寫於文革後三年　改革開放後一年　每念文革之酷烈　痛心疾首

一
蒼痍處處一心悲　紅衛洗城血濺霏　粉碎乾坤淫己欲　神州何日可尋梅

二
碧血頭顱非抗日　崇陽文革膾瘋狂　奪權爲帝凌同志　無刺秋風吹斷腸

長城

萬里蜿蜒去　臨邊覓血戈　河山氣壯麗　能頌幾回歌

尋菊

冷露凝香秋草傍　尋來三徑著花新　千秋彭澤今何去　把酒東籬有幾人

讀史有感二首

一
八極茫茫培浩氣　敞開骨肉接狼牙　此心當付江流水　湧作猖狂片片花

二
汗青隱隱血漣漣　相斫無情命草菅　九鼎縱提金殿立　眾臣皆伏我昂然

贈同窗三首

一
白日浮滄海　風迴萬里長　欄杆惟獨倚　秋色惹情傷

二
春痕猶未了　已覺臘冬來　時逝乾坤內　傷心照鏡臺

三
不適涼風解　憂愁夜月傾　欲持卮酒謝　共醉晚山清

憶同窗

飛雁隨風遠　蕭然野外遊　登樓思總角　擊楫逐飛鷗　濁酒惟孤酌　清歌孰並酬
忽然臨舊地　無處可排愁

暮春山霧 庚申年

黛鴉翠鳥碧岑鳴　煙鎖春山曲澗征　苔砌錢青剛雨過　梅林葉綠山陰成
怕逢過客咨求利　久欲藏名避砥兵　步入芳叢花亂眼　卻尋歸路暗香盈

渡海

一舸天地闊　浪湧急旋催　我似孤蓬盪　風憐寂寞來　晚霞姿萬態　雪浪訴餘哀
江水從今去　何時再轉回

寢書樓詞集

醉花陰
步李清照韻　閒坐諾定咸宿舍

舒卷低吟消永晝　簾外驚松獸　放眼盡斜陽　一醉千愁　長夜傷心透　解憂無奈三杯後　何以淚盈袖　露重更寒風　夢醒披衣　那堪人月瘦

攤破浣溪紗
贈香港大學社工系呂導師

濃酒濃情倚玉樓　欄杆拍遍醉仍憂　雲影天光誰願識　獨凝眸　濁裡清流迴不定　寒風惡浪襲孤舟　憐惜大千如火宅　萬千愁

臨江仙

碧海瑤臺無覓處　雨聲淚滴天明　幾番狂飲欲忘情　醉鄉何處是　陌路又逢卿　方信相思人漸瘦　低顰淺笑愁成　拚開肺腑訴平生　窗前輕私語　今夜夢頻縈

醉梅花

幽香碎屑繞重樓　一詩一酒憶溫柔　緣何此夜又成恨　拍盡欄杆淚續流　心相託　夢難籌　冰魂再莫向郎羞　願君記取燈前誓　日日相思到白頭

望江南

一

悠悠恨　咫尺隔簾櫳　夜半披衣和淚笑　巫山隱隱意朦朧　魂盪水雲中

二

苦相憶　人倦敵西風　惆悵陳王迷洛水　凌波送暖太匆匆　握枕夢相逢

水龍吟　中秋興懷

辛卯中秋夜興懷忽織仰首皓月飛鏡徐行晚影人家千燈萬户無端愁緒湧現念縱有愁懷縈累能與妻攜手共渡亦人生快事是歲銀婚感而賦

廣寒盈夜銀光　綺樓晶爵飄芬澈　十分秋色　五分明月　三分凝翠　惆悵兩分　手搖玉樹　桂香輕墜　擲吳剛飛鏡　愁腸低躺　千杯酒　淋漓醉　何處天孫可寄　暗銷魂是姮娥臂　萬家燈火　魚龍亂舞　玉壺傳意　天上微霜　忽留兩鬢　佳人嫵媚　縱千生百世　雙雙攜手　笑離人淚

八聲甘州

甲午歲暮寒夜招飲於尖沙嘴泰豐廔是廔已逾半世紀歷史前賢多聚宴於此邀得盧瑋鑾教授洪肇平教授關應良先生並孔聖堂同仁對飲思憶往賢俱是一番心事

聽喧聲　日暮更寒風　招飲上重樓　嘆年來消息　魚音雁訊　欲寄無由　年少師門暢飲　再認淚盈眸　舊跡眞如水　俱付浮漚　低唱橘翁詩稿　記餘菴幽默　追思悠悠　是隱龕啼血　雲外失詩儔　憶前賢　樽前對望　但如今　庠序嘆失籌　苦心事　盡溶紅酒　一洗千愁

少年遊

乙未孟冬與盧瑋鑾李金鐘徐炳光諸先生聚於留家廚房得劉夫人殷勤款待眾歡之際忽思少年求學俱感世事如流師恩難報

青春萬茂閱詩篇　珍重惜陳編　焚膏庠序　鄹門繼晷　日夜與書眠　耳提手澤傳道

統　千萬繼前賢　年少風霜　胸無籌策　有淚灑筵前

註釋　萬茂里乃樹仁學院舊址湯師定宇教授始教古書經典　手澤喻恩師全漢昇院士全師曾任新亞書院校長逐句親批拙文如今思之仍感恩不盡

沁園春　結婚三十周年贈內

五旗飄風　玉手纖纖　掩映鬢垂　取一瓢弱水　英倫孤館　無眠思憶　斜塔巴黎　細語盟生　崎嶇長路　莫負青春履險歧　又微醉　視雙瞳對影　欲飲遲遲　流連羽雪霏霏　迷北極　藍鯨海角姿　撫寒妝呵手　星霜黑髮　夜闌閒話　品酒嘗炊　天地相隨　從今鴻雁　不肯孤單隻影離　縱使是　陷輪回千世　世世雙飛

沁園春　就任校長五年有感

橫劍孤山　霧染沉霾　眼下滄茫　有夢思瓊宇　滿襟霜雪　孤身躍馬　舟泛大洋　極地翱奔　路皆荊棘　汗濺淋漓泥盡香　少年夢　是煙硝漫漫　步步思量　傾樽獨自賣狂　能時遇　簫聲引鳳翔　折伶倫竹笛　待黃河淨　釣冰東隅　捕雨南荒　願似閒雲惜人生短　拋卻藏書再獨行　高崗上　看洪流滾滾　淚沾芙裳

沁園春　丁酉春與諸生遊西湖

渺渺煙波　翠柳蘇堤　水影迷濛　看雷峰簷角　玄思靈隱　倩誰飄逸　閒櫓平湖　何處鐘聲　新天已換　獨佔高樓向好風　沉吟語　嘆無人聽懂　孤立簾籠　傾心璞玉磨

礱　成奇器　揮身振鐸鐘　恨江山路遠　千尋百轉　依然淒緊　正氣如朦　誰語荒涼
繁華盈耳　自有狂狷對羆熊　西園內　仰岳翁秋俠　身陷寒穹

水龍吟

六十初度　回首杏壇一番滋味

何堪逝者如斯　偶然攬鏡驚霜雪　栽桃植杏　覓人同路　遍流汗血　惆悵天涯　獨餘嘆
息　英雄力缺　肯向黃河灑　誰知心事　胸中淚　長燃熱　一曲陽春空咽　立孤峰
抱存清烈　石蘭薜荔　怕難隨俗　拚肝膽裂　午夜夢迴　縱豺蠅惡　此身仍潔　數平
生得意　人人笑我　只難腰折

採桑子

朱顏清鬢誰能住　才別芳菲　又見芳菲　歲月如流　乍怨春早歸　殘燈掩映情難昨
醒也依依　醉也依依　唱絕詩愁　孤樹向寒霏

魂夢諾定咸

幾多煙雨隨著落霞低唱，是運河旁的小堤；
晨曦的濃霧輕塵，彷彿沒入巫山，好美，是令人迷路的校園；
千百年的樹林，通過獨木橋的盡處，是羅賓漢（Robin Hood）的故居。
傳奇中小約翰（Little John）的笑聲，徐行中的修士，混和淺斟晚照，
原來都是夢，
一切，都是兒時的夢；一切，如今都在目前。

看，是春滿枝頭的校園
暖，是雨雪紛飛的小巷

胡立頓堂（Wollaton Hall）前的大草陂，小湖灤旁的天鵝侶，
教育學院前的羅倫斯（D. H. Lawrence）銅像，啊！查泰來夫人的情史：

斷腸豈在今夜，朝朝暮暮。

悄立在大學公園草坪（University Park）的栗子樹，幾次在樹下搜索雌雄；
隱蔽小叢內的蘋果樹，那裡有無數情人的熱吻；
偶然落下的安琪兒梨，微笑的仰首樹頂，牛頓先生在嗎？
俯拾皆是的花瓣，編織無數的夢，卻又如此眞實。

你，如何的令我徹夜難眠，如何的令我相思鑄骨？
我無意敲響你的心鐘，觸動你的心靈，驚醒千里以外的你，
今夜，同進一夢。

今日的微笑，全因昨夜的夢，
無垠的小黃菊，奔向如巨人的月亮，隱然有你的身影，
幾度肝腸寸斷，幾次低迴垂淚，都因記掛著你的回眸，
以爲是生命的火光，換來是飛轉的淚花。

啊！我感覺到你的氣味：如酒、如煙、如棉花糖，如軟雪糕，
全化作繾綣夢裡的吻。

春，是幽幽花香，油油綠草，
走在山頭盡處，走在曠野田間，記得生命是這樣的奔放；
夏，是習習清薰，綿綿細雨，
停留在酒吧，停留在草坪，呼嘘著煙圈，微醉的憨笑，爲醉生夢死的激情；
秋，是飄飄落葉，悠悠和風，
流連阡陌，流連樹下，踐著厚厚的葉層，此一刻不染塵埃，格外出塵的身軀；
冬，是皚皚白雪，焱焱燈火，
積雪在聖誕的窗櫥，積雪在濕滑的小斜坡，每份禮物，只掛念遠方的你，你在笑，在癡
戀東方的美男子。

樸藍樓（Portland Building）的餐廳，勾起無數情絲的湖畔，靈魂的住處，
及，至死相伴的天鵝。

鏡池樓（Trent Building）的聚會，舉杯是爲今日，爲未來，爲曾在這裡呢喃。
圖書館外的鬱金香，醉人心魄的清風，髣髴昨日才別過。
難忘是窗前的小松鼠，是黃昏歸鴉，是波光水影，是宿舍的魅影故事，
是失戀後的痛哭難眠，是每一個曾對我微笑的身影。

我以爲我只會思念你一晝夜，一季，最多是一年；
有日，我以爲會忘記你，只偶然在記憶尋找片羽；
原來，兩者都不是，是如絮如絲的魂牽夢縈。

我帶著一身花香而離開，卻留下一線心瓣在蘭頓堂（Lenton Hall）的土裡，
等待，
我的重臨。

註釋　九十年代初負笈英國諾定咸大學（University of Nottingham）是最難忘的經歷九七年重臨情緒激蕩無數回憶重現腦際同學的關懷室友的嬉戲失戀的哭泣野外的奔馳聯隊的旅行等都令我情不自已詩內中文譯名是作者自譯外附英文原名

風之語

妳問：我美不美？
晨曦染紅的雲霞，夕照飛翔的歸鳥。
風動，萬物卻默然……
剛掠過她的秀髮：如溫　如香　如在夢裡
這刻凝留，不讓一點殘香離去。
風！擁捲著妳全身，向每個細胞說心事
讓一切溶凝吧！
妳，美不美？
妳，好美！

妳問：我美不美？
春風吹動的花瓣，冬日輕降的飄雪。
昨夜，斷續的綺夢，萬千囈語，破碎而無人懂，請細聽，只聽懂妳的名字；
昨夜，零落的思緒，沒有原因的哭笑。

夢囈是訴說秘密的小窗，是通向妳心靈的管道。
今日，妳的髮梢勾連著無盡的思緒，帶出了令人魂飛魄散的感情。
一絲秀髮是夢，一顰一笑是夢；無盡的晚上，都只是夢！
妳，美不美？
妳，很美！

妳問：我美不美？
藍湖倒映的翠峰，斜坪迎面的小雨。
揮之不去的愁緒，百轉回腸的思憶。
妳的眼內透視著幾許天眞和嫵媚；
妳幽邃的眼神，是令人迷路的隧道，
去無人知曉的國度。
是迷惑眾生的神態。
無數的清夜，孤獨地，回味一指一態。
還好！還是我！

妳，美不美？
妳眞美！

妳問：我美不美？
母親溫柔的眼神，情人不轉睛的對視。
步伐就是故事：
演出生離死別的無奈，隨煙而逝的感情。
多少無法自拔，多少痛苦中能清醒？
看海、看天、看蒼穹、看宇宙，還要看飄浮人間的魂魄！
惆悵，卻又興奮，戀戀不捨的癡，才能令我陷落——
自虐的快樂中。
唏噓！就因陷在痛苦與快樂的邊緣。
啊！如何耗盡一世的心神去欣賞妳？
妳的影像刺繡在我的意識內，昏迷於記掛中……
思憶，沒有了廣度、深度、靈魂……

妳，美不美？
妳，美得令人陶醉！

妳問：我美不美？
令人迷茫的雲彩，叫人溫暖的晚燈。
紅唇輕動，震盪出千億萬個令人窒息的漣漪。
顫動，醉死在妳溫柔的軟語內。
請問，我能如何描畫妳沁入我骨髓的微笑？
嘆息，是每個晚夜的言語。
妳，美不美？
妳？美得令人迷惘？

妳問：我美不美？
無聊地說別人的故事，不知目的慶祝良宵。
生命是等待盡處，我卻等待你的來臨！

曾逍遙往返——
就是，迷戀妳那一點色相！
自困於愛與恨的繩索內，自知而不肯自救，更不願離開。
無聊，叫我甘心情願走入痛苦的城牆。
妳，很美！
可惜，我是一陣風，無法停留在你身邊　你亦無計把我留住！

綺芬乙未生辰

一

良夜，讓我如脫筌的魚，因爲你在我身旁。
誰人指尖令我酥軟如綿？啊！沁入一點一滴的愛。
原來！是你！
人世間珍饈，
就是你一邊流著汗，一邊想著情人的那一道。
靜默中有你的關顧、還烹調著你沒法表達的洶湧情懷。
擁抱是感覺你內心的激情，

身體的溫度從沒減退。

我們手拖手，看落日，看明月，看霓虹，更駐足迎清風；
難忘是雨中的調笑，烈日下的倦容；更有，我們數不盡的別人故事。
啊！三十年了。爲何仍感覺，你是我的初戀小情人。

二

紅霞啊！你叫了；好美！我在想。
五十五層高的平臺，一覽無際的天空，倒垂在最遠處。
霓虹映亂，小雨紛飛，歡笑混和喝酒聲，無規則的人影在移動，
一雙燕子在穿梭，沒有理會四周的紛擾，只喁喁細語⋯
據說，燕子終生不會分離。
啊！小心看啊！燕子，原來是你和我。
白酒與紅酒，傾樽細味，你就在我面前，但！仍是思念你⋯
你的微笑，你的梨渦，你的嫵媚；還有，你深情的眼神。
還記得，最好的美食，你都先給我；
還記得，我們同進一夢，在夢中傾訴。

醒來，相視而笑！
我對你的思念就像在長風中的弱柳——
日夜不能停止。

對聯

附　對聯

輓文人二聯

一　一哭聞噩耗　再哭賦招魂　百里車飛接父歸　痛陰陽終分隔　寸草如何報春暉
只餘赤淚歌陟岵
三更撫孫顏　五更入兒夢　千山月落憐孤影　願父子續來生　椿庭無奈摧急雨
空剩啼聲誦燕詩

二　慧眼獨憐才　猶憶圍爐煮酒　攜手論今昔　親將弄玉託蕭郎　誰亦敢誇是快婿
赤心惟報汝　此時酹盞招魂　仰首嘆山頹　縱使瑤臺無羽鶴　拚將餘力送丈人

輓鍾期榮校長

一　萬茂斜徑　慧翠山坡　滴汗育菁莪　汗盡花香　敦仁博物在吾校
苦雨淒風　驚濤烈焰　嘔心續文命　心殫道繼　鯤躍鵬飛接儒薪

二　風雨飄搖樹孤矣　校長茂行過男子
謗謠橫逆仁處之　先生堅毅第一人

輓岑才生會長

秉承孔孟教誨　作事無愧於心　特立獨行　眾人皆稱士
融滙中西新學　待人謙和以禮　敢言持正　當世果眞儒

輓岑才生校監

一身風骨嶙峋　念國念家念學子　踟躕思先生德範
半世汗揮桃李　教仁教義教浩然　流淚奠校監風儀

輓文基內兄

禮義忠信　秉承父訓　兄憐弟愛　鴉志從今托連枝　問此生何憾
慈悲喜捨　願繼彌陀　般若菩提　蓮池再現仰佛力　覺晝夜太匆

輓霍韜晦教授

梵典儒經　授業閻浮闡唯識
修身問學　解疑五濁現善悲

輓關應良老師二聯

一
詩詞追唐宋　低唱淺斟　擊節長歌　直是流雲千里樹
畫勢師古眞　鉤皴染點　紛披色墨　彷如輕羽萬重山

二　山深煙雨　海闊千流　能教天然入畫圖　藝壇稱夫子

面命耳提　絳帳磨硯　力將儒道清塵俗　低首揖先生

輓張師少坡修士

持誡終生奉主　是修士　是恩師　是君子　剛毅溫良

八五春秋唯教化　樸素守貧　任滿回父鄉　人間頓此失天使

辛勤耄耋不休　傳福音　傳學問　傳德風　忠誠博愛

萬千桃李皆芬芳　胸襟誰次　息勞歸基督　後學如今追聖賢

弟子　楊永漢　廖舜禧泣輓

陳志揚著

夢山草堂詩稿

陳志揚著

作者簡介

陳志揚，廣東新會人，視覺藝術科教師，熱愛書畫藝術。其父是文物收藏者，因而能在華夏文化之薰陶下成長。少年時從關應良老師遊，書以唐楷爲根柢，畫愛習元明諸家，並旁及詩詞文章，故所作頗得古人神理。

五羊城遷葬先人墓有賦

白雲山下綠如茵　荒徑何曾記舊人　古木蓬生迂路隱　先靈福蔭野田新
微風指引尋宗骨　細雨吟哦告嫡親　老樹墳邊迎客久　子孫同祭暗傷神

經觀音堂見連理樹而嘆之

初入濠江寺　歡顏見佛慈　觀音堂福澤　連理樹天貽　既欲成佳事　何因結敗枝
可哀鴛侶木　落葉不知時

與關夫子遊橋咀島　時歲癸酉六月立秋

一雨碧山丘　秋郊六月遊　雲開橋咀島　日照枕頭洲　浪去潮初起　霓生水際浮
人閑沙渚上　論畫語分流

佳人

桃面冰肌貴自然　玉尖何事托腮前　春心容止懷詩意　正是陳郎夢裡仙

雜詠　己巳遊督轅

春臨二月杜鵑開　山下遊人冒雨來　有約花前轅府內　千紅萬綠爲君栽

翌年重遊舊地有感

又上春山浮舊夢　癡顏不與去年同　東風未解遊人意　吹落林花遍地紅

己巳賦得元宵逢月蝕

一般春色萬般愁　醉嘆金樽不解憂　到此年頭多感受　花燈依舊月難求

題江村煙雨圖

江村綠樹藏　雲水遠迷茫　夜來風雨響　瀟瀟入夢涼

擬石濤山水

清湘筆氣秀　墨韻寄哀愁　創意舒胸臆　心源本舊由

題竹溪泛舟圖

春樹影斑斑　人在水雲間　惟有龍孫下　溪遊意自閒

題便面山水贈別麗如學長

流水任東西　征人不逐迷　清心存董巨　詩畫爲君題

與白鶴圖合影

仙鶴入畫圖　偶遇無來意　喜逢秋水間　心通白雲至

題雨中松柏

蒼松翠柏號雙清　正氣凝心世代名　醉態橫生如龍形　笑言風雨見豪情

題高士圖 蒼松

凜凜雄姿聳碧霄　萬千麟甲傲蒼喬　何愁怒雨風霜至　奮發強枝浩氣標

題春溪漁父圖六韻

春來花氣盛　雨過水霞明　風柳湖邊舞　沙鷗世外迎　一簑漁父影　兩岸野猿聲

有意尋幽境　無心釣俗名　本懷歸雅淡　天性愛閑平　但願虛舟在　人游萬里程

宿鳴沙山賞舞曲 敦煌鳴沙山東麓為莫高窟

夜宿敦煌靜聽山　奇沙面佛坐禪關　飛仙宴舞琵琶月　公主何哀西土艱

元宵夜宴

今宵夜月罩輕紗　微雨春風隔彩霞　花下燈謎嚐好酒　珍饈美食入吾家

小樓夜雨有所思

人間所有皆恩賜　捨得從來靠慧思　惜取繁華循世道　風煙雨散展新姿

母親節巧製夜飯

春暉日暖芝蘭長　節敬萱堂赴市場　今夜烹調清且巧　換來眞味淡中嚐

清明夜起

竟夕倍思親　禪心動俗塵　盈虛知有數　離淚最傷人

嶼山登高

年年九日此山中　一樣黃花一樣風　客過都尋新事物　我來舊地路相同

新婚倚窗成詩

高閣臨維港　花園傍畫樓　鶼鳴琴瑟調　共結百年遊

趙炯輝著

豐得於己室詩詞稿

趙炯輝著

作者簡介

趙炯輝，香港著名書法家、畫家。現任香港中國美術會執行委員會主席，爲著名書畫家關應良先生之得意弟子。

小詩五首 題畫

其一

靜看煙雲變　蟲聲入耳喧　人間煩瑣事　夢也不留痕

其二

巨石亭邊立　秋來老樹疏　相思何所寄　那得復如初

其三

獨處江流下　山巒入眼花　憑闌思所念　再覓避秦家

其四

水面平如鏡　秋亭獨自傷　何時攜故友　一葉賦歸航

其五

葉落江河下　亭中翹首看　浮雲風送遠　那處可居安

登黃山

欲上黃山久　今朝夙願嘗　天都峰在眼　險絕不尋常

夜遊秦淮

靜靜秦淮水　誰家起浪狂　紅塵駒過隙　世事有滄桑

註　起浪者六朝之興替歟

遊富春江

到富陽來住　當然一葉遊　曾參黃子久　讓我好尋幽

賦贈香港中文大學專業進修學院第六屆中國水墨畫高等文憑課程畢業學員作品展

湖山花鳥比天工　雅韻銜藏筆墨中　道統傳承欣有後　何妨一醉飲千盅

賦贈香港中文大學專業進修學院第七屆中國水墨畫高等文憑課程畢業學員作品展

丹青帶出水雲驕　嫩綠鵝黃遍白綃　喜見新篁春雨後　虛心挺拔上凌霄

念萱　廣才兩位師兄為　黎傑老師所著清史稿下冊整理校訂并付梓　功德無量　賦此為譽

直諒多聞夙夜求　隨師課業不同舟　當年恕谷今如在　麗澤承傳世代流

註　清李恕谷光顯其師顏習齋之學

戊戌冬觀張廣富仁棣海底後花園圖喜賦

張子繪成海底圖　別出機杼開生面　烏賊一吐墨成煙　海星蜷伏殆因倦
魔鬼搖曳任何之　一鼓一動仿如扇　龜鱉嬉戲樂浮沉　群魚追逐處處見
水母飄飄何所似　仙女撒出花兒變　珊瑚海草成叢林　伴着波浪舞一片
古人未識水中事　無由取景成堂殿　如今海底後花園　補足前人完整卷

香港美術會簡便歌

歲在戊戌時維二零一八年，欣爲香港中國美術會成立六十周年之慶，花甲風華正茂，爰引數言，述其過往，並祝其繼往開來而更上層樓也，其詞曰：

六十年前戊戌歲，藝壇有六子，一者李研山、二云趙少昂、三爲林建同、四曰呂壽琨、五是雷浪六、六乃張君實。此六子同聲同氣，爲美術會註冊而出力，呈請港府立案得獲准，自是而後歌曰

香港中國美術會　橫空出世由此生　創會宗旨純藝術　弘揚國粹旗鮮明
依仁游藝之同道　一時匯流盡精英　雅集筆會經常辦　切磋砥礪勉自強
當時未有久安計　聚會還得借人場　有人倡議長治念　自置物業理應當
無奈資金實匱乏　從長計議費周章　如此倏忽二十載　敏公何氏有良方
呼籲名家獻書畫　義展義賣大會堂　商賈賢達扶持下　籌得金錢購明庭
佐敦落成新會所　嘉士大廈展鴻章　如是又過十九載　會址殘舊堪人憐
竹平哲豪重修議　諸君解囊復增妍　爲記前賢功不沒　玉照芳名掛會前
委員辦事費心力　會員同心肩并肩　傳承藝術欣有責　推廣文化自爭先
六十年來未間斷　聲名日盛響於天　如今花甲正風華　齊心協力譜新篇

譜新篇來永年年

為香港中文大學專業進修學院第十一屆中國水墨畫高等文憑課程畢業學員作品展賦

幷序

月前志賢棣來電話請寫短文以為第十一屆中國水墨畫高等文憑課程畢業學員作品展覽刊物補白之用惟平日罕以畫為論一時之間文澀詞艱數易其稿而不能愜意及偶檢師門筆記頗有感悟謹掇蕪言以多讀書廣見聞有胸襟勤習苦四事相規成歌一曲既以塞責亦作芹獻願與諸君共勉之

學畫志存要高遠　多讀詩書品格清　李杜詩篇文司馬　常來誦讀怡性情
畫論當推張彥遠　若虛步武豈可輕　荊關去後山河薄　董巨遺稿細意傾
一峰王蒙遍臨習　石田半千款款迎　青藤白陽知所任　黃荃野逸有名聲
金石漢隸用心慕　羲獻唐楷負盛名　畫論碑帖常入眼　眼界方能意氣宏
林泉山石董源筆　雲林平遠紙中成　師古不泥凝神悟　師法自然自不爭
寫畫貴爲善筆墨　鋒宜正直側偶營　寫到疏篁搖曳處　硯水無波紛披呈
世自機巧眩人目　不如扶醉丹青盟　但願重道名心淡　點染雲山一園丁
今日藝成圖新展　風雲際會各自鳴　畫壇代有英才出　接武登峰賴爾榮

憶江南二首

其一

重九夜　一望月兒彎　照遍瓊樓寒似水　登高何處是家山　怕道幾時還

其二

人遠望　嶺海欲相連　還看漁燈光閃閃　江村猷有未歸船　回首意茫然

菩薩蠻

秋雨

涼秋靜院燈如炬　忽聞簾外瀟瀟雨　明日尙堪攀　東籬菊未殘　巴山追憶作　負卻當年約　重與話桑麻　除非歸故家

西江月

香港海濱晚眺

一抹餘暉欲歛　晚航來去忽忽　酒旗招展趁西風　五色霓虹閃動　對景沉吟自語　關山已隔千重　此情應與故人同　往事依稀如夢

齊天樂

端午華洋賽龍舟

疏疏幾點黃梅雨　難消夏陽酷暑　角黍包金　又逢五五　大埔遊人如鶩　龍舟競渡　看今日華洋　誰人爲主　滿眼風光　依稀身處是荊楚　沉湘世荒年遠　悠悠念故國　撫世懷古　江介遺風　猶存多少　千古傷心何處　汨羅江畔　想一樣清波　滄茫煙渚　海上熙熙　悵幾聲蕭鼓

拾珠篇

作者簡介

林仁超（一九一四～一九九三），字偉立。惠城區橋西後所街人。高中畢業後入廣東省政府工作，後就職廣東鹽務局、廣州海關，並在工餘就讀廣州文化大學法律科。一九四九年定居香港，歷任香港遠東書院教務長兼教授，金陵工商業務學校副校長，孔聖堂中學校長、香港漢山文化事業公司董事長等職。七零年代開始，大量詩作在海內外發表，多首詩作入選《亞洲現代詩選》，以著名華人詩人的身分多次出席國際文學會議；在漢城舉行的世界詩人大會上，被授予「桂冠詩人」稱號。八零年代以來，三次擔任香港中國筆會會長，是香港在國際上有影響的當代作家、詩人。

香港孔聖堂四時即景

春

一角飛簷出翠林　曉雲如練護春陰　芳菲桃李知多少　孔聖堂高草木深

夏

十里紅塵萬疊樓　嘉山深處一堂幽　薰風滿座人陶醉　鳥語蟬鳴樹點頭

秋

酡顏楓葉挹宮墻　樂奏鈞天俎豆香　魯殿光華生海角　九霄雲逐鐸聲揚

冬

風沙園畔撼蒼崖　黃葉紛飛冷玉階　堅勁杏壇臺上柏　夜來擎月照書齋

作者簡介

林小玲，又名林麗元，福建永定客家人。一九五三年生於香港，畢業於香港八達英文書院（中小學）及香港大學。喜愛音樂及閱讀，曾在香港聯合音樂學院學習聲樂及樂理，並考獲英國皇家音樂學院樂理證書。終生從事教育工作，任教英文及數理化等科目，兼任教務、訓導及課外活動等行政工作。退休後，轉任孔聖堂國學班主事，繼續研讀中外文化及歷史。

讀于右任先生作品有感　笑看風雲

葬我高山之上兮　望我大陸
大陸可見兮　釋懷停哭
葬我於高山之上兮　望我故鄉
故鄉可見兮　笑屆天潢
風清清　雲泱泱　山之上　百花香

讀于右任先生作品有感二

葬我於高山之上兮　望我故鄉　故鄉終可見兮　傷悲可忘

葬我于高山之上兮　望我大陸

大陸終可見兮　中華之福

風清清　雲泱泱　山之上　百花香

附　于右任先生原玉

葬我高山之上兮　望我大陸

大陸不見兮　只有痛哭

葬我於高山之上兮　望我故鄉

故鄉不見兮　永不能忘

天蒼蒼　海茫茫　山之上　國有殤

因無綫電視論「品茶」感賦

一　詩茶養性靈　菊可制頽齡　留待秋風起　持螯賞此馨

二　清茶奉一甌　詩獻非相酬　盼解心中結　爲銷萬古愁

孔聖堂歷任會長、中學校監及校長簡介

孔聖堂歷任會長

曹善允先生CBE，LLD，JP（首任會長，任期：一九三五～香港淪陷日軍）

曹善允（一八六八～一九五三），香港律師、政治家和紳商，一九二九年至一九三七年任立法局非官守議員，另曾任潔淨局議員、團防局紳、香港大學校董、華人公立醫局委員會副主席和港府教育委員會委員等公職。

早年先後在上海和英國受教育，一八八六年考入英格蘭的切爾滕納姆書院，修讀法律。一八九六年復以優異成績，獲英格蘭及威爾斯最高法院認可爲執業事務律師。對香港廿世紀初的各方面發展起重要貢獻。

教育方面：

他是香港大學、聖士提反書院、聖士提反女子中學、金文泰中學和民生書院等學府的創校人及籌款人之一，也曾多次爲聖保羅書院籌募經費。一九二八年五月與何東爵士、尢列和李景康等出任孔聖講堂籌備委員，促成講堂在一九三五年建於港島加路連山

道，以宣揚儒學。

醫療方面：

他參與創辦雅麗氏紀念產科醫院、何妙齡醫院、以及在一九二二年與歐海倫醫生合作創辦贊育醫院。贊育醫院的落成啓鑰儀式於一九二二年十月十七日舉行，儀式由曹善允將醫院正門的銀匙交予華民政務司夫人開啓，復由華民政務司兼華人公立醫局委員會當然主席夏理德致辭。當日場面盛大，出席者還包括輔政司符烈槎伉儷、律政司金培源、教育司伊榮、以及華人代表周壽臣伉儷、伍漢墀、何甘棠和羅旭龢等人。一九一五年和一九一六年間在華人社區推動種痘運動，利益貧苦大眾。

社會方面：

一九二五年省港大罷工期間設法維持社會秩序，深獲港府肯定，屢獲殊勳。他著力支持聖約翰救傷隊和童軍的活動。一九一二年，以曹善允爲首的一班華人紳商上書港府，陳情香港華人墳地不足，希望港府撥出土地，以永久作華人墳場之用。在一九一三年六月十六日，港府批准在香港仔撥地一幅，華人紳商在同年自行成立華人永遠墳場管理委員會，以便監督墳場的興建，而曹善允是委員之一。

一九一四年出任後備警隊（皇家香港輔助警察隊前身）指揮官，並自一九二零年起升任後備警隊歷來首位華人榮譽總監。一九二九年，港督金文泰爵士委任爲立法局非官守議員；同年，他當選爲保良局永遠總理和出任新成立的香港保護兒童會副主席。

一九三三年，還當選爲扶輪社香港分會會長。一九三六年，曹善允接替羅旭龢爵士成爲立法局內的華人代表之首。

晚年氣節：

在一九四一年十二月八日，日本隨太平洋戰爭爆發而揮軍香港，在香港保衛戰期間，曹善允全家均爲港府服務。香港在同年十二月廿五日淪陷後，曹善允任職的港大校董會和華人公立醫局委員會等組織一概停辦，他的大宅更爲日軍徵用，損失不菲。與此同時，日方多次有意招攬曹善允，但他不甘奉事日方，多番以身體欠佳、臥病在床爲理由推卻。不久以後，曹善允攜家眷全體避居澳門，並派兒子前往自由中國參與抗日，以示堅決不向日方屈服。

一九四五年香港重光以後，曹善允即返回香港，除將曹善允學洵律師樓重新復業外，又參與復辦香港大學和聖保羅男校等重要的重建工作，且榮任香港華商總會名譽顧問。

在一九五三年一月廿日正午十二時卅分，曹善允病逝於養和醫院，終年八十四歲。

雷蔭蓀先生（第二任會長，任期：一九四一～一九四五年）

曾任一九一七至一九一八年丁巳年東華三院首總理及一九二六至一九二七年丙寅年總理，一九二七至一九三二年多屆鐘聲善社主席。一九二一年於台山與李星衢等人興建福寧醫院，設中、西醫部。一九二三年獲孫中山先生委任爲中央財政委員會委員。一九三一年，協助孔教學院陳煥章博士籌款於堅道購置永久學院院址。一九三七年任新廣合公司司理。孔聖堂建立之初，與曾富、葉蘭泉、盧湘父等積極參與其事，對建立孔聖堂，功不可沒。一九四五年，雷蔭蓀創辦大成中學出任司理，與孔教學院所辦之大成小學相銜接，雷蔭蓀並長兩校，辦理三年，後因年老退休，由楊永康會長接辦學校。

黃錫祺先生（第三任會長，任期：一九四六～一九五二年）

香港著名商人，皇仁書院畢業。先任印度船務公司 Apcar & Co. 買辦，參與船務及出入口生意。一九二六年任 Jebsen & Co. 買辦。由於買辦的重要性下降，一九四一年改任顧問，從事出入口及氮氣生意。曾任一九三二至一九三三年壬申年東華三院總理。一九四八年，出任華商會副理事長。一九五零年，同時出任孔聖堂會長及孔教學院主席。同年，與趙聿修、楊永康、呂頌德等人籌建玄圓學院，一九五三年建成，旨在融和儒、釋、道三家精神，是年兼任鐘聲慈善社社長。黃錫祺生於一八八六年南海，卒於一九六一年四月十七日。對融和三教，重植仁心，出心出力。在商界享有高度評價，被認爲是值得信任的香港商人。

楊永康先生（第四任會長，任期：一九五三～一九五九年）

一九五三年，雷蔭蓀會長退休，楊永康先生接長孔聖堂爲校長，並於七月接辦大成中學，易名「孔聖堂中學」，出任校監一職。註冊爲非牟利中、小學，校舍設於孔聖講堂內。爲擴展學舍，楊校監於一九五七年成立建校委員會。因地契問題，擴建校舍每多波折。楊校監多方籌劃勸捐，並撰文推廣。一九六零年，由許讓成先生接任，繼續與政府斡旋。

許讓成先生（第五任會長，任期：一九六零～一九八一年）

廣東惠陽人。年輕時曾當海員，後投資經商。逐漸致富。六零年代初，其業務多元化，初投資地產及股票，相繼擁有新樂酒店、樂斯酒店及新新百貨公司等。所建百樂酒店，爲當時第一流高級大酒店。曾擔任過九龍總商會監事長、香港崇正總會會長、孔聖堂會長及惠陽商會理事長。對推廣儒學，可謂盡心盡力，一九六零年，任孔聖堂會長，圖建新校，多方奔走，始告解決。一九六四年起，興建新校，並捐資港幣五十萬元以輔。孔聖堂中學之建成，實賴許老先生之捐助及籌措。一九八一年卒於任。許會長終生致力推廣儒學，謙厚待人，可謂一代儒商。

張威麟先生（第六任會長，任期：一九八二～一九九七年）

一九八二年繼任香港孔聖堂會長兼中學校監，乃著名孔學及儒家思想權威。家族以發展電影院爲主，其父張觀鳳更是影院界名人。他有感於責無旁貸，曾周遊列國，足蹟遍及南北美洲、歐、亞、非及澳洲各地，倡行儒學。首先於一九七九年創辦香港孔學出版社，一九八五年再開設新加坡孔學出版社及一九九五年增設加拿大孔學出版社。並出版不同文字經典，以供外國人研究。一九七零年膺十大傑出青年。出任會長期間，致力保存《論語》、《孟子》優秀版本，並出資翻譯廿多種語言《論語》。孔聖堂五十周年，捐助學校興建觀鳳亭、書劍軒、學校新翼等，使學校環境充滿古意。二零一四年在香港逝世。

岑才生先生（第七任會長，任期：一九九七～二零一零年）

岑才生早年畢業於美國紐約大學，取得經濟學碩士學位。爲香港報業公會名譽主席，世界中文報業協會顧問。曾任《華僑日報》督印人、香港報業公會主席、世界中文報業協會主席及委員，對報業影響甚大。岑才生先生曾身兼多項公務，包括香港中文大學聯合書院校董會主席、香港公益金副贊助人、香港紅十字會顧問委員會委員、香港四邑工商總會榮譽會長、以及香港賽馬會助學金副主席。岑先生亦曾任市政局議員及東區區議會主席。現爲華僑置業集團有限公司及華順置業有限公司主席。最令香港津津樂道是堅持了卅多年的「讀者救童助學運動」，受助人次超過一百五十萬人。先後獲英帝國官佐勳章及香港特別行政區銀紫荊星章。岑先生一九二二年出生，二零一六年四月廿七日逝世，逝前仍任孔聖堂中學校董，可謂終生貢獻教育事業。

李金鐘先生（第八任會長，任期：二零一一～二零一三年）

李金鐘先生一九三九年十一月出生。一九五零年代在新亞書院及新亞研究所修讀歷史，一九六四年獲香港中文大學頒授文學士學位，成爲中大成立後的第一屆畢業生，後於一九八零年獲香港大學頒授哲學碩士學位。

數十年來，孜孜不倦地致力於教育事業，大學畢業後於九龍塘中學任教，一九六九年開辦思明英文中學；一九八四至一九九一年間，出任香港孔聖堂中學校長；由一九八二年始，擔任香港中文大學校友會聯會教育基金會有限公司主席。基金會以「興學育才」爲宗旨，創辦了兩所中學（香港中文大學校友會聯會張寧昌中學、香港中文大學校友會聯會陳震夏中學）、一所小學（香港中文大學校友會聯會張寧昌學校）及兩所幼稚園（香港中文大學校友會聯會張寧昌幼稚園、香港中文大學校友會聯會陳震夏幼稚園）。李金鐘先生一直擔任三所中小學的創校校監，至二零零二年止。歷任香港孔聖堂中學、漢華中學、香港樹人學校、閩僑中學等學校校監、校董。一九九七至二零零零年，出任廣東香港人子弟學校的創校校長。

社會服務方面，先後出任黃泥涌分區委員會主席、灣仔區撲滅罪行委員會副主席、國際獅子總會港澳三零三區第三分域主席、灣仔區少年警訊活動委員會主席、香港高齡教育工作者聯誼會副會長、灣仔區街坊福利會副理事長、「義工運動」學生及青年義務工作推廣小組委員、香港聖約翰救傷隊訓練總區比賽及考試部分區副會長、學友社社務顧問、粵語正音推廣協會籌劃委員會委員和全港青年學藝比賽大會顧問等多項公職。

李金鐘先生的貢獻獲不同機構認同。他分別於一九九三年、一九九六年和二零零三年獲頒發港督社區服務獎狀、英女皇榮譽獎章（Badge of Honour; BH）以及聖約翰員佐勳銜（SBStJ）。在二零零九年獲香港電燈與香港社會服務聯會頒發傑出第三齡人士獎，以表揚他熱心教育工作和推動義工服務。其後在二零一一年獲香港特別行政區政府頒授榮譽勳章以表彰其在推動義工運動、文化藝術以及爲高齡教育工作者爭取福祉方面作出的貢獻。而香港中文大學亦於二零零五年向他頒授榮譽院士。

許耀君先生（第九任會長，任期：二零一三～二零一五年）

本港傑出企業家，現任讓成置業有限公司永遠董事及許讓成紀念基金有限公司董事總經理。許醫生於加拿大攻讀醫科，並於彼邦懸壺濟世。一九八一年回港主理家族生意。歷年來，許醫生及其家族一直慷慨支持中文大學及新亞書院，捐助多項建設，包括許氏文化館、新亞會議廳、錢穆圖書館職員閱讀室及新亞網球場等，並資助發展多項獎學金及交流計劃。二零零三年起擔任新亞書院校董至今。離任後，仍大力支持孔聖堂中學發展。

陳偉佳博士（第十任會長，任期：二零一五～二零一八年）

英國University of Wolverhampton教育學士畢業、中文大學碩士、新亞研究所博士。首任直資議會主席，曾任香港演藝學院校董，中國少數民族文化交流協會主席；現任浸會大學王錦輝附屬中、小學總校長、香港中樂團副主席等，並出任多項公職，致力貢獻社會。出任會長期間，致力重新建立小學部，晉德學校就是陳會長努力成立。

郭少棠教授（第十一任會長，任期：二零一八～二零二零）

曾任北京理工大學珠海分校首席學術顧問，該校現有約二萬六千名學生。郭教授是傑出的教育家、歷史學家、文學家，香港中文大學歷史系教授。郭教授曾就讀於新亞書院，師從新儒家代表人物牟宗三和唐君毅等著名學者，在取得香港中文大學學士學位後，獲哈佛大學燕京學社獎學金，於加利福尼亞大學伯克萊分校修讀，並取得碩士、博士學位，雙重主修中國近代及歐洲文化史。郭教授自一九七七年在中文大學崇基學院任教，致力於中西歷史的比較、哲學、政治與國際關係、比較城市文化、城市規劃、跨文化的社區歷史、文化創意產業規劃、企業文化等的研究和散文創作，涉及領域十分豐富，累計出版專著廿七種，超過八十篇學術論文刊登於不同的學術論文集或專刊，有

「南中俊彥，博學深思」的美譽。他的歷史研究著作有《西方的巨變》、《權力與自由：德國現代化新論》等；與文化創意產業相關的著作包括《香港、深圳創業比較觀察》及《文化資源的創新：香港與內地文化創意產業的互動與轉化》、《設計展商機》和正在付印中的《文化與經濟的融匯：香港與內地的文化創意產業的淵源與互動》；散文著作有《城市心靈》、《旅行：跨文化想像》等；知識普及類讀物有《西洋史一點點》等。郭教授曾任「北京師範大學—香港浸會大學聯合國際學院」（BNU-HKBU United International College）常務副校長，深受學生愛戴。目前致力於推動香港國際教育發展基金會的發展，積極探索中國書院文化復興之路與博雅教育推廣等問題。曾任職務包括：香港中文大學文學院院長、香港特區政府古跡諮詢委員、民政事務局博物館諮詢委員會委員、郵政諮詢委員會委員、香港工業設計師協會顧問、香港設計師協會顧問、深圳社會科學院顧問、四川大學管理學院教授、北京清華大學人文及社會科學院、上海復旦大學文學院客座教授及上海社會科學院研究員。現時是尼山聖源書院名譽院長、孔聖堂會長，致力推動文化復興。

歷任中學校監

楊永康先生（首任校監，任期：一九五三～一九六零年）

一九五三年，雷蔭蓀會長退休，楊永康先生接長孔聖堂，並於七月接辦大成中學，易名「孔聖堂中學」，出任校監一職。註冊為非牟利中、小學，校舍設於孔聖講堂內。為擴展學舍，楊校監於一九五七年成立建校委員會。因地契問題，擴建校舍每多波折。楊校監多方籌劃勸捐，並撰文推廣。一九六零年，由許讓成先生接任，繼續與政府斡旋，建築中學校舍。

許讓成先生（第二任校監，任期：一九六零～一九八一年）

廣東惠陽人。年輕時曾當海員，後投資經商。逐漸致富。六零年代初，其業務多元化，初投資地產及股票，相繼擁有新樂酒店、樂斯酒店及新新百貨公司等。所建百樂酒店，為當時第一流高級大酒店。曾擔任過九龍總商會監事長、香港崇正總會會長、孔聖堂會長及惠陽商會理事長。對推廣儒學，可謂盡心盡力，一九六零年，任孔聖堂會長，圖建新校，多方奔走，始告解決。一九六四年起，興建新校，並捐資港幣五十萬元以輔。孔聖堂中學之建成，實賴許老先生之捐助及籌措。一九八一年卒於任。

張威麟先生（第三任校監，任期：一九八二～一九九六年）

一九八二年繼任香港孔聖堂會長兼中學校監，乃著名孔學及儒家思想權威。他有感於責無旁貸，曾周遊列國，足蹟遍及南北美洲、歐、亞、非及澳洲各地，倡行儒學。首先於一九七九年創辦香港孔學出版社，一九八五年再開設新加坡孔學出版社及一九九五年增設加拿大孔學出版社。並出版不同文字經典，以供外國人研究。一九七零年膺十大傑出青年。

岑才生先生（第四任校監，任期：一九九七～二零零八年）

岑才生（一九二二～二零一六年），畢業於美國紐約大學，取得經濟學碩士學位。回港後，銳意改革香港報業，短時間內，使華僑日報成為香港暢銷報章之一，行內人士親暱稱之「才哥」。曾任香港報業公會名譽主席、世界中文報業協會顧問、《華僑日報》督印人、香港報業公會主席、世界中文報業協會主席及委員。岑才生先生生前熱心服務社會，兼多項公務，包括香港中文大學聯合書院校董會主席、香港公益金副贊助人、香港紅十字會顧問委員會委員、香港四邑工商總會榮譽會長、以及香港賽馬會助學金副主席。岑先生亦曾任市政局議員及東區區議會主席。最後任華僑置業集團有限公司及華順置業有限公司主席，獲英帝國官佐勳章及香港特別行政區銀紫荊星章。

許耀君醫生（第五任校監，任期二零零九～二零一五年）

本港傑出企業家，現任讓成置業有限公司永遠董事及許讓成紀念基金有限公司董事總經理。許醫生於加拿大攻讀醫科，並於彼邦懸壺濟世。一九八一年回港主理家族生意。歷年來，許醫生及其家族一直慷慨支持中文大學及新亞書院，捐助多項建設，包括許氏文化館、新亞會議廳、錢穆圖書館職員閱讀室及新亞網球場等，並資助發展多項獎學金及交流計劃。二零零三年年起擔任新亞書院校董至今。

陳偉佳博士（第六任校監，任期：二零一五～二零一八年）

英國University of Wolverhampton教育學士畢業、中文大學碩士、新亞研究所博士。首任直資議會主席，曾任香港演藝學院校董，中國少數民族文化交流協會主席；現任浸會大學王錦輝附屬中、小學總校長、香港中樂團副主席等，並出任多項公職，致力貢獻社會。出任會長期間，致力重新建立小學部，晉德學校就是陳會長努力成立。

郭少棠教授（第十一任會長，任期：二零一八～二零二零）

（參考歷屆會長）

歷任中學校長

朱希文先生（首任校長，任期：一九五三～一九五九年）

林仁超先生（第二任校長，任期：一九六零～一九六二年）

林仁超（一九一四～一九九三年），字偉立。惠城區橋西後所街人。高中畢業後入廣東省政府工作，後就職廣東鹽務局、廣州海關，並在工餘就讀廣州文化大學法律科。一九四九年定居香港，歷任香港遠東書院教務長兼教授，金陵工商業務學校副校長，孔聖堂中學校長、香港漢山文化事業公司董事長等職。文學藝術成就斐然。四零年代在廣州工作時即出版有詩集、散文集、紀實文學、學術論著等近十種。五零年代初任《漢山雜誌》主編，並創立香港的新詩團體「新蕾詩壇」，任新蕾詩壇出版社社長兼主編。七零年代開始，大量詩作在海內外發表，多首詩作入選《亞洲現代詩選》，以著名華人詩人的身分多次出席國際文學會議；在漢城舉行的世界詩人大會上，被授予「桂冠詩人」稱號。八零年代以來，三次擔任香港中國筆會會長，是香港在國際上有影響的當代作家、詩人。主要文學作品有：《銀幕》、《石灰集》、《新蕾集》、《新詩創作論》、《詩的國度》、《瓊島血痕》、《瓊崖洞奇觀》等。

何壽康先生（第三任校長，任期：一九六三年）

鄧志強先生（第四任校長，任期：一九六四～一九六七年）

注意學生操行，學生需背誦《禮運．大同篇》，早會金句分享後，學生須要默誦，成爲定例至今，治校尚規律。著名教育家、文學家盧瑋鑾教授（筆名小思，曾任教孔聖堂）曾說，每次見鄧校長，都會戰戰兢兢。

梁隱盦先生（第五任校長，任期：一九六八～一九七九年）

梁隱盦先生（一九一一～一九八零年），廣東順德人，著名教育家，精研佛家、儒家思想。曾與羅時憲、劉銳之諸先生創立「三輪佛學社」，一九六六年成立「明珠佛學社」，提倡佛學。一九六七年出任孔聖堂中學校長，即竭盡所能，籌劃發展建設校務，協助窮困學生升學。課餘即推廣儒學及中國文化，先後舉辦國學研習班、中英翻譯班，徵文比賽、詩詞、對聯比賽等活動。出版《孔道專刊》，邀請碩學名宿撰文，以發揚孔學。隱盦先生雖是佛學名家，惟其知世道人心之教化，實以儒學爲軸，故不遺餘力，推動儒家思想。其對孔學、佛學及中國文化之傳揚與繼承，實功不可沒。著作有《隱盦詩稿》、《佛學十八講》，及《佛學課本》等。在任期間，致力推廣儒學，親自教授國學班課程，令孔聖堂成爲香港儒學中心。

李巽仿先生（第六任校長，任期：一九八零年）

麥友雲先生（第七任校長，任期：一九八零～一九八一年）

麥友雲（一九零七～一九九三年），一九八零年任代理校長。一九八五年退休後，遷居香港元朗，以詩詞自娛。曾居上海，得上海永安公司總經理郭琳爽先生邀請，在其創設之永安樂社撰寫劇本。其著者有《荊軻傳》、《桃花扇》、《西施》、《楚霸王》、《王寶釧》等名劇。作品曾被當時著名劇評家胡梯維先生譽爲「所見詞曲之美，無與倫比，即昆曲亦遜；其情文生動，遑論皮黃，乃知個中必有能手。十步之內，可產青蓮，洵不謬也」。除劇作品外，詩詞作品亦享譽學林，著作有《樵山詞鈔》、《小詩一百首》三輯等。

黃定漢先生（第八任校長，任期：一九八二年）

李德超先生（第九任校長，任期：一九八三年）

李金鐘先生（第十任校長，任期：一九八四～一九九零年）

（參考歷任會長）

何淑娟女士（第十一任校長，任期：一九九一年）

華任復先生（第十二任校長，任期：一九九二～一九九六年）

一九三四出生，一九六三年香港大學學士，一九六六年香港大學碩士畢業，曾任職官校校長。

劉國昇先生（第十三任校長，任期：一九九七～二零零五年）

一九五二生，一九七六年臺灣師範大學畢業，一九九三年英國諾定咸大學教育碩士。一九七九及一九九五年先後獲倫敦大學、香港大學教育文憑及證書。

古澤芬先生（第十四任校長，任期：二零零六～二零一二年）

一九七二年香港大學榮譽理學士，即任教香港名校庇理羅士官立女子中學，一九七七年香港大學教育文憑。歷任多間官校副校長及校長，二零零五年獲教育局頒發優良顧客服務年獎（每年只有一位教育局員工獲頒此殊榮）。在孔聖堂就任期間，推行關愛教育，深受學生愛戴。二零一一年協助中學轉型爲直資中學，開拓中學發展新途徑。

楊永漢博士（第十五任校長，任期：二零一二～現在）

祖籍廣東海豐，一九五九年出生於香港。一九八二年年畢業於香港樹仁學院（今樹仁大學）中國文學及語言學系，旋入新亞研究所攻讀，得碩士、博士學位。師從經濟史大師全漢昇院士，完成碩士及博士論文。一九九四年負笈英國諾定咸大學（University of Nottingham）進修教育學，先後得教育學學士、碩士學位。其後再獲香港大學碩士、中文大學宗教文化碩士及北京師範大學博士學位。曾任教於香港城市大學、新亞研究所兼碩士生導師、澳門大學、樹仁大學及香港大學專業進修學院。專著包括《論晚明遼餉收支》、《虛構與史實》及數十篇論文刊登於不同學術論文集。創作集有《寢書樓詩詞集》。楊校長積極推廣儒學，除發表論文外，更參與公開演講及國際會議。在任期間，全面提升學校聲譽，邀請多國政要及學術名人訪校或演講，包括蘇格蘭首席大臣 Mr Alex Salmond、法國總領事 Mr Eric Berti、愛爾蘭總領事 Mr Peter Ryan、香港欖球總會總裁 Mr Robbie McRobbie、中央研究院院士杜維明教授、王汎森教授、牛津大學教授 Wing Lau、中文大學鄧立光教授、丁新豹教授、浸會大學李金強教授、文化大學金榮華教授等。其次是與世界接軌，與不同國家名校聯盟，並參與國際學生活動，如德國 Stormarnschule Ahrensburg、美國 Everett Regional School、丹麥 Odsherreds Efterskole、南京育英外語學校、美國朗誦節、印度舞蹈節、德國中學生音樂節、南京世界中學生水資源國際會議等，令孔聖堂中學成爲國際化學校。

文化生活叢書 · 詩文叢集 1301054

孔聖堂詩詞集庚子編

主　　編　楊永漢
責任編輯　宋亦勤

發 行 人　林慶彰
總 經 理　梁錦興
總 編 輯　張晏瑞
編 輯 所　萬卷樓圖書股份有限公司
排　　版　菩薩蠻數位文化有限公司
印　　刷　百通科技股份有限公司
封面設計　斐類設計工作室

發　　行　萬卷樓圖書股份有限公司
臺北市羅斯福路二段 41 號 6 樓之 3
電話 (02)23216565
傳真 (02)23218698
電郵 SERVICE@WANJUAN.COM.TW
香港經銷　香港聯合書刊物流有限公司
電話 (852)21502100
傳真 (852)23560735

ISBN 978-986-478-412-7
2020 年 11 月初版
定價：新臺幣 680 元

如何購買本書：
1. 劃撥購書，請透過以下郵政劃撥帳號：
帳號：15624015
戶名：萬卷樓圖書股份有限公司
2. 轉帳購書，請透過以下帳戶
合作金庫銀行 古亭分行
戶名：萬卷樓圖書股份有限公司
帳號：0877717092596
3. 網路購書，請透過萬卷樓網站
網址 WWW.WANJUAN.COM.TW
大量購書，請直接聯繫我們，將有專人為您服務。客服：(02)23216565 分機 610

國家圖書館出版品預行編目資料

孔聖堂詩詞集庚子編/楊永漢主編. -- 初版. --
臺北市 : 萬卷樓圖書股份有限公司, 2020.11

面 ;　公分. -- (文化生活叢書. 詩文叢集 ;
1301054)

ISBN 978-986-478-412-7(平裝)

831.86　　109017285